# Angelo Casilli

# LE SERMENT

## *Les serments sont faits pour être tenus*

# THRILLER

# Avant-propos

Tous les lieux, ainsi que les personnages de ce roman sont le fruit de l'imagination de l'auteur. Par conséquent, toute ressemblance avec un évènement, une personne existante ou ayant existé ne peut être que fortuite.



ISBN : 9782956232124

Note à l'intention des lecteurs :

« Le serment », deuxième volet des enquêtes du commissaire Lewis, est un prequel de mon premier thriller : « Le tueur invisible ». Jack Lewis, commissaire à la brigade criminelle d'Antalville, raconte l'enquête qu'il a menée, précédant les évènements qui ont bouleversé sa vie.

# Sommaire

*À toutes les femmes, victimes de la folie des hommes.*

# Citations

La violence inassouvie cherche et finit toujours par trouver une victime de rechange.

René Girard.

## Prologue

*Non, ce n'était pas normal*, rageait-il en tapant des pieds pour se réchauffer. Quelque chose clochait. Que pouvait-elle bien faire ? Cette attente prolongée près de l'étang de la Ballastière, non loin de la demeure cossue de madame Gauthier, n'était pas prévue au programme et il ne s'était pas vêtu cette fois en conséquence. Son vieil imperméable gris, boutonné jusqu'au menton, offrait une protection dérisoire contre ce froid d'automne mordant qui s'infiltrait partout. Seules ses mains gantées, bien calées au fond de ses poches, bénéficiaient d'une chaleur réconfortante. Ce n'était pourtant pas pour cette raison qu'il avait chaussé ses gants avant de sortir de son véhicule, mais pour ce qu'il s'apprêtait à faire. Éviter de laisser des empreintes, sur les lieux de son passage, était une mesure de sécurité indispensable à son activité, tout comme planquer sa Clio sur un parking à une centaine de mètres du lieu de son forfait. Ce poste d'observation, en lisière de l'étang, avait été choisi avec soin. Il lui offrait une vue imprenable sur le pavillon de Madame Gauthier tout en le maintenant à distance, à l'abri des regards indiscrets. Tout avait été soigneusement préparé, mais rien ne se déroulait comme prévu. Il était à deux doigts de tout laisser tomber.

Même ce vent frais, qui venait de faire son apparition, semblait lui aussi s'être levé pour l'encourager à partir.

Mais il n'était plus question pour lui de reporter l'opération à plus tard. Le temps pressait. On était déjà vendredi et l'idée d'attendre jusqu'à lundi lui était insupportable. Ses dernières « visites » n'avaient pas été très fructueuses et ses maigres économies avaient fondu comme neige au soleil. Il lui fallait absolument se renflouer aujourd'hui s'il voulait manger. C'était une question de survie. C'était ainsi que Brice justifiait ses actes. À quarante-quatre ans, il avait déjà une solide expérience derrière lui. Ses surveillances répétées lui avaient appris que le couple ne possédait pas de chien, ce qui était un atout non négligeable. Les volets étant toujours fermés, ses repérages l'avaient aussi renseigné sur le matériel dont il devrait disposer pour forcer la porte à l'arrière de la maison. Il était fin prêt pour passer à l'action.

Oubliant momentanément le froid, il laissa son regard vagabonder sur la demeure d'architecture moderne isolée des autres. Il espérait bien y trouver cette fois quelques billets ou autres objets de valeur qu'il pourrait revendre à bon prix. Perdu dans ses pensées, une autre image s'imposa malgré lui dans son esprit : celle du visage de madame Gauthier. Cette proximité régulière avec elle au fil des jours avait tissé un lien étrange et indicible, une fascination qu'il ne parvenait pas à chasser. Il aimait tout en elle : son élégance, la grâce de ses attitudes, la fluidité de ses mouvements. C'était la classe à l'état pur. Le genre de femme qui ne s'intéresserait jamais à un raté comme lui. L'amertume le piqua.

Une violente bourrasque, plus glaciale que les précédentes, le ramena à la réalité. La rage le submergea. D'un geste vif et exaspéré, il repoussa son sac en bandoulière qui s'était glissé devant lui. Pour la troisième fois en quelques minutes, il plongea la main dans sa poche pour y extraire son téléphone et vérifier l'heure : quatorze heures trente. Le sang lui monta à la tête. Elle aurait dû être partie depuis un bon moment déjà. Cela faisait trois semaines qu'il épluchait méticuleusement ses habitudes et celles de son mari. Chaque jour, il observait, notait. Il connaissait par cœur son itinéraire quotidien à pied, entre sa coquette maison et l'agence immobilière où elle travaillait. Ses horaires étaient gravés dans son esprit : retour au domicile à douze heures dix, départ pour l'agence à treize heures cinquante, puis le grand retour vers dix-huit heures dix. C'était cette dernière tranche, le moment de son départ pour l'après-midi, qui était sa cible. Quant à son mari, ses horaires de travail, un départ matinal et un retour tardif au volant de sa Mercedes-Benz CLS 320, réduisaient considérablement le risque d'une rencontre inopinée. Rien, absolument rien, n'avait changé en deux semaines. À tel point que ces derniers jours, par prudence, il avait même réduit ses temps de présence entre midi. Il se contentait d'attendre son retour pour ensuite se réfugier dans sa voiture, avant de revenir à treize heures quarante pour la voir repartir.

Pas de chance, grommela-t-il entre ses dents. C'était le comble qu'elle ait décidé de modifier ses habitudes justement aujourd'hui, le jour où il fallait que tout soit parfait. Une réflexion s'imposait. Quelles que soient les raisons de ce changement, même si une absence imprévue de sa part l'arrangeait pour l'instant, il devait absolument envisager la possibilité qu'elle soit toujours à l'intérieur. Avait-elle pris un jour de congé inattendu ? Était-elle tombée malade ? Il l'avait pourtant vue arriver quelques heures plus tôt, son allure rapide et son pas décidé ne suggérant aucune défaillance, aucune faiblesse. Dans tous les cas, il devait s'en assurer immédiatement. Deux options s'offraient à lui : retourner à l'agence pour vérifier sa présence à travers la baie vitrée, ou simplement sonner à sa porte. La première solution représentait une perte de temps considérable, un détour qui le mettait encore plus en retard, il opta pour la seconde, la plus rapide. Il trouverait bien un prétexte bidon si elle venait à lui ouvrir : une histoire de voisins, de colis égaré. Cette pensée lui arracha une grimace amère. Car cela signifiait qu'après s'être exposé de la sorte, il devrait repousser l'opération de plusieurs jours pour se faire oublier, voire pire : trouver une autre cible. Une option inenvisageable, compte tenu de l'urgence de sa situation et de tout le temps qu'il avait déjà investi dans sa préparation. Il traversa la route en chassant cette idée de son esprit, puis monta les quelques marches qui menaient à la porte d'entrée, et appuya sur la sonnette rutilante où étaient inscrits les noms de monsieur et madame Gauthier.

Personne ne se manifesta. Il recommença plusieurs fois avec insistance avant de retourner à sa position initiale. Il jeta un dernier coup d'œil circulaire aux alentours, s'assurant que le chemin était libre, puis se glissa vers l'arrière de la maison, face à la porte de service. En sortant la perceuse sans fil de son sac, il se réjouit d'avoir choisi ce quartier tranquille aux habitations espacées. Il était conscient que malgré tous les soins apportés à préparer son coup, des semaines de surveillance aux repérages minutieux, en passant par les filatures discrètes, il restait une inconnue de taille : l'éventuelle présence d'un système d'alarme. Mais ça faisait partie des risques inhérents à son activité. Par chance, ce ne fut pas le cas. Après avoir percé le barillet avec une précision chirurgicale, celui-ci céda sans offrir la moindre résistance au tournevis. Une fois à l'intérieur, une absence d'odeur notable, pas la moindre trace d'un plat mijoté ou de café frais, le conforta dans son idée que Madame Gauthier était bel et bien partie se restaurer à l'extérieur. Guidé par le faisceau étroit de sa lampe torche, il se retrouva dans le salon et resta immobile, à l'affût d'un son suspect indiquant une présence, tout en balayant la pièce du faisceau lumineux. C'était toujours le même rituel, et la mélancolie le gagnait à chaque fois. Il s'imaginait être chez lui, affalé dans ce canapé d'angle aux lignes modernes, avec un châssis en bois massif, face au téléviseur de dernière génération. Il n'en avait jamais vu d'aussi grand. À vue d'œil, il devait bien faire soixante-dix pouces. La bibliothèque en manguier massif, garnie d'ouvrages qu'il ne lirait jamais, attira tout juste son attention. Cette maison, avec son luxe discret, lui renvoyait une image crue de sa propre condition sociale. Une vie minable, dans un studio minable, d'un quartier minable. Il soupira, l'amertume au ventre, et porta son regard sur tout ce qui comportait des tiroirs. En bon professionnel, il les fouilla méthodiquement, un par un, avec une patience d'orfèvre. Sa patience fût récompensée, il trouva dans l'un d'eux une montre Monster de chez Seiko, surnommée ainsi en raison de ses lignes et ses formes brutes. Encore dans son écrin, Brice en déduisit que le mari ne devait la porter qu'à certaines occasions. Un sourire s'afficha sur son visage en l'estimant à plusieurs centaines d'euros. Tout en la faisant glisser délicatement dans la poche de son imperméable, il se voyait bien trouver encore quelques bijoux précieux dans les commodes d'une des chambres du haut pour parfaire son butin. Il emprunta les escaliers et à mi-chemin, une porte ouverte sur sa gauche l'invitait déjà à entrer. Il s'avança jusqu'à l'encadrement avant de s'arrêter pour balayer lentement la pièce de sa lampe torche. Lorsque le lit se trouva dans le champ du faisceau lumineux, Brice resta quelques secondes figé dans cette position, puis fit le trajet inverse à reculons, manquant de justesse de dégringoler dans les escaliers. Quand il arriva en bas, il était déjà tout en sueur, la respiration haletante et les jambes flageolantes. Il devait quitter cette maison au plus vite. Si on le trouvait ici, il risquait une condamnation bien plus lourde qu'un simple vol par effraction. Il se précipita vers la porte arrière d'où il était venu, puis s'arrêta et se retourna, hésitant, déchiré par l'envie de fuir ou de prévenir quelqu'un. Non, il ne pouvait décemment pas la laisser comme ça. Brice était peut-être un voleur, mais pas un salopard. Bien qu'il n'y ait plus rien à faire pour madame Gauthier, il se devait de prévenir la police. Il épargnerait ainsi à son mari de faire l'horrible découverte. S'il appelait d'ici, personne ne risquerait de remonter jusqu'à lui, et il aurait amplement le temps de filer. Il revint sur ses pas et se posta devant le téléphone fixe, la lampe torche calée sous son bras gauche. Il hésita encore un court instant avant de saisir le combiné et composer le dix-sept. Une voix féminine se fit entendre.

— Police secours, bonjour. Quelle est votre urgence ?

Au moment de répondre, Brice enleva d'un geste fébrile son gant gauche, et le positionna sur le microphone du téléphone pour camoufler sa voix. Il prit une longue inspiration en secouant la tête, incrédule. Il n'aurait jamais imaginé, un jour, alerter lui-même la police lors d'un cambriolage.

La voix de son interlocutrice se fit plus pressante.

— Allo ! Parlez, s'il vous plaît !

— Écoutez-moi ! Une femme est morte. Elle a été assassinée à son domicile.

— Que dites-vous ? Vous avez bien parlé d'un meurtre ?

— Oui, un meurtre.

— Vous avez été témoin de ce qui s'est passé ?

— Non.

— Que faites-vous à son domicile ? Vous êtes un proche de la victime ?

Brice déglutit, la gorge serrée, avant de répondre.

— Non.

Un silence en retour, court, mais éloquent, traduisait l'incongruité de la situation.

— Bien, donnez-moi son adresse et attendez sur place l'arrivée des secours. Je vais vous demander également votre identité.

— Écoutez, vous trouverez l'adresse à partir de ce numéro d'appel, lâcha-t-il avant de raccrocher brusquement.

Il utilisa encore son gant comme un chiffon pour nettoyer

le combiné, puis sortit la montre de sa poche et la posa à proximité du téléphone. C'était une façon symbolique pour lui de nier toute participation au meurtre. Il quitta ensuite la maison sans demander son reste.

***

De retour dans sa vieille Clio, Brice réalisa à peine ce qu'il venait de se passer. Il resta, il ne sait combien de temps, prostré devant le rétroviseur intérieur à observer son teint livide. Puis, le son lancinant des sirènes, de plus en plus proche, le fit sursauter. Un coup d'œil machinal sur sa montre lui indiqua quinze heures trente. Il patienta encore quelques minutes interminables, le cœur battant à tout rompre, avant de démarrer son véhicule et quitter le parking pour rejoindre la grande route. Sur sa gauche, les gyrophares bleus et rouges, des secours et de la gendarmerie, tournoyaient devant la demeure de madame Gauthier. Il s'apprêta à prendre la direction opposée, mais une force incontrôlable le poussa à repasser une dernière fois devant son domicile. Il ne pouvait s'empêcher de penser qu'il y a à peine quelques heures, elle était encore vivante, et maintenant on l'emmenait dans un sac mortuaire. Tout a basculé approximativement entre midi vingt-cinq et treize heures trente. Que s'était-il passé ? Sans pouvoir l'expliquer, la mort de cette femme, qu'il avait côtoyée à sa façon pendant plusieurs jours, l'avait affecté. Il commençait à culpabiliser d'avoir quitté son poste de surveillance. Il n'aurait peut-être pas pu la sauver, mais il aurait pu donner la description de son meurtrier à la police de manière anonyme.

Désormais, il guetterait la moindre information sur ce crime et ne trouvera la paix que lorsque son assassin aura été arrêté. Il aurait voulu conserver comme dernière image de madame Gauthier, celle d'une femme d'une élégance rare et à l'allure gracieuse. Mais au lieu de ça, c'était l'image insoutenable d'une femme recroquevillée sur son lit, la tête tombante et les yeux exorbités, qui hantaient chaque recoin de son esprit.

Sa mort provoqua un déclic chez Brice. Il se jura d'arrêter son activité de cambrioleur, avant d'accélérer et quitter définitivement ce quartier.

# Une journaliste ambitieuse

Juin 2015

Au siège de la N.T.A, une chaîne télévisée au logo rutilant, la journaliste, Isabel Dupin, saisit le premier journal sur la pile qui trônait sur son bureau sans lâcher des yeux son téléphone « spécial » qui restait désespérément muet. Elle contrôla pour la énième fois le volume de la sonnerie pour s'assurer qu'il était bien au maximum, comme si ce geste pouvait conjurer le silence. Elle attendait un appel de son correspondant anonyme sur le portable réservé exclusivement pour « lui ». Tout le monde, au sein de l'entreprise, connaissait ou du moins se doutait de la fonction de son informateur : un policier, en poste au commissariat d'Antalville. Pour son émission, « pleins feux sur le crime », qu'elle avait lancée avec succès un an plus tôt, elle avait besoin de matière première pour l'alimenter. Son objectif était clair : être au plus près d'une scène de crime pour pouvoir intervenir en temps réel et filmer « l'évènement » avant même l'arrivée de concurrents. Qui mieux qu'un policier, étant toujours le premier sur les lieux, pouvait l'alerter avec une telle rapidité ? Le bruit courait dans les couloirs qu'elle n'hésitait pas à y mettre les moyens. Ses assistants, Mathieu et Stéphane, connaissaient parfaitement les consignes : être toujours sur les starting-blocks, caméra sur l'épaule, prêts à décoller, sinon la foudre s'abattait sur eux.

Elle reprit la lecture du journal qu'elle tenait entre les mains, ses doigts effleurant le papier glacé, et s'arrêta sur les gros titres en lettres capitales : « L'ÉTRANGLEUR AUX FOULARDS VIENT DE FAIRE UNE NOUVELLE VICTIME À GRÂCEVILLE ».

Pour la journaliste, c'était encore une occasion ratée de produire une émission sur ce tueur en série qui tenait la région en haleine. Grâceville était bien trop éloignée pour espérer être la première sur place, et elle ne connaissait personne susceptible de la prévenir avant l'annonce officielle.

Ses collègues ne se privaient pas de commenter l'ambition dévorante qui l'animait. Mathieu et Stéphane, parfois mal à l'aise, lui rapportaient les médisances à son égard. Certains, les plus venimeux, allaient jusqu'à prétendre, à voix basse ou à peine masquée, qu'elle serait prête à payer l'étrangleur aux foulards pour qu'il vienne « exercer » son sinistre art sur Antalville, plus facile d'accès. Les mauvaises langues ont encore de beaux jours devant elles.

Pour aujourd'hui encore, son téléphone ne sonnera pas.

# Une vieille affaire

Octobre 2016

Je ralentis, mon pied effleurant la pédale de frein, en me rapprochant de la demeure. Je tenais à arriver aussi discrètement que possible, pour ne pas trahir ma présence, et me laisser le temps de me mettre en « position ». Si j'avais pu couper le moteur et me laisser porter en roue libre sur une pente douce, je l'aurais fait. J'aurais pu aussi, me direz-vous, arrêter la voiture bien avant d'arriver près de la propriété, et faire le reste du chemin à pied. Mais paradoxalement, j'avais besoin de mon véhicule pour me faire entendre. Oui, je voulais que ce soit seulement à un moment précis pour que je puisse profiter pleinement de cet instant.

J'ouvris lentement la portière et sortis du véhicule. Mon rythme cardiaque commença à s'affoler. La main posée sur le métal froid de la portière, je guettai la fenêtre du deuxième étage à droite, les yeux rivés sur ce rectangle de verre. J'étais prêt à recevoir une décharge d'émotions. Le bruit sec, que fit la portière en se refermant, donna le signal.

La raison, la seule qui donnait encore un sens à mon existence, apparut à la fenêtre lorsqu'elle s'ouvrit. Sa voix claire et jeune s'éleva.

— Papa ! Attends, je descends.

Je sais, ça a un côté théâtral. Mais ça faisait trop longtemps que j'attendais ce moment. Près d'un an. Une éternité.

Je ne saurai probablement jamais comment une jeune fille de dix-sept ans a pu dévaler les escaliers, et se retrouver en bas en quelques secondes, pour m'ouvrir la porte et se jeter dans mes bras. Pas plus que je ne comprendrai jamais comment j'ai pu la délaisser pendant près d'un an, enfermé dans ma douleur. Je ne cherche pas d'excuses auprès des évènements tragiques qui ont bouleversé ma vie. J'aurais dû être présent auprès de ma fille après la disparition de sa mère, et surmonter cette épreuve ensemble.

Mais on ne peut pas réécrire l'histoire. On n'a pas le pouvoir de changer le passé, mais on a celui d'éviter de refaire les mêmes erreurs. Je retrouvais ma fille Jenny et c'était tout ce qui comptait pour moi maintenant. Elle était tout ce qui me raccrochait encore à la vie. Son étreinte me réchauffait le cœur. Je n'étais plus le commissaire Lewis, exerçant à la brigade criminelle d'Antalville et traquant les criminels, mais simplement un père.

Une dame, aux cheveux gris-argenté, apparut sur le seuil de la porte, le visage éclairé par un sourire franc. Pierre, mon beau-père, l'embonpoint bien prononcé, se plaça discrètement à ses côtés, le sourire tout aussi chaleureux aux lèvres. Elle se jeta sur moi en m'embrassant chaleureusement.

— Pourquoi n'as-tu pas appelé ? me demanda Martha, sa voix empreinte de doux reproches, faisant référence à mon court séjour à l'hôpital. Nous serions venus te chercher.

— Bah, je ne voulais pas vous déranger pour ça. Et puis, la Laguna a rendu l'âme.

— Oh, peu importe. Nous aurions trouvé un moyen de passer te prendre.

— Je n'en doute pas, Martha.

— Oh toi, tu voulais faire la surprise à quelqu'un.

Son regard fit rapidement un aller-retour complice en direction de ma fille. Ma belle-mère aussi attendait ce moment depuis longtemps de nous voir réconciliés.

— Elle n'a pas arrêté de nous parler de toi pendant ces quelques jours et de ce qu'il s'est passé « là-bas ».

— J'espère qu'elle ne vous a pas trop embêté avec ça.

— Mais non, penses-tu !

Puis, elle rajouta, penchant légèrement la tête vers moi, sa voix se faisant plus douce :

— Tu es devenu son héros.

J'échangeai un sourire complice avec ma fille qui avait bien sûr entendu, ses yeux brillant de fierté.

— Merci de t'être occupé de Jenny pendant mon séjour à l'hôpital, Martha. Je sais que je n'ai pas été très présent ces derniers temps, désormais tu nous verras plus souvent. Pour aujourd'hui, je te l'enlève encore, mais je te la ramènerai demain matin.

— Ne te préoccupe pas pour ça. Il est bon que vous passiez beaucoup de temps ensemble.

— Oui, mais pour demain matin, je vous ai préparé quelque chose.

Je me tournai vers mon beau-père.

— J'espère que tu seras là, Pierre ?

— Bien sûr, Jack. Je peux bien laisser mes parties de belote de temps en temps.

Martha ne ratait jamais une occasion de titiller son mari. C'était peut-être là le secret de longévité de leur couple. Un grand sourire s'afficha sur son visage et ajouta d'un ton enjoué :

— Moi, je suis sûre qu'il sera là. Il veut surtout vous montrer sa nouvelle voiture. On va la chercher cet après-midi.

Le visage de mon beau-père s'empourpra légèrement, et il partit dans un éclat de rire tout en secouant la tête.

— Je me sens beaucoup plus rassurée maintenant lorsqu'il va rejoindre ses amis sur Brennange, poursuivit Martha.

— Je m'en doute. Je suis impatient de la voir. Donc, le

programme de demain, ce sera resto et ensuite, petite balade sur la place des arts. Enfin, si ton genou le permet, Martha.

— Oui, ne t'inquiète pas. Ça va beaucoup mieux maintenant.

La place des arts. Pour beaucoup, elle était maintenant devenue synonyme de tragédie. Les terribles évènements qui s'y sont déroulés resteront encore longtemps gravés dans les mémoires. Mais pour ma part, elle sera toujours liée à un moment heureux de mon existence, à l'époque où nous y emmenions Jenny, Linda et moi, lorsqu'elle était petite.

— À demain, mamie, fit-elle encore une fois en montant dans la voiture.

Pendant qu'on s'éloignait, elle ne lâcha plus sa grand-mère des yeux jusqu'à ce que sa silhouette soit hors de portée de vue, puis elle se tourna vers moi, le visage sérieux.

— Tu sais, papa…

Elle marqua une pause. Je jetai un regard furtif dans sa direction.

— Tu voulais me dire quelque chose ?

— Après ce qui est arrivé sur la place des arts, j'ai pris conscience d'une chose.

Je crois que je devinais de quoi il s'agissait.

— Je n'imaginais pas à quel point tu exerçais un métier aussi dangereux.

Je tentais de minimiser les risques inhérents à ma profession.

— Bah ! Tous les métiers peuvent être dangereux, Jenny. Un accident est vite arrivé quand on n'est pas vigilant. Mais tu ne dois plus penser à ça.

— Oui, mais pour toi, ce n'est pas pareil, tu traques les criminels comme cet affreux Apollon. Il aurait pu te tuer.

Le ton de ma voix se radoucit.

— Écoute ! Ta mère et moi avons tout fait pour te préserver de ça. Il faut quelqu'un pour les arrêter et je ne suis pas le seul à le faire. Tu es en âge de comprendre maintenant, mais tu n'as pas à t'inquiéter.

— C'est ce que m'a dit Henry.

— Henry ? demandai-je étonné, un sourcil levé.

— Oui, il était passé prendre de mes nouvelles et j'en ai profité pour lui poser des questions. Je me souviens que l'année dernière, tout le monde parlait de ce sale type qui étranglait des femmes avec un foulard. Je voulais savoir si c'était toi qui l'avais arrêté. Il m'a dit que personne n'était arrivé à l'avoir et que toi, tu l'avais retrouvé en peu de temps.

— Je crois qu'Henry parle beaucoup trop.

— Ne lui en veux pas ! C'est moi qui ai insisté.

— Connaissant Henry, tu n'as pas dû insister longtemps. Et pour répondre à ta question, c'est bien moi qui étais chargé de le retrouver, mais loin de moi l'idée de m'attribuer tout le mérite. Personne ne peut résoudre une affaire tout seul, Jenny. On forme une équipe à la brigade et tout le monde a son rôle à jouer. Pour Apollon, les compétences de Richard nous ont fortement aidés dans cette enquête. Paul a pris des risques énormes pour moi, et je ne te parle pas de Henry, Tom, Rudy ou Chris. Sans oublier Léa.

Je m'arrêtai sur Léa. Je n'oublierai jamais ce que je lui dois.

— Sans son aide, nous n'aurions jamais pu l'arrêter.

En réalité, sans elle je serais mort.

— Mais personne n'aurait eu le courage de faire ce que tu as fait. Je suis fière de toi, papa.

Je lui répondis en souriant.

— Ben voilà, fallait commencer par là. Moi, je suis encore plus fier de toi, Jenny. Ce que tu as fait demandait beaucoup plus de courage. C'était à moi de prendre soin de toi, de te protéger, et malgré tout ce que je t'ai fait subir, tu m'as soutenu. Je n'oublierai jamais cet instant où tu as couru vers moi, les bras grands ouverts. Aucune force au monde n'aurait pu te retenir. Tu as fait ce que j'aurais dû faire. Tu es restée auprès de moi pour me soutenir quand j'en ai eu le plus besoin.

Des larmes silencieuses commençaient à rouler sur ses joues.

— J'ai eu peur qu'il t'arrive quelque chose, papa.

Je lui pris la main.

— Je sais ma puce. Mais c'est fini maintenant. Oublions tout ça !

Le premier lieu où nous nous rendîmes fut bien entendu le nouveau cimetière d'Antalville où reposait Linda. Sur sa tombe, l'abondance de chrysanthèmes, de cyclamens ou autres bruyères, témoignait de l'affection profonde que tout le monde portait à ma femme. Jenny se serra tout contre moi, cherchant un réconfort mutuel. Je n'arrivais pas à détacher mon regard du visage souriant de Linda en médaillon. Je n'arrêtais pas de me répéter : pourquoi elle ? Pourquoi nous l'a-t-il pris ? Je repensais à ce jour maudit où c'est arrivé, l'égorgeur des sans-abri brandissant son poignard sur elle, l'impuissance qui m'avait étreint. Je n'avais rien pu faire pour la sauver. Justice avait été faite, oui, mais ça ne me l'avait pas rendu.

Et pourtant, il fallait réapprendre à vivre. Pour Linda, pour Jenny, il fallait aller de l'avant.

C'est ce que nous avons fait. Nous n'avions jamais été aussi proches et aussi complices que cette journée-là. J'ai savouré chaque seconde passée avec ma fille. Ses rires résonnent encore dans ma mémoire.

Je sais maintenant qu'il y aura d'autres journées comme celle-là. Beaucoup d'autres.

Le soir, après avoir souhaité bonne nuit à ma fille, je regagnais ma chambre, exténué, le corps lourd et l'esprit à vif. Allongé sur le lit, le plafond sombre pour seule compagnie, je repensai à l'affaire de l'étrangleur aux foulards dont m'avait parlé Jenny. Une affaire qui avait profondément secoué Antalville, laissant des cicatrices invisibles. Elle allait aussi remettre en question toutes mes convictions sur les êtres humains. Comment pouvait-on s'en prendre à tant de victimes innocentes avec une telle cruauté ?

Lorsqu'il fut appréhendé et que la vérité éclata, tout le monde ne parlait plus que de ça. Un tel disait la voix étranglée par l'horreur : « mon Dieu ! Pourquoi toutes ces victimes ? Comment peut-on en arriver là ? » Un autre insistait, le regard dur : « pour moi, il n'aimait pas les femmes. Qu'on ne vienne pas me dire le contraire ! »

Partout, dans les lieux publics, jusque dans les rues, tout le monde y allait de ses commentaires, de ses théories. Mais personne n'avait de réponses à toutes les questions qu'ils pouvaient se poser. Aujourd'hui encore, je pourrais vous raconter l'affaire dans ses moindres détails, que je fusse présent ou non sur les lieux, puisque j'étais chargé de l'enquête et que j'avais accès à tous les témoignages. Mais je serais incapable de vous expliquer comment on peut arriver à une telle folie meurtrière, à un tel point d'inhumanité. Ce n'était pas mon rôle. Moi, je savais seulement que je devais l'arrêter. J'en avais fait la promesse et l'avais tenue.

Pendant toute mon enquête, je me demandais quel visage pouvait avoir un être capable de tels crimes monstrueux. Je me souviens de la réponse qu'avait donnée un spécialiste des tueurs en série à un journaliste qui lui avait posé la question : si c'était écrit sur leur visage qu'ils sont des assassins, ce serait beaucoup plus facile pour la police de les arrêter. Rien n'était plus vrai. Ils ressemblent à monsieur tout le monde.

Mais laissez-moi vous raconter toute l'histoire.

Bien qu'ayant mené l'enquête jusqu'à son terme, la difficulté serait de situer avec précision quel jour ont eu lieu les premiers évènements, qui germaient sournoisement quelque part, et me prédestinaient un jour à m'embarquer dans cette terrible affaire. Pourtant, il faut bien situer le début d'une histoire quelque part. Je laissai mon esprit vagabonder, à la dérive dans les souvenirs, et me retrouvai propulsé en juillet 2015, un soir d'été où je rentrais chez moi pour retrouver ma petite famille.

La seule raison qui me pousse à me replonger dans cette période trouble est que ma femme, Linda, à ce moment-là, était encore de ce monde. Et je serais prêt à retourner tous les jours en enfer pour la revoir.

Elle me manque tellement.

# L'homme aux sept dictons

Mardi 7 juillet 2015

— A demain, Henry, lui envoyai-je, le saluant d'un geste.

Ça fait plus de quinze ans que l'inspecteur Henry Wendling et moi faisons équipe. Quinze années à partager les succès et les échecs, la tension des enquêtes et les pauses-café. Lorsqu'on est amené à travailler aussi longtemps avec quelqu'un, on tisse des liens solides. Je savais que je pouvais compter sur lui en toutes circonstances et vice versa. Et l'avenir allait me donner raison.

— A demain, Jack.

Je me souviens encore de cette fin de journée de juillet. Il faisait incroyablement doux. Ce genre de douceur qui vous donne envie d'abandonner votre véhicule sur place et de rentrer à pied. Avant de monter dans ma voiture et prendre la direction de mon domicile, je levai les yeux et m'attardai quelques instants pour observer ce ciel complètement dégagé. La main posée sur la portière, je me mis à rêver en contemplant cette myriade d'étoiles au-dessus de ma tête. Confronté si souvent à la mort, je me laissais aller à imaginer qu'elles n'étaient là que pour nous apporter des messages d'espoir lorsqu'on perd un être cher. Certaines étaient mortes depuis longtemps, et pourtant, elles continuaient à briller de tous leurs feux. Comme si elles voulaient nous dire que la mort n'existe pas. Je ne savais pas encore que ce message s'adresserait bientôt à moi.

Libre à vous de ne pas y croire. Pourtant, à un moment donné, elles diffusent même une lumière d'une intensité inégalée. C'était peut-être destiné aux plus sceptiques.

À quelques centaines de mètres de mon domicile, une tout autre lumière attira mon attention. Ces flashs lumineux qui tournoyaient sans interruption, je ne les connaissais que trop bien pour les avoir vus tant de fois. Hélas. Ils ne laissaient jamais présager un évènement de bon augure. Et dans le silence du soir, ils dégageaient quelque chose de particulièrement sinistre.

Les gyrophares des véhicules du SAMU ne pratiquent pas l'ostracisme. Ils inondent indifféremment de leur lumière bleue tout ce qui se trouve à leur portée. Les faisceaux lumineux se mélangeaient sans complexes avec ceux des véhicules de la gendarmerie. Malgré l'heure tardive, ils attiraient les badauds aussi sûrement que les lumières des réverbères attiraient les moustiques. Ils discutaient entre eux en observant discrètement les allées et venues des gendarmes, semblant vouloir donner l'illusion de s'être retrouvés là par hasard.

Je compris la cause de toute cette agitation en passant au ralenti devant une maison délabrée. Deux médecins-secouristes en uniforme blanc évacuaient sur un brancard un corps dans un sac mortuaire. Je reconnus le gendarme qui menait les opérations. Il se démarquait des autres par sa stature imposante. Il semblait interroger un type en costume gris qui lui répondait par de grands gestes. Je pris la décision de ne pas l'interpeller et poursuivis ma route en accélérant.

J'arrivai enfin dans la rue de Lorraine où j'y vis avec ma petite famille. J'activai à distance, à l'aide de ma télécommande, l'ouverture électrique de la grille d'entrée de mon pavillon.

Malgré la pénombre due à un réverbère écologique qui semblait vouloir économiser de l'énergie en diffusant une lumière faiblarde, je reconnus immédiatement la personne qui promenait son labrador blanc : Mike Meyer. J'eus beaucoup de plaisir à le revoir. Je fis descendre la vitre côté passager tout en m'inclinant pour l'interpeller. Il se dirigea vers moi et se pencha pour me voir en prenant appui de sa main droite sur le toit de ma 308 grise. Sa tête apparut dans l'encadrement de la vitre. Il avait toujours la même chevelure blonde coiffée en brosse.

— Salut Mike, lui lançai-je.

Je connais Mike depuis l'adolescence. Avec lui et Barry, un autre copain d'enfance, on formait une bande. On nous appelait les trois diables rouges. Et on rêvait tous les trois de devenir policier comme à peu près tous les gamins de notre âge. Sauf que nous, nous avons plus ou moins réalisé notre rêve. Barry avait intégré la gendarmerie d'Antalville et moi le commissariat de police, avant de rejoindre quelques années plus tard la brigade criminelle. Mike, quant à lui, avait bifurqué dans une autre direction, il était devenu vigile. C'était il y a si longtemps. Aujourd'hui encore, on peut le rencontrer dans certains grands centres commerciaux. Depuis, en raison de nos métiers différents, et malgré le fait que nous habitons à une dizaine de rues l'un de l'autre, on ne se revoit plus qu'à de très rares occasions. Pour ce qui est de Barry, il y a bien longtemps que je ne le vois plus, mais ce n'était pas pour les mêmes raisons. Une distance s'était naturellement imposée entre lui et moi. Il avait une conception du mariage qui n'était pas en accord avec mes principes. Avec Mike, si une occasion se présentait, on se retrouvait volontiers pour s'adonner à certaines activités sportives comme par le passé.

Mike, l'homme aux sept dictons comme j'aimais l'appeler. Il en avait un pour chaque jour de la semaine.

— Salut, Jack. Ça y est, fini le boulot ?

— Comme tu dis. Que fais-tu dans le coin, Mike ? Ça fait un bail qu'on ne s'est pas vu. Tu passes boire un verre ?

Il hésita en soufflant. Il semblait avoir envie de se confier. Le ton changea.

— Non, merci Jack, pas ce soir. Je vais rentrer. Je viens d'apprendre une triste nouvelle.

— Que s'est-il passé ?

Il tourna la tête pour donner un ordre à son labrador qui tirait sur sa laisse.

— Pluton ! Reste tranquille, bordel !

Je coupai le moteur. La discussion promettait d'être longue. Il reprit :

— Tout à l'heure, j'ai appris le décès d'une personne que j'appréciais.

Je fis immédiatement le rapprochement.

— Ce ne serait pas dans cette petite maison délabrée ? J'ai vu le SAMU en arrivant. Les gendarmes étaient également sur place.

— Ouais, c'est ça. Madame Lehmann, quatre-vingt-huit ans. Une chouette femme. D'après monsieur Malher, le propriétaire de la maison, elle aurait fait une mauvaise chute dans les escaliers. T'as certainement dû le voir. Il ne passe pas inaperçu. Toujours tiré à quatre épingles.

— Oui, je vois de qui il s'agit.

— Il avait essayé de l'appeler plusieurs fois en fin d'après midi. Comme elle ne répondait toujours pas dans la soirée après plusieurs coups de fil, il s'était inquiété et s'était rendu chez elle après avoir prévenu les gendarmes.

La réaction du propriétaire m'interpella.

— Comment ça ? Il avait contacté la gendarmerie avant de s'assurer qu'elle n'était pas sortie ?

— Tu ne changeras jamais, Jack. Toujours à te poser des questions.

— On ne se refait pas.

— Non, il n'y avait rien d'étonnant. Moi-même, j'aurais agi comme lui. Monsieur Malher la connaissait bien et savait qu'elle ne sortait quasiment jamais, et encore moins le soir. D'ailleurs, ce n'était pas la première fois qu'il l'appelait, il s'inquiétait beaucoup pour elle et elle avait toujours répondu à chacun de ses appels. Il lui proposait régulièrement un logement plus décent, mais elle avait toujours décliné son offre. De toute façon, ses craintes étaient fondées. Il avait donc bien fait de prévenir les gendarmes. Au fait, Barry était là.

— Je sais, je l'ai aperçu.

— Tu lui as parlé ?

Je soupirai.

— Non, je n'ai pas voulu le déranger.

— Tu devrais passer le voir un de ces jours, il n'a pas trop le moral en ce moment. Enfin bref, quand j'ai vu tous ces gyrophares devant sa maison, et les gendarmes qui cassaient une fenêtre pour entrer, j'ai compris que quelque chose de grave était arrivé. Barry m'a dit ensuite qu'ils ont trouvé le corps en bas des escaliers. Ils ne sont pas parvenus à la ranimer. À cet âge-là, une chute, ça ne pardonne pas. Je n'ai pas eu le cœur de rester, je suis parti.

— Je comprends, c'est vraiment tragique.

— Elle vivait seule et n'avait plus de famille. Ça va être dur de l'annoncer à Mélanie. Elle lui rendait aussi visite de temps en temps pour voir si elle avait besoin de quelque chose.

Le nom de la défunte me revint en mémoire.

— Madame Lehmann, tu dis ? Attends ! Ce nom me dit quelque chose.

— En tout cas, elle ne faisait pas beaucoup parler d'elle. Comme je te le disais, elle ne sortait presque plus. Mais tu sais ce qu'on dit : c'était peut-être son heure. La vie continue.

Tout en lui répondant, je jetai un œil sur ma grille d'entrée qui s'était complètement ouverte.

— T'as raison, Mike, la vie continue. Tu sais ce qu'on devrait se faire ? Une soirée comme au bon vieux temps, histoire de se remémorer de vieux souvenirs. Pourquoi ne passerais-tu pas un de ces jours avec Mélanie ? Tu pourrais aussi en parler à Barry et à Beth. Linda serait ravie qu'on se retrouve tous les six.

Mike et moi avions rencontré nos futures femmes la même année et à quelques semaines d'intervalle, nous nous sommes mariés l'année suivante. Moi, j'ai épousé Linda, mais Mike, ce n'était pas encore avec Mélanie. Elle s'appelait Shirley. Elle voulait un enfant, il ne pouvait pas en avoir. Leur mariage n'a pas survécu. Ils ont divorcé trois ans plus tard. Ça avait été un choc pour Mike. Pendant sa dépression, Linda et moi avions tout fait pour le soutenir. Les amis sont faits pour ça. On l'avait entouré autant qu'on a pu. Et puis le soleil est entré dans sa vie lorsqu'il a rencontré Mélanie. Ça fait plus de quinze ans qu'ils sont mariés maintenant. Ils n'ont toujours pas d'enfant, mais ils sont heureux ensemble. Barry s'était marié peu de temps après avec Beth.

Mike reprit mes paroles avec une pointe de nostalgie dans la voix.

— Ouais, tous les six. Ça aurait été super, Jack. Malheureusement, avec Barry et Beth, ce ne sera plus possible.

Il m'annonça ça comme si un drame était survenu. Un frisson me parcourut le corps.

— Pourquoi dis-tu ça ?

— Tu n'as pas su ? Beth s'est barrée. Elle a demandé le divorce, il y a plusieurs mois. Dans un sens, je suis étonné qu'elle ne l'ait pas fait plus tôt. Elle a enfin ouvert les yeux, si tu vois ce que je veux dire.

— Tout le monde le savait, je crois.

Il secoua la tête d'un air atterré.

— Toutes ces années… j'ai failli la prévenir une fois. Et puis, je me suis dit que je ne devais pas m'en mêler.

— J'avais eu la même réaction. Est-ce qu'on a bien fait de se taire ? Je n'en sais rien. C'est toujours délicat ce genre de choses. Moi, j'ai préféré mettre des distances avec lui. Comment l'a-t-elle appris ?

— Elle était d'abord tombée sur une photo de sa maîtresse, une Espagnole, je crois… ou une Italienne, je ne sais plus. Lorsque Barry est rentré à la maison, il a trouvé la photo sur la table du salon. Beth attendait des explications. Il lui a alors avoué qu'il avait eu une courte liaison avec elle après l'avoir rencontrée pendant une de ses missions de filature. Il lui a juré que c'était fini depuis longtemps, qu'il avait oublié cette photo, et qu'elle ne représentait plus rien pour lui, bla-bla-bla. Il l'a suppliée d'oublier cette histoire, mais Beth ne savait plus si elle devait le croire ou pas. Elle avait pourtant pensé à lui laisser une seconde chance, mais finalement, quelques jours plus tard, il s'est produit un évènement qui l'avait définitivement décidée à demander le divorce. Ça lui pendait au nez de toute façon. Barry ne voulait pas d'esclandre et ils ont réglé ça rapidement à l'amiable. Il lui avait dit qu'elle pouvait rester dans la maison en attendant de trouver un appartement, mais elle a refusé, craignant qu'il ne la harcèle. Du coup, elle ne savait pas où aller. Elle avait d'abord pensé à t'en parler, mais il y avait Jenny. Elle ne voulait pas être un poids pour vous.

— Il n'y aurait eu aucun problème. On l'aurait accueillie avec plaisir.

— Je m'en doute bien. Bref, Mélanie et moi, nous nous étions bien sûr proposé de l'héberger le temps qu'elle retombe sur ses pieds. Elle avait accepté et c'est là qu'elle nous avait raconté toute l'histoire.

— Tu parlais d'un évènement qui l'avait décidée à demander le divorce.

— Oui, j'y venais. Beth a appris que Barry lui avait encore menti. Contrairement à ce qu'il avait prétendu, la relation était toute fraîche, et pire encore, il la voyait toujours.

— Mais comment l'a-t-elle su ?

— Par la fille de la photo. Un truc de fou. Avant de rencontrer Barry, elle venait de rompre avec son compagnon. Il était devenu trop jaloux et possessif. Bref, pour la voir plus souvent, Barry avait raconté à Beth qu'il partait en mission, ce qui n'était pas faux au départ. Tout allait bien jusqu'à ce que sa maîtresse décide de vivre avec lui. Barry s'était vite retrouvé au pied du mur. Il ne voulait pas quitter Beth. Il lui avait alors avoué qu'il était marié. Elle s'était sentie trahie et humiliée, et lui avait juré de retrouver sa femme pour tout lui révéler. Je ne sais pas comment elle s'était débrouillée pour avoir son adresse, mais toujours est-il qu'elle s'était rendue un jour chez Beth avec la ferme intention de lui avouer toute la vérité. La fille de la photo avait tenu à être honnête avec elle et lui avait juré qu'elle ne le reverrait plus. Mais cette fois, c'en était trop pour Beth. Elle en avait eu assez des mensonges de Barry, et c'est ce qui l'avait décidée à se séparer de lui, avant de s'installer chez nous, le temps nécessaire pour trouver un appartement. Mais finalement, elle s'était ravisée et avait préféré ne plus rester dans le coin à cause de Barry. Elle est donc partie rejoindre sa fille à Nice. Bien sûr, Barry n'avait rien su de tout ça. Beth nous avait demandé de ne rien lui dire. Après tout, il l'avait bien cherché. Elle nous avait appelés quelques semaines après, pour nous dire que tout allait bien pour elle.

— C'est mieux comme ça, alors.

— Comme tu dis ! Dire que je n'avais rien vu venir. Je voyais pourtant souvent Barry à ce moment-là, il n'avait rien laissé transparaître. Peut-être pensait-il que Beth ne le quitterait pas. Il était plus préoccupé par son boulot qui lui prenait beaucoup de temps, il partait souvent en mission pour démanteler un important réseau de trafic de drogue. Tu sais aussi bien que moi comment il était, il voulait nettoyer la ville de ce fléau, surtout sur Antalville. Après ça, je l'ai revu très peu.

— À force de vouloir s'entourer de jolies femmes, il a fini par créer le vide autour de lui. Il doit se sentir bien seul maintenant. Et Beth, que devient-elle aujourd'hui ?

— On avait essayé de la rappeler récemment pour avoir de ses nouvelles, mais son numéro n'était plus attribué. Elle a dû le changer à cause de Barry. Il n'arrêtait pas de la rappeler, il voulait qu'elle revienne. Des fois, j'te jure. Bah, oublions tout ça ! Le passé est le passé. Elle rappellera quand elle sera décidée. Changeons de sujet maintenant si tu veux bien ! Ça te dirait que je te mette une déculottée au tennis un de ces jours ?

— Ha, ha ! T'as la rancune tenace. T'as toujours pas digéré ta dernière défaite. Ça fait quoi pourtant ? Un an, plus ?

— Peut-être bien, ouais. Alors ?

— On peut remettre ça demain, si tu veux.

— Ah, jamais le mercredi, Jack, tu connais le dicton : mercredi rose, on se repose.

— Je l'avais oublié, celui-là, répliquai-je en souriant. Bon, on va donc reporter ça à une autre fois.

— Écoute ! J'avais pensé qu'on pourrait faire ça dans deux semaines quand je serai en congés. Qu'est-ce que tu en dis ? Je fais beaucoup d'heures en ce moment, et le week-end, je me tape aussi la discothèque « Le Carrousel ». Alors le jeudi 23 juillet, si ça te dit.

Je réfléchis à peine un instant. Moi aussi, j'avais très envie de l'affronter à nouveau, et un peu d'exercice ne me ferait pas de mal.

— Pourquoi pas ! Mais rappelle-moi, il peut se passer

beaucoup de choses d'ici là.

Je me surpris à me prendre à son jeu.

— Ce sera un jeudi, tu dis ? Le dicton est bon pour ce jour-là ?

Il afficha un sourire de satisfaction accompagné d'un clin d'œil.

— Il n'y a pas mieux. Jeudi jaune, tout ronronne. Mais ne t'inquiète pas, un autre jour fera tout aussi bien l'affaire.

Je lui répondis d'un air amusé.

— OK, alors, on en reparlera.

Il tapa de la paume de la main sur le toit de mon véhicule.

— Ça marche ! Allez, je te laisse.

— Bonne soirée, Mike. Embrasse Mélanie pour moi !

— Je n'y manquerai pas. Pareil pour Linda. Bye.

Je m'apprêtais à repartir lorsque son visage réapparut dans l'encadrement de la vitre.

— Hé, Jack !

Je me retournai à nouveau vers lui. Il me resservit un de ses fameux dictons, presque en chantonnant.

— N'oublie pas ! Mardi bleu, ouvre bien les yeux !

Je répondis en souriant tout en lui adressant un geste amical de la main.

— Ha, ha, je tâcherai de m'en souvenir.


J'arrivai enfin devant mon pavillon où j'y garais ma voiture, avant de rejoindre les deux femmes de ma vie. Du moins, une seule pour ce soir.

J'embrassai Jenny en lui demandant comment ça allait.

— Ça va.

Une réponse laconique de la part de ma fille était généralement synonyme de frustration.

— Je suis désolé, j'ai été retenu au boulot. Maman n'est pas là ?

Elle soupira.

— Non, on l'a encore appelée. Elle a dû partir en urgence.

— Tu as mangé ?

— Oui, elle m'a demandé de te réchauffer la blanquette.

— C'est pour ça que tu fais la moue ? Je peux la réchauffer si tu veux.

Bien sûr, la pauvre blanquette n'y était pour rien. Je tentais parfois de plaisanter pour lui remonter le moral. Des fois, ça marchait. Perdu.

Elle se lâcha.

— Non, mais c'est vrai, papa. Je vous vois chaque fois à tour de rôle. Parfois, j'ai l'impression de n'avoir qu'un seul parent.

— Ah, tu exagères toujours les choses, Jenny. Ça n'arrive pas aussi souvent que ça. Ta mère est infirmière et quand on a besoin d'elle, elle fonce comme Superman.

Pour la faire sourire, j'accompagnais cette fois mes paroles d'un geste ridicule de la main, mimant Superman prenant son envol.

Ça n'eut pas l'effet escompté. Il y a des jours comme ça.

— Pff, Superman ! Comme tu y vas. Elle est partie faire une piqûre à cette affreuse madame Bender.

— Hé, jeune fille ! Qu'est-ce qui te prend de parler comme ça ? Je t'ai déjà dit de ne jamais passer ta colère sur les autres. Et on verra comment tu feras, toi, quand tu seras infirmière. Attends, rassure-moi ! Tu veux toujours devenir infirmière comme ta mère ou j'ai raté un épisode ?

Elle répondit d'un air insouciant en faisant virevolter sa tête.

— Mais oui, ce n'est pas la question.

— Bien. Je vais tenir compagnie à la blanquette.

— Non, attends ! Je m'en occupe.


Le repas se poursuivit en tête à tête en échangeant des anecdotes de nos journées respectives. Puis, pendant que nous débarrassions la table, elle enchaîna sur un sujet que j'avais toujours évité d'aborder avec elle.

— Aux infos, ils ont encore parlé de ce type qui étrangle des femmes à Grâceville.

Je fis un haussement d'épaules.

— Ne te tracasse pas pour ça, ma puce !

— Les médias l'appellent l'étrangleur aux foulards.

— Je sais.

— Pourquoi font-ils ça, papa ?

Je détournai habilement la question pensant naïvement qu'elle en resterait là.

— Bah, les journalistes aiment donner des surnoms aux criminels.

Perdu. Encore.

— Non, je parlais des criminels. Pourquoi ils font du mal aux gens ?

— Je ne sais pas, Jenny. Tu ne préfères pas qu'on parle d'autre chose ?

C'était mal connaître ma fille que de croire qu'elle changerait de sujet aussi facilement.

— Tu vas l'arrêter ?

— Jenny, ça ne marche pas comme ça. Grâceville est à plus de cent kilomètres d'ici. La brigade criminelle de Doubange est déjà sur l'affaire. Ils n'ont vraiment pas besoin de moi, tu sais. Fais-moi plaisir, ne parlons plus de ça !

— D'accord. On se regarde « scènes de ménage » ?

— Seulement si tu me fais un sourire.

Gagné. Enfin.

Jenny s'étira les bras en bâillant. J'eus encore une fois la preuve que le bâillement est contagieux.

— Je monte me coucher, papa, me fit-elle en m'embrassant. Je suis fatiguée.

— Bonne nuit, ma puce. Je vais attendre ta mère.

Un bruit me réveilla. Le son caractéristique d'une porte

qui s'ouvre. À travers mes paupières qui avaient toutes les peines du monde à faire de même, je vis une créature de rêve apparaître dans l'encadrement de la porte. J'en arrivais à me demander si elle était réelle. Elle se déplaçait vers moi avec la grâce d'une princesse. Elle jeta son sac à main sur la table basse du salon, puis défit son chignon et laissa retomber ses cheveux bruns crépus en souriant. Si la beauté du ciel est sublimée par les étoiles, la beauté d'une femme est sublimée par sa chevelure. Elle s'affala lascivement sur moi pour m'embrasser.

Après un réveil semi-comateux, les premières paroles qui sortent de ma bouche ne sont pas toujours des plus romantiques.

— J'ai cru que tu m'avais quitté pour un autre.

Et voilà ce qui arrive quand on se risque sur un terrain dangereux et que ce n'est pas votre jour.

— L'idée m'avait traversé l'esprit, mais il y a Jenny.

Je l'avais bien cherché. J'en profitais pour rebondir sur notre fille.

— À ce propos justement, elle fait la tête.

— Je m'en doute. Ça doit être parfois difficile pour elle. Je monterai la voir.

Je lui racontai ce que je venais d'apprendre sur Barry.

— J'ai vu Mike tout à l'heure. Ça faisait longtemps qu'on ne s'était pas revu.

— Il y a longtemps qu'on s'est tous perdu de vue. C'est dommage, on passait de bonnes soirées avant avec Mélanie, Beth et Barry. Vous formiez une belle brochette de couleurs tous les trois. Jack le brun, Mike le blond et Barry le roux. Qu'est-ce qu'ils deviennent ?

— Pour Mike, c'est la routine. Tu savais que Barry n'est plus avec Beth ? Ils ont divorcé.

— Non, je l'ignorais. Mais ça ne m'étonne pas, il lui fallait toujours une nouvelle conquête. C'était sa drogue. Il a continué ses conneries ?

— Ouais. Comment Beth a-t-elle pu rester aussi longtemps avec lui sans qu'elle ne s'aperçoive de rien ?

— Qui te dit qu'elle n'avait rien remarqué ? Par amour, une femme peut fermer les yeux très longtemps sur beaucoup de choses. Mais lorsque le cap de non-retour est atteint, c'est terminé. Et curieusement, c'est ce moment-là que les hommes choisissent pour se racheter. Il lui aurait fallu un gars comme Mike. Mélanie avait été beaucoup plus exigeante. Elle avait vite compris à quel oiseau elle avait affaire.

Je fis une moue d'étonnement.

— Comment ça ? Je ne te suis pas.

— Elle l'avait quitté rapidement pour Mike.

Je tombais des nues.

— Quoi ? Mélanie et Barry se fréquentaient ?

— Oui, tu ne savais pas ? C'était bien avant de connaître Beth. Je l'ai su moi-même plus tard par Mélanie, elle s'était confiée à moi. Souviens-toi, Barry s'absentait parfois des jours, puis il réapparaissait. C'était pour aller la retrouver. Ça n'avait pas duré longtemps, moins d'un mois je crois, peut-être moins. Mélanie ne voulait pas que Mike le sache, elle craignait que ça ne brouille leur amitié. C'était il y a une quinzaine d'années, je croyais te l'avoir dit depuis.

— Ben non ! Vous, les femmes, vous avez de ces secrets !

— Bah ! C'était mieux que personne n'en sache rien à l'époque. Tu imagines si Mike l'avait appris. Il était déjà en pleine dépression après sa rupture avec Shirley. Heureusement qu'on avait été là, il pensait sérieusement au suicide. Je n'ai jamais su comment Mélanie avait connu Mike, mais elle était arrivée au bon moment. Elle lui avait redonné goût à la vie. D'après elle, Barry avait, lui aussi, mal vécu leur séparation, mais par amitié pour Mike, il lui avait promis de ne jamais en reparler. Par la suite, il a rencontré Beth et tout le monde y avait trouvé son compte. Mélanie m'avait avoué un jour qu'elle voulait des enfants, et sur ce point-là, il faut reconnaître que Mike n'avait pas été très honnête avec elle. Il lui avait caché qu'il était stérile.

— Ça, je m'en souviens. Il craignait qu'elle aussi le quitte. Pourtant, ce ne sont pas les moyens qui manquent pour avoir des enfants, à commencer par l'adoption.

— Oui, je ne comprends pas non plus. Quand elle l'avait appris quelques années plus tard, elle avait fini par accepter le fait qu'elle ne serait jamais maman. Elle disait que quand on s'aime, il faut surmonter les épreuves. Et ça n'a pas trop mal fonctionné depuis.

Je lui caressai la joue du bout des doigts.

— C'est vrai, tu as raison. On ne s'en est pas trop mal tiré nous aussi.

Elle se redressa lentement, pour être face à moi, et plongea ses yeux noisette dans les miens, comme pour y chercher un quelconque secret enfoui.

— Toi aussi, tu aurais pu avoir toutes les femmes que tu voulais.

Je l'embrassai sur le bout du nez.

— J'ai préféré la qualité à la quantité. Et je ne changerai pour rien au monde.

Notre fille redevint vite notre centre d'intérêt.

— Qu'est-ce qu'on lui dit à Jenny pour demain soir ? Qu'on dinera à trois ?

— Oui, je devrai m'absenter à nouveau pour faire une piqûre à une vieille dame, mais je serai vite de retour. Elle n'habite pas loin d'ici.

Pendant qu'elle se levait, je fus saisi d'un terrible doute. Je la retins par la main et lui demandai :

— Qui est-ce ?

— Madame Lehmann.

Elle perçut quelque chose d'étrange dans mon regard.

— Mais oui, tu ne t'en souviens plus ? Je t'en avais déjà parlé.

Nous échangeâmes un silence. Voilà où j'avais déjà entendu ce nom.

— Viens ! lui dis-je tendrement en la tirant par la main.

Elle continua de me fixer pendant qu'elle s'installait à nouveau sur moi.

— Qu'y a-t-il ?

— Mike m'a appris autre chose, tout à l'heure.

Son silence et son regard inquiet se passaient de mots.

— Il m'a dit qu'elle a eu un accident.

Elle posa sa tête dans le creux de mon épaule.

— Elle est… ?

Je cherchais les mots pour le lui annoncer.

— Je suis désolé.

Je ne sais plus combien de temps nous sommes restés enlacés dans cette position sans dire un mot.

— Que s'est-il passé ?

— Une chute dans les escaliers.

— J'ai souvent craint qu'il lui arrive quelque chose, elle refusait toute aide extérieure. C'est triste.

Après un long silence, elle reprit d'un ton mélancolique en changeant de sujet.

— Tu as entendu les infos ?

Je savais bien sûr à quoi elle faisait allusion.

— Jenny m'a posé la même question. Je n'aime pas aborder ce sujet avec elle. Elle est trop jeune encore.

— Je sais, mais c'est la fille d'un flic. Et on ne peut pas l'empêcher de regarder les infos. Et puis, ce n'est pas comme si tu étais impliqué dans l'enquête. Tu crois qu'ils arriveront à l'avoir ?

— Bien sûr. Et tu sais pourquoi ?

Elle posa son menton sur ma poitrine en me jetant un regard avide de curiosité.

— Dis-moi !

Je pris une longue inspiration avant de poursuivre. Dans un moment de faiblesse dû à la fatigue, l'esprit d'un philosophe en profita pour prendre possession de mon corps pendant quelques secondes.

— Le bien triomphe toujours sur le mal.

Ma citation avait fait mouche. Elle m'observa longuement en arborant un petit sourire. J'avais l'impression d'avoir réussi un examen oral et me demandais quelle serait ma récompense.

Ce fut un baiser.

J'espère que le philosophe avait déjà quitté mon corps.

— Je vais monter voir Jenny, me fit-elle.

— Je te rejoins.

# La quatrième victime

Mercredi 22 juillet 2015, 20 h

Confortablement installés dans notre canapé, Linda et moi attendions les infos avec une impatience mêlée d'appréhension. Les titres au générique du journal annonçaient un rebondissement spectaculaire dans l'affaire de « l'étrangleur aux foulards » ; un nom qui résonnait désormais avec une sinistre familiarité. Je jetai un rapide coup d'œil en direction de Jenny. Elle s'était calée dans son fauteuil, dans la position du lotus, et écoutait insouciante de la musique dans ses écouteurs, sa tête se balançant au rythme invisible de la mélodie. Elle ne prêtait plus attention à nous. J'avais parfois l'impression que si la maison brûlait, elle ne s'en apercevrait même pas. J'en profitai pour monter le volume de la télé.

*Nous vous l'annoncions au sommaire de ce journal, il y a eu du nouveau dans l'affaire de l'étrangleur aux foulards, ce tueur en série qui sévit depuis plusieurs semaines maintenant à Grâceville. Un mois après avoir tué sa troisième victime, le revoilà qui fait parler de lui en agressant une jeune femme qui se rendait à pied à son travail cet après-midi. Mais heureusement cette fois, il n'a pas eu le temps de commettre son quatrième meurtre. Grâce à l'intervention du commandant Lebœuf qui patrouillait dans le secteur, un nouveau drame a ainsi pu être évité. Rappelons que le commandant Lebœuf, de la brigade criminelle de Doubange, est l'officier en charge de l'affaire. Pour des raisons évidentes de sécurité, l'identité de la victime est maintenue secrète. Mais écoutons les propos recueillis par notre correspondante, Alexandra Ornetti, qui s'est rendue sur place.*

— Bonjour, Alexandra. Vous vous trouvez actuellement dans la rue même où l'agression a eu lieu. La police dispose-t-elle aujourd'hui de nouveaux éléments qui permettraient l'arrestation du tueur en série ?

— Bonjour, Claire. Hélas non. Les policiers ont effectué une enquête de voisinage pour tenter de trouver d'éventuels témoins de l'agression, mais sans succès. Rappelons que jusqu'à présent, les analyses des différentes traces d'ADN prélevées sur les foulards n'ont toujours pas orienté les policiers sur la piste d'un criminel fiché. Comme vous l'avez souligné, c'est dans cette rue où je me trouve, plus précisément la rue des augustins, que vers quatorze heures, « l'étrangleur aux foulards » a tenté de faire une nouvelle victime. Comme vous le savez, ce surnom lui vient du mode opératoire qu'utilise le criminel pour tuer ses victimes qui sont, rappelons-le, toujours des femmes.

— Il me semble que certains journaux l'avaient même surnommé « le tueur du mercredi ».

— Effectivement, Claire, il a toujours commis ses meurtres ce jour-là, ce qui avait d'ailleurs toujours intrigué les enquêteurs. C'est pourquoi, depuis deux semaines, des patrouilles étaient régulièrement effectuées à Grâceville dans différents secteurs de la ville, et plus intensément aujourd'hui, mercredi. Des équipes de deux policiers étaient donc dispersées dans plusieurs quartiers de la ville, et pour couvrir un plus large périmètre, le commandant Lebœuf et le lieutenant Boxler, qui se trouvaient dans le secteur au moment où les faits se sont déroulés, s'étaient séparés. Ils s'étaient donné des consignes claires : le premier, qui apercevrait quelque chose de suspect, devait immédiatement alerter l'autre afin de ne pas intervenir seul. Le commandant Lebœuf, qui longeait la rue des Romains, jetait un œil sur chaque rue adjacente, et c'est à ce moment qu'il a cru apercevoir une agression dans la rue des augustins. Pour effrayer l'agresseur et le dissuader de commettre son crime, il a aussitôt actionné la sirène et ordonné au lieutenant Boxler de rappliquer dans cette rue. Le temps que le commandant Lebœuf fasse demi-tour avant de s'engager dans la rue des augustins, le suspect s'était bien évidemment éclipsé. Le foulard, que la victime avait encore autour du cou, confirmait qu'ils avaient bien affaire à l'étrangleur aux foulards. La priorité étant, bien évidemment, de porter secours à la victime qui bougeait encore, le commandant Lebœuf a immédiatement appelé le SAMU, et est resté sur place auprès d'elle. Il a ensuite ordonné à toutes les patrouilles de rappliquer pour boucler le secteur. Le premier à arriver fut, bien sûr, le lieutenant Boxler qui était le plus proche des lieux. Le commandant Lebœuf lui a demandé d'inspecter la rue Lacroix, rue la plus plausible où le meurtrier était susceptible de s'être dirigé. Malheureusement, et bien qu'aidé un peu plus tard par le reste du groupe, les recherches sont restées infructueuses.

— Encore une question, Alexandra. Pouvez-vous nous confirmer que les jours de la victime ne sont plus en danger ?

— Oui, tout à fait, Claire. Toutefois, par mesure de sécurité, elle a été transférée à l'hôpital pour y effectuer des examens. Elle devrait sortir rapidement.

— Alors la question que tout le monde se pose maintenant : pourrait-elle identifier son agresseur ?

— Malheureusement non. La victime a été attaquée par-derrière et il l'a maintenue plaquée au sol.

— Merci, Alexandra.

*Propos recueillis, je le rappelle, par Alexandra Ornetti. Nous savons que dans ce genre d'affaires, l'enquête est souvent longue et difficile. Nous ne manquerons pas dans les prochains jours de vous faire connaître les nouveaux éléments de l'enquête qui nous seront communiqués.*

Je me tournai vers ma femme, son visage reflétant la même tension que le mien.

— Tu vois, ils vont l'avoir. Ce n'est plus qu'une question de jours. Les criminels finissent toujours par commettre des erreurs.

Elle acquiesça, un soupir de soulagement à peine perceptible.

Mon portable, posé à côté de moi sur le canapé, se mit tout à coup à vibrer discrètement sur le tissu doux. Je jetai un regard flemmard dans sa direction, et un peu agacé, pendant que Linda se redressait, intriguée. Le visage de Mike était apparu sur l'écran. Je crus deviner la raison de son appel. On devait se retrouver demain pour notre partie de tennis. À vrai dire, je l'avais complètement oublié. Je décrochai.

— Oui, Mike ?

— Désolé de te déranger à cette heure tardive, Jack. Je voudrais te demander un service.

— Ça va, tu ne me déranges pas. Je t'écoute.

— Voilà ! Mélanie et moi, nous avons décidé de prendre des vacances. On part tôt demain matin.

Une pensée fugace, que lui aussi avait oublié notre partie de tennis, me traversa l'esprit.

— Bonne idée, Mike. Vous allez où ?

— En Grèce.

Je pensai subitement qu'on allait bientôt avoir un nouveau pensionnaire imprévu à la maison.

— Je suppose que tu t'inquiètes pour ton labrador.

— Oui. Je t'ai parlé de Rémi, le nouveau locataire qui a emménagé dans la demeure de cette pauvre madame Lehmann ?

— Non, on ne s'est pas revu depuis.

— C'est un chômeur et...

Je l'interrompis en montrant des signes d'étonnement.

— Un chômeur ?

— Ouais, je sais ce que tu es en train de te dire. Tu te demandes comment quelqu'un a pu louer une maison à une personne sans emploi.

— Eh bien, avoue que c'est surprenant.

— On voit que tu n'as pas vu l'état de la maison. Comme je te l'avais dit, j'avais déjà eu l'occasion de pénétrer à l'intérieur et je peux te dire que c'est un vrai taudis. Et le proprio ne semble pas décidé à la remettre en état. Il a encore de la chance d'avoir trouvé un nouveau locataire, même avec un petit loyer.

— Ah, je comprends mieux. Je ne l'avais jamais vraiment remarqué. Il faut dire qu'elle est en retrait par rapport aux autres.

— C'est vrai. Enfin bref, Rémi et moi, nous avons sympathisé rapidement, et cet après-midi, il s'est proposé de me garder le chien. Il aime les animaux et comme il est seul, ça lui fera de la compagnie.

Je ne voyais toujours pas où il voulait en venir.

— Bien. Qu'est-ce que je peux faire pour toi, alors ?

— Ce soir, je suis retourné chez lui pour lui ramener la nourriture de Pluton pour deux semaines. Mais entre temps, il s'est passé quelque chose. Il s'est fait agresser par des voyous et il s'est retrouvé avec une fracture au bras. Ce n'est vraiment pas de bol.

L'image, un brin amusante, du labrador bavant sur notre canapé, entre Linda et moi, refit surface dans mon esprit.

— Tu veux qu'on s'occupe de Pluton ?

— Non, ce n'est pas le problème, Jack. Je ne veux pas t'imposer ça. De toute façon, il a insisté pour le garder. Seulement, je ne suis plus sûr maintenant qu'avec son bras, il trouve le temps de bien s'en occuper. Je sais que quand tu rentres chez toi, la maison est sur ta route. Ça ne te dérange pas de jeter un œil sur lui de temps en temps pour voir si tout se passe bien ? Ça ne prendra pas plus de deux semaines.

— D'accord, Mike. Ne te préoccupe plus pour ça. Ne pense plus qu'à profiter du soleil et de la plage avec Mélanie ! Passez de bonnes vacances.

Linda se repositionna sur moi, sa tête sur mon épaule, le regard doux.

— Merci Jack. Je te revaudrai ça. Salut !

— À bientôt, Mike !

Au moment où je m'apprêtais à raccrocher, je reportais rapidement l'appareil à mon oreille.

— Hé, Mike ! N'oublie pas de m'envoyer des photos sur mon portable, hein !

— Pas de problème, Jack, je t'enverrai de quoi saliver.

Linda me regardait d'un air enchanté, un sourire se dessinant sur ses lèvres.

— Ils vont où ?

— En Grèce. Deux semaines.

Je perçus un petit soupir. Je la serrai contre moi pour la réconforter.

— Ne t'inquiète pas ! Bientôt, ce sera notre tour.

Cette promesse résonna longtemps dans mon esprit. J'ignorais encore que je ne pourrais pas la tenir.

## Un sentiment étrange

Vendredi 24 juillet 2015, 17 h

Je garai ma trois-cent-huit devant le numéro treize de la rue Faurnel. Je sortis du véhicule et observai la petite demeure vétuste de deux étages. Elle était dans un tel état de désolation qu'elle se passait de toute clôture de protection, offrant son délabrement aux yeux de tous. Une simple maison isolée, séparée de plusieurs mètres des habitations voisines qui, en comparaison, étaient des villas. Elles avaient leurs volets à moitié fermés sur les côtés, comme si cette petite maison faisait tache à leurs yeux.

Comme le disait si bien la chanson : « la pauvreté manque parfois de charme ».

Aucune lumière ne s'en échappait. Elle semblait vide de tout occupant malgré la présence d'une Toyota Carina verte d'un autre âge, la peinture écaillée, devant la demeure. Sur la boite aux lettres, jaunie par le temps, était encore inscrit le nom de l'ancienne locataire : madame Lehmann. Je m'interrogeai sur le sens de l'existence. Une personne part, une autre prend sa place. Ainsi va la vie. Nous sommes peu de choses.

J'appuyai en vain sur la sonnette d'entrée. Cette dernière ne fonctionnait plus. Je reculai, les pas crissant sur le gravier, pour tenter d'apercevoir une éventuelle présence aux fenêtres, mais il était quasiment impossible d'y voir quelque chose à travers les vitres. Je me rendis à l'arrière de la demeure, espérant y trouver le nouvel occupant pour m'assurer qu'il n'y avait aucun souci avec Pluton. Personne. En faisant le tour de l'habitation, je me demandais si l'intérieur était aussi dégradé que l'extérieur. Sur chaque façade, les murs étaient lézardés, des cicatrices béantes sur la pierre. Les volets pendouillaient et semblaient vouloir quitter les lieux au plus vite, las de protéger des fenêtres aux vitres éternellement sales. Au fil des années, elles s'étaient imprégnées d'une matière indéfinissable qui remplaçait avantageusement des rideaux.

De retour devant la maison, une étrange impression m'envahit tout à coup. Quelque chose, dont je n'arrivais pas à mettre le doigt dessus, me dérangeait. Tous les flics connaissent ça. À force d'enquêter sur des affaires criminelles, on finit par développer une espèce de sixième sens. Inconsciemment, on perçoit des petites choses insignifiantes qui errent dans les méandres de notre cerveau et qui, un jour ou l'autre, reviennent vers vous à la vitesse d'un geyser. Ce sentiment d'avoir perçu quelque chose d'étrange devenait tellement obsédant que je ressentis le besoin irrépressible de refaire un tour de la demeure en m'éloignant cette fois de quelques mètres. Peut-être avais-je perçu inconsciemment une présence, une silhouette furtive, derrière une fenêtre. Je scrutai attentivement chacune d'elles, mais il aurait fallu une vision aux rayons X pour y déceler quoi que ce soit. L'état dans lequel madame Lehmann avait laissé les vitres semblait convenir parfaitement au nouvel occupant. À nouveau de retour devant la maison, je n'étais pas plus avancé. Seul l'aspect désolant d'une maison en ruine faisait écho à mes pensées. Je n'y attachais soudain plus d'importance. Ce trouble provenait certainement de la fenêtre de la maison voisine, où j'eus juste le temps d'apercevoir une ombre s'éclipser derrière le rideau qui venait de retomber.

Des aboiements joyeux me sortirent de mes réflexions. Je tournai la tête et reconnus Pluton qui tirait sur sa laisse avec une énergie débordante. Un type d'une quarantaine d'années environ, aux traits fatigués, semblait avoir du mal à le tenir de sa main gauche. Ça ne pouvait être que Rémi, le nouveau locataire. Son bras droit reposait sur une attelle de fortune, grossièrement confectionnée avec une écharpe de laine. Il était vêtu d'un jean délavé et d'un t-shirt noir. À ma vue, il s'arrêta net, comme s'il avait aperçu un fantôme. Il semblait avoir peur de quelque chose et me dévisagea longuement. Les paroles de Mike me revinrent à l'esprit. Il venait d'être victime d'une agression et craignait certainement d'avoir affaire à ses agresseurs. Il avait eu simplement un réflexe de protection. Avec son bras immobilisé, et malgré son mètre quatre-vingt, il n'avait cette fois aucune chance de se défendre, même contre un seul individu. Son attitude était compréhensible, justifiée par la situation. Il hésita encore un instant avant de s'approcher vers moi. Perçut-il quelque chose de rassurant en moi, ou était-ce le labrador qui lui donna le courage de s'avancer ? Lorsqu'il fut en face de moi, son teint livide, accentué par une barbe noire naissante qui assombrissait son visage, exprimait encore une certaine angoisse. Mais ses pupilles anormalement rétrécies semblaient indiquer une tout autre chose, une altération suspecte. Un aspect que j'avais déjà remarqué chez des héroïnomanes. Pluton renifla mes chaussures. Lui renifla tout court.

Le bonjour que je lui envoyai ne trouva pas d'écho. Il se contenta de me demander, la voix rauque :

— Je peux savoir ce que vous cherchez ?

Je pointai le labrador du doigt.

— Je voulais m'assurer qu'il ne vous posait pas de problèmes.

Il me répondit d'un ton plus détendu, le masque de

méfiance se levant légèrement.

— Ah, je comprends. Vous êtes un ami de Mike et il vous a demandé de venir voir si tout se passait bien.

— Ben, avec votre bras, il faut dire…

— Ouais, mais ça va, je gère. Du moins tant que je prends la direction du parc, il adore y aller. Dans le cas contraire, il sait se montrer dissuasif. Mike m'avait prévenu qu'avec mon bras dans cet état, il valait mieux que je conserve les habitudes de sa femme. Elle l'y amenait souvent. Je devais le détacher et le laisser gambader dans le parc. Il me suffisait de l'appeler pour qu'il rapplique aussitôt.

J'observai son attelle.

— Que vous est-il arrivé ?

— Oh ça ? Ce n'est rien. Des voyous me sont tombés dessus mercredi après-midi. Des sacrés malabars.

— Vous les connaissiez ?

— Non… jamais vu.

Son hésitation me parut étrange, trop longue, et semblait confirmer ma première impression. Quand on n'a plus les moyens de s'approvisionner en drogue, des échanges violents étaient monnaie courante dans ce milieu. Je pointai à nouveau son attelle du doigt.

— Ça n'a pas l'air d'avoir été réalisé par un médecin.

— Bah ! Ce n'est rien, j'vous dis. J'ai mis l'écharpe uniquement par mesure de protection pour éviter des mouvements brusques. Dans moins d'une semaine, ça ira mieux et je pourrai l'enlever.

— Vous arrivez à peine et vous vous faites agresser par des inconnus. Vous ne trouvez pas ça étrange ?

— Les voyous peuvent s'en prendre à n'importe qui sans raison. Disons que je n'ai pas eu de chance.

— Je suppose que vous avez porté plainte.

Il marqua à nouveau un temps d'arrêt, un silence pesant, comme si ma question l'avait embarrassé.

— Non.

Cette fois, sa réaction n'était pas des plus normales, pour ne pas dire suspecte.

— Je ne comprends pas. Vous êtes victime d'une agression, vous n'allez pas chez un médecin et vous ne portez pas plainte. C'est tout de même curieux, vous ne trouvez pas ?

— Et un inconnu qui vous pose toutes sortes de questions, vous ne trouvez pas ça curieux, vous ?

Il avait de la répartie, un certain aplomb. J'hésitais à lui attribuer un point. À défaut, je lui tendis ma carte.

— Tenez, si on revient vous chercher des noises, n'hésitez pas à m'appeler !

Ce n'était pas vraiment de mon ressort, mais je n'aimerais pas que Pluton se retrouve au beau milieu de règlements de comptes. Il regarda ma carte et resta figé pendant plusieurs secondes. Elle n'avait toujours pas contribué à le rassurer. À voir sa réaction, j'aurais même pensé le contraire.

— Commissaire Lewis ? Vous êtes flic ?

Avais-je vraiment besoin de répondre ? Sa surprise, mêlée de panique, me poussa à le questionner un peu plus. Déformation professionnelle.

— De quel coin venez-vous comme ça ?

Il me dévisagea curieusement, une lueur de défi, avant de répondre, l'air résigné.

— J'habitais un immeuble au quartier de la Crabière. Je voulais quelque chose de plus tranquille et de pas cher.

— Ça, pour être tranquille, vous allez être tranquille. Pas de voisins proches de part et d'autre.

Il montra un certain empressement à vouloir mettre fin à la conversation.

— Si ça ne vous dérange pas, je vais rentrer. Je voudrais donner à manger au chien.

— Bien sûr. Désolé de vous avoir retenu.

Tandis que je le regardais partir, il se retourna en jetant un regard furtif dans ma direction. Je saisis l'occasion pour lui poser une dernière question.

— C'est comment votre nom, déjà ?

Chacune de mes questions semblait le mettre mal à l'aise, visiblement.

— Pourquoi je vous donnerais mon nom ?

— Comme ça, pour rien. Parce que vous n'avez aucune raison de refuser.

Il hésita encore un instant, puis il me répondit à la manière de James Bond, avec une pointe de bravade inattendue, avant de s'engouffrer dans la maison.

— Chaillard. Rémi Chaillard.


Je remontai dans mon véhicule et consultai, plus par réflexe que par nécessité, mon portable. Mike n'avait pas perdu de temps pour m'envoyer des photos. Contrairement à Mélanie, dont ses vêtements recouvraient à peine trente pour cent de son corps, il était vêtu d'une tunique blanche à manches longues et d'un chapeau assorti à larges bords. Je ne lui connaissais pas cette appréhension du soleil. Peut-être avait-il sous-estimé les températures grecques. Il posait avec Mélanie devant le port du Pirée, un sourire éclatant, en tendant son bras en avant dans un signe de salut. Ça m'était destiné, une pensée amicale. Les photos étaient une véritable invitation au voyage. Le port regorgeait de bateaux de croisière qui y jetaient l'ancre le temps d'une excursion à terre, tandis que les ferrys y embarquaient des touristes en partance vers les belles îles grecques, promettant des paysages idylliques.

Mike devait sentir que j'allais l'appeler. Il me devança de peu.

— Salut, Jack. Comment fais-tu pour rester sur Antalville ?

— Le boulot, que veux-tu ! Toujours le boulot.

— Il faut savoir lâcher prise. Je n'ai déjà plus envie de rentrer.

— Comme je te comprends. Où allez-vous comme ça ?

— On va prendre un ferry et visiter quelques îles. Ne t'inquiète pas, je t'enverrai d'autres photos. J'espère que ça ne t'embête pas de passer voir Pluton. Comment va-t-il ?

— Je viens de le voir, justement, il a l'air pas trop mal. En tout cas, il va mieux que le nouveau locataire.

— Ouais, je m'en doute. Les salauds qui ont fait ça à son bras n'y ont pas été de main morte.

— En fait, cette histoire d'agression est plutôt curieuse. Il n'a pas voulu porter plainte.

— Il craint peut-être des représailles.

— Je ne sais pas trop. Je crains qu'il évite la police pour d'autres raisons. Tu as vu ses yeux ?

— Que veux-tu dire ?

— J'ai déjà vu des pupilles rétrécies comme les siennes. Je ne suis pas trop calé en la matière, mais je crois que tu as affaire à un héroïnomane.

— Ah bon sang ! Qu'est-ce que tu me dis là, Jack ? Je n'avais rien remarqué. C'est possible qu'il se soit piqué après mon départ, dans ce cas. Je n'ai pas envie de retrouver Pluton dans un sale état.

— Je peux me tromper aussi. Mais ne t'inquiète pas ! Que ça ne gâche pas tes vacances, je passerai le voir de temps en temps. S'il le faut, je m'occuperai de ton chien.

— Merci Jack. On se revoit bientôt.

# Le lac de Vouliagmeni

Mercredi 29 juillet 2015, 22 h

J'aurais dû prendre tranquillement la route qui menait à mon domicile, retrouver Linda, me plonger dans le calme familier de ma maison. Au lieu de ça, je partais dans la direction inverse, roulant à vive allure, la sirène hurlante déchirant l'air de la nuit, après avoir prévenu Linda de ne pas m'attendre. Non, je n'ai pas été pris d'une soudaine envie de balade nocturne. Si je n'avais pas décroché mon téléphone, je serais déjà dans les bras de ma femme en ce moment. Henry m'avait appelé, me demandant d'une voix grave de le rejoindre sur une scène de crime. Il n'avait pas voulu me donner plus de détails. Il m'avait simplement dit que c'était moche. Et je connais Henry, quand il dit que c'est moche, je peux m'attendre au pire. Heureusement qu'à cette heure, la circulation était faible. Les quelques voitures, que je rencontrais sur ma route, se rangeaient bien volontiers sur le côté pour me laisser passer, leurs feux arrière clignotant en signe de respect ou de prudence. Je les imaginais, ces conducteurs anonymes, rentrant chez eux où les attendait leur petite famille, dans la chaleur d'un foyer. Il m'arrivait parfois de les envier. Souvent. Mais j'avais fait le choix de mon métier, une vocation tenace. Depuis tout gamin, aussi loin que je m'en souvienne, ce sentiment de justice m'avait toujours habité. Les « gentils » devaient être protégés et les « méchants » punis. Comme dans les bandes dessinées que je dévorais à l'âge de dix ans, me prenant tantôt pour Spiderman, tantôt pour Superman. Je n'ai pas de super pouvoirs, mais j'ai la volonté, parfois la rage, et toujours la détermination farouche de les arrêter. Et ça vaut tous les pouvoirs du monde. Mais je n'étais pas seul dans ces combats. Les lieutenants qui composent mon équipe, Henry, Tom, Rudy ou Richard, sont d'une aide indispensable pour mener une enquête à son terme, des piliers sur lesquels je peux m'appuyer. Sans Chris et tous les gars de l'identité judiciaire qui l'assistent, je serais bien incapable de déceler une empreinte digitale invisible, une trace d'ADN ou une mèche de cheveux arrachée, autant d'atouts considérables pour confondre un meurtrier. Ils sont nos yeux, nos mains prolongées dans l'ombre.

J'approchais de la scène de crime. Les gyrophares bleus et rouges pulsaient dans la nuit, peignant la rue de lumières irréelles. Un véhicule des pompes funèbres attendait sagement les ordres pour embarquer un corps. Les gars de la police scientifique, reconnaissables à leurs combinaisons blanches immaculées qui étincelaient sous les lumières crues de mes phares, étaient déjà à pied d'œuvre. Tom et Rudy, concentrés, prenaient les dépositions d'un groupe d'hommes, les épaules voutées, qui se trouvaient à proximité. Henry fut le premier à venir vers moi lorsque je sortis du véhicule, le visage tiré. Il me décrit à nouveau la scène de crime avec les mêmes termes.

— C'est vraiment moche, Jack. Je ne suis pas près d'arriver à dormir cette nuit.

Il n'exagérait pas. La victime avait un trou béant à la gorge, une plaie horrifique, et baignait dans son sang, une mare sombre s'étalant sur le bitume froid. Outre la manière dont elle a été tuée, ce qui me révoltait le plus et qui commençait à me prendre aux tripes, était le genre d'individus auxquels l'assassin s'était attaqué. Sa tenue vestimentaire, faite de haillons et de couches superposées, ne laissait planer aucun doute quant à son statut social. C'était un sans-abri. Tout comme les personnes que Tom questionnait, leurs visages marqués par la misère et la terreur.

— Comment peut-on s'en prendre à quelqu'un sans défense ? pensais-je à voix haute, ma voix un peu plus tendue que je ne l'aurais voulu. Quelqu'un a vu ce qui s'est passé ?

Sa réponse me sidéra, un coup de massue.

— Si quelqu'un l'a vu ? Ben, tous les types que tu vois là-bas avec Tom.

Il balança un coup de menton en direction d'un groupe d'hommes recroquevillés sur eux-mêmes.

— Avec Rudy, on a inspecté les alentours. On n'a rien trouvé. Il a eu largement le temps de se volatiliser, ce salaud.

Tom, qui en avait fini avec les témoins, vint me rejoindre, le pas lourd, et confirma les dires d'Henry. Nous étions tous rompus à ce genre de situation, habitués à la noirceur, mais visiblement, il était secoué lui aussi, le regard fuyant. Il pointa de son doigt les sans-abri, témoins du meurtre d'un des leurs.

— Putain ! Ils ont assisté à la boucherie sans rien pouvoir faire. Ils n'ont pas pu voir son visage, il était cagoulé. Tout ce qu'ils ont pu rajouter, c'est qu'il portait des gants et une combinaison noire. Ils tremblent encore comme des feuilles. Le démon, c'est comme ça qu'ils l'appellent, est arrivé rapidement derrière eux avec un couteau et a égorgé la victime. Ils étaient totalement paralysés par la peur, incapables de faire le moindre mouvement. Ensuite, il s'est tourné vers eux et leur a dit en brandissant son couteau ensanglanté : « grâce à moi, il va avoir une nouvelle vie », puis il s'est barré. Putain, quel barge !

— Savent-ils pourquoi il s'en est pris à lui en particulier ?

— Il ne visait personne, Jack. Ils étaient un petit groupe assis au sol à se partager une bouteille de vin. Lorsqu'ils l'ont vu arriver dans sa combinaison noire, surgissant de l'ombre, certains se sont levés et ont reculé en prévenant les autres. Ceux qui lui tournaient le dos ont mis plus de temps à réagir. Les deux plus rapides ont survécu, le troisième n'a pas eu de chance. Il n'en voulait à personne, Jack. Il en a pris un au hasard et l'a massacré dans une indifférence glaçante.

Je me tournai vers, Chris, un des gars de l'identité judiciaire, dont le faisceau puissant de sa lampe torche traçait des cercles précis sur le sol qu'il scrutait avec minutie.

— Tu as trouvé quelque chose, Chris ?

— Non, rien du tout. Comme te l'a dit Tom, il avait des gants, une combinaison et une cagoule. Difficile de trouver des empreintes ou d'éventuelles traces de l'assassin. On ne tirera rien de plus ici.

Je fis signe aux pompes funèbres d'évacuer le corps vers l'institut médico-légal en vue d'une autopsie. On n'avait aucun indice qui nous permettrait d'identifier l'assassin, mais il fallait au moins essayer de déterminer le genre de couteau qui avait servi à exécuter la victime.

Avant de remonter dans ma 308, l'habitacle froid et vide après l'horreur, je vis les sans-abri s'éloigner, leurs silhouettes se fondant dans la nuit, en me faisant un signe de la main, un geste de détresse muette. J'eus une étrange impression de les abandonner. Leur situation les rendait particulièrement vulnérables à n'importe quel agresseur. Je me sentis investi d'une mission. Il fallait retrouver le meurtrier avant qu'il ne fasse d'autres victimes.

Habituellement, on vous dira que c'est à partir du troisième meurtre qu'on entre dans la catégorie des tueurs en série. Mais pas cette fois. Pas pour moi. Parce que je pressentais qu'il allait recommencer, qu'il était déjà en quête d'une nouvelle proie. Parce qu'on n'a aucune raison de s'en prendre à un sans-abri si ce n'est pour assouvir un besoin primaire et sadique de tuer. On avait affaire à un prédateur de la pire espèce. Ce crime me révoltait doublement. D'une part, parce qu'on s'en était pris à une personne sans défense avec un mépris total de la vie humaine. Et d'autre part, parce que ce tueur se sentait impunément fort en commettant ce meurtre en présence de plusieurs sans-abri vulnérables, terrifiés et impuissants. Belle leçon de courage.

Quelqu'un devait se dresser devant lui.

Mais pour l'heure, il me fallait rentrer chez moi et faire comme s'il ne s'était rien passé, comme si le sang et l'horreur n'avaient pas imprégné ma rétine. Si on n'arrive pas à mettre une distance entre notre vie privée et professionnelle, on se laisse consumer à petit feu.

Pour m'aider à chasser ces idées noires qui m'assaillaient, je sortis mon portable et feuilletai les dernières photos envoyées par Mike. Une bouffée d'air frais virtuelle. Sur un promontoire rocheux, Mélanie prenait la pose à ses côtés, rayonnante. La lumière du soleil donnait un éclat époustouflant à sa chevelure d'un blond cuivré, comme de l'or fondu. Mike pointait du doigt un lac naturel, niché aux pieds des falaises, dont seulement les parois, aux dégradés de couleurs superbes passant du beige au rouge ocre, donnaient envie de visiter, de baigner dans cette sérénité. En deux semaines, la couleur de sa peau n'avait pas changé, toujours le même teint pâle. Le contraste, entre sa peau blanche et le teint hâlé de Mélanie, était saisissant. Il faut dire que son short en jean et son top en coton blanc n'offraient aucune résistance aux rayons de soleil qui s'en donnaient à cœur joie à caresser sa peau. J'eus envie d'en savoir un peu plus sur ce lieu féerique et décidai de l'appeler. Il ne tarda pas à répondre malgré l'heure tardive, sa voix joviale.

— Salut, Mike. Vous ne vous êtes pas ennuyés aujourd'hui, on dirait.

— Ça, tu peux le dire. Tu as vu les photos du lac ? On y était cet après-midi. Tu devrais venir avec Linda aussi.

— Ça donne envie, en tout cas. C'est quoi cet endroit ?

— Le lac de Voula… Vouglia… ah zut, je n'arrive jamais à le prononcer. Attends, Jack, je mets le portable sur haut-parleur.

J'entendis la voix de Mélanie, fraîche et enjouée, qui vint à son aide.

— Hello Jack. Il s'agit du lac de Vouliagmeni.

— Salut, Mélanie. Je ne connaissais pas. Ça a l'air magnifique.

— Je peux t'assurer que ça l'est.

Mike reprit, enthousiaste.

— On nous avait tellement parlé de ce lac qu'on a eu envie de le visiter. On y a piqué un plongeon comme tout le monde. Tu sais que la température de l'eau est à vingt-deux degrés toute l'année ? Les gens n'y vont pas seulement pour s'y baigner, mais aussi pour ses vertus curatives. C'est un véritable spa naturel. Les petits poissons qui peuplent le lac viennent aspirer les peaux mortes. Encore quelques plongeons et on ressortira tout neuf de là, parole de Mike.

— Ha, ha ! Je veux bien te croire, Mike. Je verrai ça à votre retour. Continuez à profiter de votre séjour. Embrasse Mélanie pour moi !

— Elle t'embrasse aussi, Jack. S'il n'y avait pas deux mille cinq cents kilomètres entre nous, je pourrais être jaloux.

Après cette brève escapade virtuelle, je rangeai mon portable, le silence de l'habitacle me rappelant à la réalité, avec une pointe de nostalgie douce-amère.

# Changement de programme

Samedi 8 aout 2015, 13 h 30

Henry raccrocha son téléphone, le visage grave, puis se leva rapidement de table, le mouvement vif, tout en saisissant sa veste. « Rentrez vite à la brigade ! Changement de programme ». C'est dans ces termes, le ton pressant, qu'il me répéta l'ordre du commissaire divisionnaire, Charles Verdier. À regret, le ventre à moitié plein, nous quittâmes le petit établissement où nous avions l'habitude de nous restaurer, un bistrot sans prétention, mais dont la côte de bœuf était une véritable institution. Verdier était l'une des rares personnes capables de me faire abandonner un tel délice en plein milieu d'un repas. Il savait être persuasif. Mais m'enlever ma côte de bœuf était une chose, m'enlever mon affaire en était une autre. Car c'est exactement ce que sous-entendait cet ordre lapidaire : changement de programme, alors que l'enquête sur l'égorgeur du sans-abri venait à peine de démarrer. Quand bien même, il y aurait une nouvelle affaire de meurtre, ça ne justifierait pas ma suspension de l'enquête en cours. Qu'est-ce qui pouvait bien motiver Charles pour ce brusque changement de direction, une décision si soudaine et radicale ?

Je n'allais pas tarder à être fixé.

Dans les couloirs gris et familiers du bâtiment qui abrite la brigade criminelle d'Antalville, l'agitation était palpable. Je vis Bernard, un responsable des tâches administratives, qui se dirigeait à grands pas vers la salle de débriefing. Son attitude exprimait déjà une situation tendue. À la manière d'un auto-stoppeur, il m'indiqua simplement d'un geste du pouce le local où m'attendaient le commissaire divisionnaire et plusieurs officiers.

Dès que je fus à l'intérieur, la porte claquant légèrement derrière moi, Verdier se détendit comme un ressort.

— Jack ! Tu laisses tomber l'affaire en cours. Je te mets sur un autre coup.

À peu de choses près, j'aurais pu le devancer et prononcer les mêmes paroles. Je connais Verdier depuis très longtemps, on a gravi les échelons ensemble. Mais du fait des dix ans qui nous séparent, il a toujours eu un grade supérieur d'avance. En dehors de la brigade, c'était un ami, un confident. Au sein de la brigade, c'était… différent. Une hiérarchie s'imposait, pesante. Je dois reconnaître que je n'étais pas commode non plus, mon entêtement étant souvent à l'origine d'éclats de voix.

— Ce n'est pas une bonne idée, Charles, lui dis-je d'un ton ferme. Cet égorgeur ne va pas en rester là.

— Ça, nous n'en savons rien. Mais en réalité, lorsque je t'ai dit de laisser tomber l'affaire, ce n'était pas une demande. Tu n'es officiellement plus dessus.

Je suis l'une des rares personnes à oser tenir tête à Verdier, à défier son autorité. Je sais qu'il n'aime pas ça, mais on ne se refait pas. C'était inscrit dans mes gènes. J'avais toujours besoin d'un argument solide pour justifier une telle décision impactant mon travail.

— Mais pourquoi, bon sang ? m'exclamai-je.

J'appuyai mes paroles en pointant la fenêtre du doigt.

— Cet assassin qui est là dehors, il ne s'en est pas pris à

des gens sans défense pour rien. Il va recommencer, je le sais. Laisse-moi cette enquête !

— Je ne peux pas, Jack. Ça vient de plus haut.

D'un geste vif, je balayai l'air de la main en signe de protestation.

— Foutaises, tout ça !

— Mais qu'est-ce qui ne tourne pas rond chez toi, bon sang ? Tu ne comprends donc pas qu'il y a plus urgent pour le moment ?

Les mots qu'il ne fallait pas prononcer.

— Plus urgent que quoi, Charles ? Plus urgent que de protéger des sans-abri ? Il va recommencer. Tu sais que je ne me trompe jamais. On ne peut pas les abandonner.

— Mais qui te parle de les abandonner ? Je mets quelqu'un d'autre dessus.

— Pourquoi ne le mets-tu pas sur cette nouvelle affaire ?

Ce que je redoutais arriva : il explosa. En temps normal, sa voix de stentor ne passait déjà pas inaperçue, mais lorsqu'il hurlait, on l'entendait dans tout le bâtiment. Même les murs tremblaient.

— Parce que le procureur l'a ordonné. Parce que l'étrangleur aux foulards est dans nos rues. Voilà pourquoi ! Là, t'as saisi, maintenant ?

J'eus l'impression de recevoir une enclume sur la tête.

— Quoi ?

Un silence s'installa, brisé seulement par le souffle court de Verdier. Il sortit un mouchoir et s'épongea le front.

— Tu es sûr qu'il s'agit de lui ?

— On ne peut être sûr de rien pour l'instant. C'est peut-être un copycat, mais le mode opératoire semble être le même. La victime est une femme et elle avait un foulard autour du cou. C'est pour cette raison que je t'ai appelé après avoir prévenu le procureur. Si jamais le tueur de Grâceville est chez nous, on a du souci à se faire, il a fait pas mal de dégâts là-bas. Il faut donc agir vite, très vite.

Je pris une longue inspiration et relâchai le tout pour retrouver mon calme.

— Il y a un peu plus de deux semaines, aux dernières nouvelles, ils avaient failli l'avoir. Et depuis, il n'y a plus eu de meurtre.

— Je sais. C'est pourquoi on pense que c'est la raison qui l'a amené ici. Il ne veut peut-être plus prendre de risques à Grâceville.

— D'accord. Où se trouve la victime ?

— Rue Ancillon. Les gars de l'IJ t'attendent là-bas avec Tom Tannen et Rudy Brissard. Je les mets avec toi. Avec un peu de chance, tu trouveras encore sur place le procureur, Édouard Guérin. Il s'est déplacé en personne. C'est dire l'importance qu'il accorde à cette affaire. Si l'assassin s'avère être le même tueur en série, Bastien Ménard, le juge d'instruction va certainement reprendre l'enquête en coordination avec celui de Grâceville.

— Je suppose que le commandant Lebœuf, qui était en charge de l'enquête, va chercher à nous contacter dès qu'il apprendra qu'un meurtre identique a eu lieu chez nous.

— Ne te fais pas de bile pour ça, je l'ai déjà appelé. Il n'y avait pas de temps à perdre.

Charles me tendit un bout de papier sur lequel était inscrit un numéro de téléphone.

— Qu'est-ce que c'est ?

— Son numéro personnel, tu prendras contact avec lui. Il est déjà au courant et veut bien te rencontrer.

J'enregistrai le numéro sur mon répertoire téléphonique pendant que Charles poursuivait.

— Pour l'instant, vu que les meurtres ont cessé à Grâceville, il a été affecté sur une autre affaire. Ils ont mis quelqu'un d'autre dessus pour poursuivre les investigations.

— Si on a affaire au même tueur, il vaut mieux prendre les devants.

Je m'adressai à Bernard qui se tenait un peu en retrait,

attentif.

— Tu peux consulter le TAJ[1] et sortir du fichier tout ce qu'on a sur ce tueur en série ? Photos des victimes, scènes de crime, rapports d'autopsies. Tu poseras le tout sur mon bureau.

— Ce sera fait, Jack.

Je me tournai à nouveau vers Verdier.

— Pour l'affaire de l'égorgeur, tu mets qui dessus ?

— Henry.

— Quoi ? Mais j'ai besoin de lui.

— Pas le choix, Jack. On est en été, on manque de personnel. Le commandant Laffarge est en vacances. Est-ce de ma faute si tout le monde préfère l'air de la méditerranée ?

Le commissaire divisionnaire balaya de son index tous les officiers présents.

— Ah, au fait ! Je n'ai pas besoin de vous faire un dessin à tous. Suspension des congés pour tout le monde jusqu'à la fin de cette affaire.

Je quittai la salle de débriefing à reculons en donnant les dernières recommandations au lieutenant Wendling.

— Reste très vigilant, Henry. Il est dangereux. Il va recommencer.

— Bah ! Dans moins d'une semaine, tu auras arrêté l'étrangleur aux foulards et tu me rejoindras.

J'enviais son optimisme. Verdier me faisait souvent penser au lieutenant Columbo. Même quand on croyait qu'il en avait fini avec nous, il revenait toujours à l'improviste avec une dernière petite déclaration. Il m'avait seulement laissé le temps d'ouvrir la porte.

— Jack ! Le procureur veut que cette affaire soit réglée au plus vite. On se revoit ici tout à l'heure pour faire le point sur la situation.

---

[1] Traitement d'antécédents judiciaires

# Le foulard

Rue Ancillon, 14 h 20

Avec les sens interdits, pénétrer en voiture dans la rue Ancillon semblait être un véritable casse-tête, un labyrinthe urbain. Devant l'urgence de la situation, je ne perdis pas de temps à faire le tour. J'actionnai sirène et gyrophare et pénétrai dans la rue étroite. Elle était déjà pleine de monde. Et pas seulement occupée par les forces de l'ordre ou la police scientifique. De nombreux curieux s'étaient amassés sur les trottoirs, les visages, intrigués ou horrifiés, tournés vers la scène de crime. Les plus casaniers restaient aux fenêtres, certaines grandes ouvertes, d'autres juste entrouvertes, et pointaient du doigt la victime en discutant entre eux, des murmures ou des exclamations montant jusqu'à la rue. Pour la police, c'était autant de témoins potentiels, autant de regards à exploiter. Cependant, l'expérience a souvent conduit à un triste constat. Lorsque tous les policiers seront repartis et que la victime aura été évacuée, les rues redeviendront désertes et les fenêtres se refermeront, les visages disparaîtront. Et au final, les enquêtes de voisinage révéleront que peu de gens ont réellement vu quelque chose.

Tom vint à ma rencontre, le regard étrangement amusé.

— Fais un sourire, Jack, tu passes à la télé.

— Quoi ? Les journalistes sont déjà là ?

— Non, pas les journalistes, mais « la » journaliste. Isabel Dupin.

— Qui ?

Je lui posais la question d'un air distant en voyant au loin le procureur quitter la journaliste en question, une silhouette aux cheveux bruns, pour se diriger vers nous.

— Isabel Dupin. Tu ne te souviens plus ? On l'avait déjà eu entre les pattes sur l'affaire de l'indien.

— Ah oui, ça me revient maintenant.

— Heureusement que la rubalise l'empêche de passer, sinon elle aurait déjà fondu sur toi pour te harceler de questions. Toujours à l'affût d'une scène de crime pour son émission. En ce moment, elle doit interviewer le procureur.

— Non, plus maintenant, dit-il en souriant.

Tom se retourna, et se mit à parler plus vite à la vue du magistrat qui se rapprochait d'un pas pressé.

— Tu l'aurais entendue, tout à l'heure. Pour elle, ce serait déjà l'étrangleur aux foulards qui opérait à Grâceville. Elle n'en doute pas une seconde.

— Elle n'a peut-être pas tort, laissai-je échapper, pensif.

— En tout cas, elle m'a donné l'impression qu'elle aurait été déçue du contraire, ironisa Tom.

Je souris à sa réflexion, puis je m'adressai à Édouard Guérin lorsqu'il fut à ma hauteur. Tom se dirigea, quant à lui, vers la scène de crime.

— Monsieur le procureur.

Sa première question annonçait déjà un empressement évident à voir l'enquête aboutir rapidement.

— Ah, vous voilà commissaire. Vous pensez qu'on a affaire au tueur en série de Grâceville ?

— Je ne sais pas, monsieur, j'arrive à peine.

— Oui, bien sûr. Quoi qu'il en soit, je vous veux sur cette affaire !

Il me prit en aparté en portant une main amicale sur mon

épaule. C'était bien la première fois qu'il adoptait une telle attitude avec moi.

— Je vous veux sur cette affaire parce que j'aimerais qu'elle soit réglée au plus vite. Comme vous le savez certainement, Bastien Ménard, le juge d'instruction, prend bientôt sa retraite. Ce serait regrettable que sa fin de carrière soit entachée par une affaire non résolue. Vous me comprenez, n'est-ce pas ?

— Je crois que je serai le premier déçu de ne pas mener une enquête à son terme. J'estime qu'aucun criminel ne mérite d'échapper à la justice. Je ferai donc de mon mieux, bien sûr, mais cette affaire s'annonce déjà très complexe pour prétendre être réglée rapidement. N'oubliez pas que la brigade criminelle de Doubange était déjà dessus et qu'elle n'est pas parvenue à l'arrêter.

— Justement, commissaire. Avec les éléments qu'ils ont déjà recueillis, ça devrait aller beaucoup plus vite pour vous.

Plus facile à dire qu'à faire, surtout pour un tel dossier. Tout le monde semblait penser que j'allais résoudre l'enquête rapidement, comme par magie. Avant que je puisse répondre, il sourit et poursuivit en prenant un ton condescendant.

— Un jour, lorsque vous serez commissaire divisionnaire et que vous dirigerez une brigade, vous comprendrez ce que j'ai voulu vous dire.

— Vous savez, je n'aspire pas à devenir commissaire divisionnaire. Le bureau, ce n'est pas fait pour moi, je préfère de loin être sur le terrain.

Son sourire s'estompa aussi vite qu'il était apparu, remplacé par une expression plus neutre.

— Ça viendra avec le temps, vous verrez ! Je vous laisse. N'oubliez pas ce que je vous ai dit !

Je rejoignis Tom qui m'attendait près d'un conteneur de récupération de verre, son dos appuyé contre le métal froid, en compagnie du médecin légiste.

— Qui a découvert le corps ?

— Monsieur Rettler, un vieil homme qui était descendu pour jeter quelques bouteilles dans le conteneur. Il n'a rien vu, rien entendu, juste trouvé le corps d'une femme à terre. Quand il a vu l'expression de son visage, ses yeux exorbités, il a pris peur et est remonté aussitôt pour appeler la police. Depuis, il a préféré rester chez lui.

— D'accord.

Je m'adressai cette fois à René Guillaud, le médecin légiste, son visage impassible.

— Qu'est-ce qu'on a alors, René ?

Il pointa du doigt le corps dans son sac mortuaire.

— Le type qui lui a fait ça devait être très fort. À première vue, je ne pense pas qu'elle soit morte par strangulation. Il lui a littéralement brisé le cou. C'est très probablement la cause réelle de la mort et j'ajouterais qu'elle a dû être très rapide. Mais l'autopsie le confirmera, conclut-il d'une voix neutre en quittant les lieux, laissant derrière lui une aura de gravité.

J'acquiesçai, mon esprit faisant déjà le lien avec l'étrangleur aux foulards, en me retournant vers Tom.

— Quelqu'un a remarqué une présence inhabituelle dans cette rue ?

— Non, personne. Ce qui ne m'étonne pas dans une ruelle où il n'y a pas grand-chose à voir et peu de passage. Les habitants m'ont avoué qu'ils se mettent très rarement aux fenêtres. Mais Rudy continue l'enquête de voisinage avec d'autres policiers, on ne sait jamais.

Je m'accroupis près de la victime.

— Que sait-on sur elle ?

— Sandrine Bousson, trente-huit ans. Elle rentrait certainement chez elle, elle habite à quelques rues d'ici.

Chris, un officier de la police scientifique, vint nous rejoindre. Il tenait en main un sachet plastique étiqueté « cellule judiciaire » qui contenait un tissu.

— C'est le foulard, Jack. De très bonne qualité en plus. Elle l'avait encore serré autour du cou.

— Tu envoies ça tout de suite au labo. Je veux savoir si les empreintes, ou les traces d'ADN, correspondent avec celles retrouvées sur les foulards des victimes à Grâceville. Tu ne perds pas de temps, je veux ça le plus rapidement possible. L'urgence est capitale dans cette affaire, ajoutai-je, un soupçon d'amertume et d'ironie dans la voix.

Pour moi, cependant, toutes les vies fauchées exigeaient la même diligence, la même fureur à traquer les coupables. Mais le procureur et Verdier avaient clairement établi leurs priorités.

— C'est parti.

J'ouvris le sac mortuaire pour découvrir la victime, une tâche toujours aussi difficile. C'était une femme rousse très élégante. Son cou brisé portait encore les traces profondes de strangulation, des marques violacées.

— Beau brun de fille, hein, Jack ? reprit Tom. Il n'a pas choisi la plus moche.

— Non, comme tu dis.

— Elle avait encore son collier en or autour de son cou. Ça vaut une petite fortune. Même son sac à main se trouvait encore près d'elle et contenait de l'argent. C'est loin d'être un crime crapuleux.

— Ce qui tend à accréditer l'hypothèse qu'on a bien affaire au tueur en série de Grâceville. Le mobile n'est pas le gain.

— Une ruelle quasi déserte en temps normal, rajouta Tom, ses yeux balayant les alentours. Il a bien choisi l'endroit pour commettre son crime. Il devait certainement l'attendre, planqué derrière ce conteneur, continua Tom d'un hochement de tête. Puis lorsqu'elle est arrivée, il a fondu sur elle et l'a ramenée ici pour la tuer. Il ne lui a laissé aucune chance.

— Non. Et ce foulard qu'il leur laisse autour du cou a une signification pour lui. Une signature macabre.

Le lieutenant Rudy Brissard se pointa.

— On n'a trouvé aucun témoin, Jack. En tout cas, personne n'a vu quelqu'un de suspect, pas même une ombre.

— Quelqu'un a prévenu la famille de la victime ?

— Non, on t'attendait.

— Bien, tu t'en occupes, c'est la priorité. Ah, j'y pense, fais-toi fournir une photo de madame Bousson par son mari, tu me l'enverras sur mon portable.

# Le débriefing

Brigade criminelle, 17 h 30

Je consultai, depuis une heure déjà, les photos soigneusement étalées sur mon bureau par Bernard. Chaque cliché criait l'horreur. Pour avoir suivi les infos, je connaissais plus ou moins les visages des trois premières victimes de Grâceville, mais je vis pour la première fois celui de la quatrième femme qui avait survécu au tueur dans la rue des augustins : Christina Carvallo, 36 ans, d'origine espagnole. Pour des raisons évidentes de sécurité, son identité et son visage n'ont toujours pas été révélés au public. Si l'âge des victimes, qui oscillaient entre trente-cinq et quarante-cinq ans, et leur origine ne présentaient pas de points communs, il semblait en être autrement des scènes de crimes. Hormis le premier meurtre, commis près d'un étang pendant le jogging de la victime, l'assassin semblait avoir une prédilection pour les rues étroites et plus ou moins désertes. Les corps avaient toujours été retrouvés à proximité d'une benne à ordures ou autre conteneur de récupération de verre, comme dans la rue Ancillon, ce qui réduisait considérablement le risque d'être vu. Il ne faisait rien au hasard. Il frappait vite et disparaissait tout aussi vite. Une particularité, qui avait déjà été citée dans les journaux télévisés, attira mon attention. L'étrangleur aux foulards avait tué sa première victime, la joggeuse, le mercredi 3 juin. Le mercredi 10 juin, soit une semaine après, il fait une seconde victime dans la rue des chenets. Ensuite, ça commence à devenir irrégulier. Il se passe deux semaines avant qu'ils ne retrouvent une troisième victime le mercredi 24 juin. Certes, madame Carvallo avait été agressée un mois plus tard, mais c'était le mercredi 22 juillet. Les meurtres avaient toujours lieu un mercredi, un détail que je notai mentalement, un indice précieux.

Perdu dans mes réflexions, les yeux rivés sur les photos, je n'avais pas entendu Bernard entrer dans mon bureau. Sa présence me fit légèrement sursauter.

— Charles t'attend à la salle de débriefing.

— D'accord, j'arrive.

Je rassemblai les photos en une pile soignée.


Verdier était toujours aussi tendu, l'impatience palpable.

— Tu penses qu'on a affaire à un copycat ?

— Je n'ai pas eu cette impression. Il y a toujours une marge d'erreur, mais la rue Ancillon me fait fortement penser aux scènes de crime de Grâceville. Il commet toujours son crime dans une rue à sens unique où se trouve quelque chose susceptible de le cacher. Il s'arrange toujours pour être visible du côté sens interdit, là où il n'y a pas de circulation. Bien sûr, un autre psychopathe aurait très bien pu l'imiter, mais ces détails n'avaient pas été révélés à la presse. Pour les connaître, il aurait fallu qu'il se rende sur place et inspecte chaque scène de crime avec minutie. Non, les copycats ne procèdent pas de cette façon, ils sont rarement aussi précis. Il y a bien le jour du meurtre qui ne correspond pas à ceux de Grâceville, puisqu'il avait toujours frappé un mercredi, mais les journaux n'avaient jamais caché que l'étrangleur aux foulards commettait toujours ses meurtres ce jour-là. Il ne pouvait pas l'ignorer, ce n'était donc pas une erreur de sa part.

— Bon sang, mais alors qu'est-ce qu'il viendrait foutre chez nous ? Pourquoi notre ville ? s'exclama Verdier en tapant sur la table.

— Les patrouilles se multipliaient à Grâceville, l'étau se resserrait autour de lui, c'est certainement ce qui l'a obligé à se déplacer. Je pense qu'il a choisi notre ville parce que c'est la plus grande de la région. Il aurait ainsi moins de chances de se faire attraper, dilué dans la masse. Ce type a un compte à régler avec les femmes, c'est certain. Peu importe de qui il s'agit. Il repère un endroit, évalue les risques, les passages et les possibilités de fuite, et dès qu'une occasion se présente, il frappe. Il faut absolument que je m'entretienne avec le commandant Lebœuf. Je vais l'appeler.

À peine avais-je composé son numéro que Rudy entra dans la salle de débriefing, le visage marqué par la fatigue. Je lui fis signe de patienter.

Après plusieurs sonneries, je m'apprêtai à raccrocher, lorsqu'une voix grave se fit entendre.

— Allo ! Commandant Lebœuf à l'appareil.

— Bonjour commandant. Commissaire Lewis, de la brigade criminelle d'Antalville.

— Ah, bonjour commissaire. Votre supérieur m'avait prévenu, j'attendais votre coup de fil. C'est moche cette affaire. Vous avez donc repris l'enquête ?

— À vrai dire, je n'ai pas eu beaucoup le choix. Ça s'est décidé très vite, et sans consultation.

— Ouais, pareil pour moi. On m'a affecté sur une autre affaire, une nouvelle équipe a pris le relais. Il y a des priorités, dit-il avec un soupir résigné. Qu'est-ce que je peux faire pour vous ? Vous avez certainement déjà consulté les fichiers. Tout y est.

— Disons que j'aurais aimé vous rencontrer en personne pour en discuter. Vous connaissez ce criminel mieux que moi. J'aimerais avoir votre impression personnelle sur lui et ça, ça ne figurera jamais dans aucun fichier.

— D'accord, si vous y tenez. Quand voulez-vous qu'on se voie ?

— Aujourd'hui si ça ne vous dérange pas.

— Bien, pourquoi pas ? Si vous vous sentez d'attaque à faire une centaine de kilomètres jusqu'à Doubange, je vous y attendrai. Mais ce n'est pas la porte à côté.

— En fait, je pensais plutôt vous rencontrer à Grâceville. J'ai besoin de comprendre comment fonctionne ce tueur. Il faudrait que je me rende compte de visu comment il choisit les endroits où il va frapper. En particulier, cette rue des augustins où vous avez failli le capturer, j'aimerais voir l'endroit exact.

— Bien sûr, je comprends. Mais je ne vois pas vraiment la nécessité de perdre du temps à retourner là-bas, commissaire. Tout ce que je pourrais vous apprendre sur place, je pourrais tout aussi bien vous le détailler ici à Doubange. Et si ça peut vous aider, je peux vous imprimer un plan de la rue des augustins avec tous les détails. Nous gagnerons ainsi tous les deux un temps précieux.

— Ça me va. Où peut-on se voir ?

— Si ça ne vous dérange pas, on peut se retrouver dans un bar : « Au retour des chasseurs », rue des loges. J'aurai fini mon service dans une heure. C'est à peu près le temps qu'il vous faudra pour vous y rendre. Je vous y attendrai.

— Bien. Au retour des chasseurs, rue des loges. C'est noté.

— À dans une heure !

En me voyant ranger mon portable, l'appel terminé, Rudy me fit son rapport concernant madame Bousson, sa voix posée.

— Son mari était chez lui, il est complètement abattu. Il venait juste d'avoir sa femme au téléphone. Il l'avait appelé de son bureau pour lui dire qu'il rentrerait plus tôt que prévu. Elle était sortie à pied pour faire quelques courses et du coup, elle avait écourté son tour des boutiques.

— Tu sais si elle avait l'habitude de passer par cette rue ?

— Justement, elle l'empruntait très souvent. Je ne te dis pas dans quel état se trouve son mari. Il est dévasté. Il culpabilise de l'avoir appelée, pensant qu'il a signé par ce geste son arrêt de mort.

— Ça se comprend.

# Au retour des chasseurs

Doubange, 19 h 15

Il m'a fallu plus d'une heure pour me rendre à Doubange. Je suivis maintenant les recommandations de la voix féminine du GPS de ma voiture et, moins de cinq minutes plus tard, elle me lança son dernier message : vous êtes arrivé. Message confirmé par le nom inscrit sur l'enseigne, en forme d'arc en ciel, fixé sur la façade : « Au retour des chasseurs ».

Je me garai en face du café où les places ne manquaient pas. Deux clients, leurs silhouettes estompées par la fumée de leurs cigarettes, discutaient dehors malgré une petite pluie fine qui venait de commencer à tomber. Je me dirigeai vers l'établissement à petites foulées, le col relevé, et ils prêtèrent à peine attention à moi lorsque je poussai la porte du bar. Dès que j'entrai, l'odeur du café et de la bière m'enveloppa. Le comptoir me faisait face. Un client se retourna et me jeta un regard du coin de l'œil avant de reprendre aussitôt sa position, indifférent. Derrière le comptoir, le barman, impassible, me salua d'un simple geste de la tête en continuant d'essuyer des verres avec une régularité mécanique.

Le café n'était pas très grand. À ma gauche, dans la salle principale, des éclats de rire gras attirèrent mon attention.

Quatre personnes, les visages rouges, portèrent en même temps leur broc de bière à leur bouche comme s'ils participaient à un concours « à qui boit le plus vite ». La personne que je cherchais ne s'y trouvait pas. À droite dans l'arrière-salle, un type, plutôt petit et trapu, était assis à une table isolée. La tête engoncée dans les épaules, il semblait surveiller les entrées sorties. On ne s'était jamais vu, mais je devinais qu'il s'agissait du commandant Lebœuf. Lui par contre me reconnut aussitôt, certainement dû à mes nombreuses apparitions télévisées, puisqu'il se leva et me salua dès que j'arrivai à sa hauteur, un léger sourire aux lèvres. Je lui rendis la politesse et nous échangeâmes une poignée de main. Mes doigts craquèrent sous la pression. J'eus l'impression que ma main avait été broyée dans un étau. Si les noms ont tous une origine étymologique lointaine, je compris soudainement pourquoi ses ancêtres ont été affublés de ce nom. Je tentai de décrisper mes doigts ankylosés par quelques mouvements de gymnastique discrets, tandis qu'il me désignait une chaise.

Nous n'entamâmes réellement la conversation qu'après que le barman nous eut servi nos cafés. Ce fut le commandant Lebœuf qui aborda le sujet pendant que je tentais d'extraire tant bien que mal le sucre de son emballage, les doigts encore engourdis.

— Si c'est le même tueur en série qui a commis ce crime chez vous et il y a de fortes chances que ce soit le cas, vous avez hérité d'une sale affaire, je vous le dis.

Sa voix était rocailleuse, chargée d'une expérience amère.

— À ce point-là ?

Ça y est ! Je tenais enfin le sucre tant convoité dans la main. Il était prêt à être sacrifié sur l'autel de la gourmandise. Lebœuf poursuivit :

— C'est l'affaire la plus… comment dirais-je ? Étrange, voilà, c'est le mot qui convient. C'est l'affaire la plus étrange qu'il m'ait été donné de m'occuper.

Intrigué par cette remarque, j'accordai encore quelques secondes de sursis à mon sucre en le gardant en suspens au-dessus de la tasse.

— Étrange dans quel sens ?

— Je crois savoir que la victime que vous avez retrouvée à Antalville avait encore le foulard sur elle ?

— Oui, il est parti au laboratoire d'analyses. Nous aurons les résultats sous peu.

— Je serais curieux de savoir ce que ces résultats vont révéler.

— Ils nous révéleront déjà si nous avons affaire au même psychopathe. Nous allons les comparer avec ceux des victimes de Grâceville. Malheureusement, si les prélèvements ADN correspondent, elles ne nous mèneront toujours pas sur la piste d'un criminel fiché. N'est-ce pas ?

J'abrégeai enfin les souffrances de mon sucre en le noyant dans le café, disparaissant sous le liquide obscur.

— Non, vous avez raison. Mais si vous avez affaire au même tueur en série, attendez-vous à quelques petites surprises.

— Quels genres de surprises ?

— Dans la plupart des affaires criminelles, nous manquons de traces du tueur pour le confondre. Comme des empreintes digitales par exemple, parce qu'ils ont pris soin de les effacer ou parce qu'ils portaient des gants. Pour les mêmes raisons, nous manquons aussi parfois de traces d'ADN. Alors que dans le cas qui nous intéresse, ce ne sont justement pas les traces qui manquent et c'est ce qui fait toute l'étrangeté de cette affaire. De toute ma carrière, je n'en ai jamais vu autant sur l'arme d'un crime. Et plus troublant encore, une nouvelle empreinte génétique est apparue plus tard.

— Comment ça ? demandai-je, l'intérêt piqué au vif.

— D'après les rapports d'expertises des prélèvements, nous savons que plusieurs individus ont été en contact avec ces foulards. Il y avait bien sûr les traces de la victime, mais il y en avait également d'autres qui nous indiquaient que pour les deux premiers meurtres, trois mêmes personnes avaient manipulé ces foulards. Mais, tenez-vous bien, à partir du troisième et en comptant la dernière tentative de meurtre, une quatrième personne avait fait son apparition. Pourquoi ? Nous n'en savons rien. Nous savons bien sûr qu'une scène de crime peut-être contaminée par des éléments extérieurs comme des policiers par exemple ou des passants qui auraient découvert les corps. Nous avons pu écarter de façon absolue les policiers. Pour des raisons géographiques évidentes, nous pouvons également écarter à coup sûr l'hypothèse qu'un même passant ait découvert les corps par hasard sur deux scènes de crime différentes à une semaine d'intervalle. Vous réalisez, commissaire Lewis ? Je n'en revenais pas. Quatre personnes étaient impliquées dans les meurtres et nous n'en avons retrouvé aucune.

Le commandant Lebœuf semblait ébranlé par cette anomalie. Il y avait de quoi l'être. Qu'allaient révéler les expertises sur le foulard retrouvé sur le corps de madame Bousson ?

— C'est peut-être la raison pour laquelle il laisse ces foulards sur les victimes avec toutes ces traces ADN. Il pense qu'on ne peut pas l'arrêter.

— Et même si on avait réussi à l'arrêter, rien ne dit que les meurtres auraient cessé.

Sa remarque me laissa perplexe.

— Vous pensez qu'on pourrait avoir affaire à plusieurs assassins ?

— C'est fort probable, oui, sinon comment expliquer la présence de toutes ces empreintes génétiques ? Ça a l'air de vous étonner. Vous n'avez jamais lu de romans d'Agatha Christie ?

Il me demanda ça en souriant, une lueur amusée dans les yeux. J'entrai dans son jeu.

— Oui, bien sûr, c'est même une de mes romancières préférées. Cependant, ça reste des fictions. Dans un roman, le scénario se déroule selon la volonté de l'auteur. Il peut même imaginer le contraire, qu'il n'y a jamais eu réellement de tueur en série, et que tous les meurtres n'étaient que des mises en scène imaginées par un déséquilibré en mal de sensations fortes pour défier la police.

Il montra un intérêt soudain pour ce scénario improvisé.

— Mais que faites-vous des victimes ? Elles sont pourtant bien réelles.

— On peut imaginer qu'elles étaient consentantes, même si ça peut paraître absurde au premier abord.

Ses yeux s'écarquillèrent.

— Là, vous me surprenez.

— Dans une fiction, il n'y a pas de limites à l'imagination d'un auteur. Tout devient possible. S'il imagine qu'un psychopathe, ayant pris connaissance d'une manière ou d'une autre des tendances suicidaires de certaines personnes, les a convaincues de participer de leur plein gré à ce jeu sordide pour faire un dernier pied de nez au monde avant de « partir », ça se passera de cette façon. Mais dans la réalité, ce n'est plus la même chose.

— Vous savez, la réalité dépasse bien souvent la fiction. Une chose est sûre, si vous voulez résoudre cette affaire, il vous faudra retrouver toutes ces personnes.

— Espérons que ça fasse un effet domino. Si l'un tombe, les autres devraient suivre l'un après l'autre.

— Oui, sans doute. En tout cas, pour s'attaquer à des femmes en plein jour, il faut quand même avoir un sacré sang froid.

— D'après ce que je sais des victimes, il ne semble pas s'en prendre à un type de femme précis. L'âge varie pas mal, ainsi que leur origine ou leur condition sociale.

— En effet, le seul point commun, je dirais, ce sont les

scènes de crime. Souvent des rues étroites à sens unique, donc avec peu de passages. Mais un jour, on a failli l'avoir dans la rue des augustins.

— Oui, je me souviens qu'une journaliste commentait ce qui s'était passé dans cette rue. Vous l'avez vu. Comment est-il ?

— Dire que je l'ai vu est un bien grand mot. Je conduisais et je devais faire attention à la circulation. Disons que j'avais cru apercevoir une agression et je ne m'étais pas trompé. Il nous avait échappé, mais cette femme avait pu être sauvée, et ça, c'était déjà un succès.

— Bien sûr. Vous disiez avoir un plan de cet endroit ?

Il sortit une feuille de papier de sa poche et la déplia sur la table, l'étalant devant moi.

— Voilà, je vous l'ai imprimé. Je me trouvais dans la rue des Romains, à droite sur la carte, lorsque je l'ai vu.

Il posa son doigt sur la rue en question, traçant un chemin invisible.

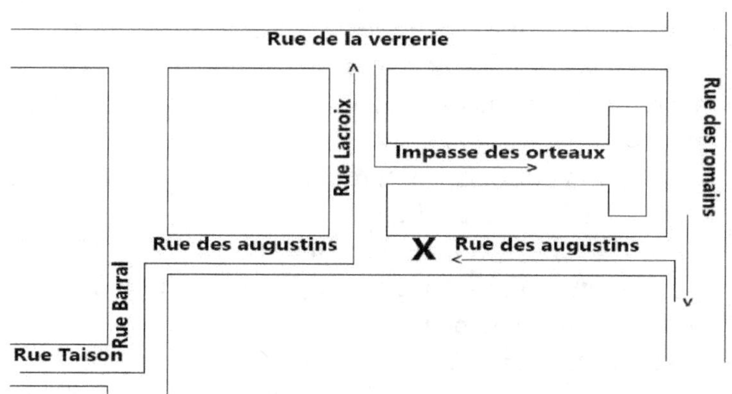


— Nous étions plusieurs groupes de deux dispersés dans la ville. Nous avions renforcé le dispositif ce jour-là, parce qu'il commettait ses meurtres une fois par semaine, toujours un mercredi.

— J'avais noté ce détail. Apparemment, ce jour-là ne

semble pas lui convenir à Antalville, nous sommes samedi.

— Bah ! De toute façon, ça ne tourne pas rond chez ces psychopathes. D'ailleurs chez nous aussi, ça n'avait pas toujours été régulier puisqu'une fois il s'était arrêté pendant deux semaines. Je crois me souvenir que c'était entre le deuxième et le troisième meurtre. Mais le mercredi suivant, il avait recommencé. Ensuite, il s'était passé un mois avant qu'il ne tente d'en commettre un quatrième, celui dont je vous parlais précisément. Donc, avec le lieutenant Boxler, on patrouillait séparément depuis un moment sur le même secteur. J'avais donné les consignes que le premier qui apercevrait quelqu'un de suspect devrait aussitôt alerter l'autre. Chaque fois que je passais devant une rue, je jetais rapidement un œil dans sa direction. Je venais donc de dépasser la rue des augustins, comme vous pouvez le voir sur le plan, lorsque j'ai cru apercevoir une agression. Dans le doute, pour intimider l'agresseur, j'ai enclenché le gyrophare et la sirène, puis j'ai fait demi-tour en lançant un appel radio à toutes les voitures. Je leur avais demandé d'être prêts à intervenir dès que je leur en aurais donné l'ordre. J'avais demandé seulement au lieutenant Boxler de me rejoindre immédiatement. Je savais que c'était lui le plus près.

— Excusez-moi, mais pourquoi n'aviez-vous pas demandé à tout le monde de rappliquer ?

— Parce que je voulais m'assurer qu'il s'agissait bien de notre homme. Vous imaginez si je m'étais trompé et qu'un autre meurtre se perpétrait ailleurs.

— Bien sûr, oui, vous avez raison.

— Ensuite, j'avais trouvé la victime à l'endroit indiqué par une croix sur la carte. J'étais arrivé rapidement sur les lieux, mais l'agresseur s'était enfui. Je ne pouvais pas lui courir après, la femme était vivante, mais en état de choc. Je devais rester avec elle le temps que les secours arrivent. Je les avais appelés d'abord, puis le reste de mon équipe.

J'avais bien sûr reconnu le foulard. Boxler avait mis un peu de temps à venir, il ne pouvait arriver que par la rue Taison, en bas à gauche sur la carte. C'était le plus rapide pour lui.

Il fit glisser lentement son doigt sur le plan en suivant l'itinéraire du lieutenant Boxler.

— Il avait ensuite remonté la rue Barral et pris la rue des augustins de l'autre côté. Lorsqu'il était arrivé à ma hauteur, il avait descendu la vitre de son véhicule. Je me souviens lui avoir crié de se diriger dans la rue Lacroix et de ne pas intervenir s'il le repérait, mais seulement de le garder à vue en restant dans son véhicule. Je ne voulais pas qu'il prenne de risques tant que le reste de l'équipe n'avait pas rappliqué. Pour plusieurs raisons, la rue Lacroix est la seule voie que le tueur était susceptible d'avoir empruntée pour disparaître rapidement, puis nous pensons qu'il avait dû rejoindre la rue des Romains par la rue de la verrerie. C'est la seule explication à mon sens. Si le tueur avait continué sur la rue des augustins, Boxler l'aurait certainement aperçu en arrivant de l'autre côté. Sans compter le fait que cette rue est assez longue, moi-même, j'aurais encore eu le temps de le voir s'enfuir. Et puis, de nombreuses personnes étaient apparues aux fenêtres lorsque j'avais actionné la sirène, quelqu'un l'aurait forcément aperçu. Boxler a donc remonté la rue Lacroix jusqu'à la rue de la verrerie, mais malheureusement il ne l'avait pas retrouvé. Le reste de l'équipe était arrivé plusieurs minutes plus tard. Il ne leur restait plus qu'à fouiller de fond en comble l'impasse des Orteaux, des fois qu'il s'y serait caché. Mais les recherches n'avaient rien donné.

Je réfléchissais, le plan sous mes yeux, essayant de me représenter la scène. Le commandant Lebœuf s'étonna de mon silence.

— On dirait que quelque chose vous chagrine.

— Je vais vous dire ce qui me tracasse. L'étrangleur aux foulards a commis trois meurtres à Grâceville sans commettre d'erreur. Et subitement, dans cette rue des augustins, il ne tue pas sa victime et il manque de se faire prendre. Ça ne colle pas avec son mode opératoire. Ça ne vous surprend pas ?

Il écarta ses mains en affichant une moue d'étonnement.

— Mais nous ne sommes plus dans le même cas de figure. Pour les trois meurtres, personne n'était intervenu et il avait donc eu tout le temps de tuer ses victimes. D'ailleurs, c'est justement son mode opératoire qui a sauvé la vie de madame Carvallo et, par la même occasion, avait failli le perdre.

— Comment ça ?

— Grâce à son témoignage, nous savons que ce salaud ne tuait pas tout de suite ses victimes. Il jouait avec elles en faisant durer leur supplice, comme un rituel macabre.

Cette information me surprit fortement, un frisson me parcourant l'échine.

— Durer ? Mais pendant combien de temps ?

— Quelques minutes, peut-être plus, elle ne sait plus. Dans ces conditions, ce n'est pas étonnant, le temps devait lui paraître horriblement long. Il l'avait menacé de lui briser le cou si elle criait. Si elle l'avait fait, elle ne serait pas là pour témoigner aujourd'hui.

— Bien sûr, mais vous ne trouvez pas ça étrange qu'il prenait son temps avec les victimes ? Dans un lieu désert, je peux comprendre, mais en ville, et même dans une rue peu fréquentée, quelqu'un finirait fatalement par arriver. Pourquoi prendre un tel risque ?

— Je vous le disais, tout est étrange dans cette affaire. Mais les tueurs en série se croient intouchables, ils finissent par prendre toujours plus d'assurance et c'est ce qui finit par causer leur perte. En tout cas, c'est ce qui avait réellement sauvé la vie de madame Carvallo puisque d'après ses dires, elle avait été agressée bien avant d'avoir entendu la sirène et ensuite à mon arrivée il n'avait cette fois plus eu le temps de commettre son meurtre.

— Le temps, c'est ce qui me pose un problème à vrai dire. J'ai lu les rapports du médecin légiste qui était intervenu sur les scènes de crime à Grâceville. Ce psychopathe avait littéralement brisé le cou de ces femmes et il n'avait pas dû lui falloir beaucoup de temps justement. À Antalville, le médecin en avait tiré les mêmes conclusions. Non, ça ne m'explique toujours pas pourquoi madame Carvallo s'en est sortie.

Mon front se plissa sous l'effort de réflexion et mon insistance eut l'air de l'agacer.

— Je n'arrive pas à vous suivre, commissaire. Il me semble pourtant que la priorité d'un criminel lorsqu'il entend une sirène de police, c'est de s'enfuir, non ? Peut-être que si je ne l'avais pas enclenchée, j'aurais pu l'avoir. Mais à quel prix ? Cette pauvre femme serait morte aujourd'hui. Aurais-je dû prendre un tel risque ? Mais si ça vous pose un problème qu'elle ait survécu, allez donc lui demander pourquoi elle a eu plus de chance que les autres !

Son ton avait monté et sa réflexion avait un goût aussi amer que le café.

— Vous savez très bien que ce n'était pas où je voulais en venir. Et en parlant de chance, je trouve que c'est plutôt ce criminel qui en a eu.

— Comment ça ?

— Vous dites que le tueur a pris la direction de la rue Lacroix, puis disparu dans la rue de la verrerie.

— Oui, ça m'avait paru l'explication la plus plausible. Et alors ?

— Il ignorait que le lieutenant Boxler arriverait du côté de la rue Barral. S'il était arrivé de la rue de la verrerie, il serait tombé sur le tueur. Et même si l'assassin avait pris le risque de se planquer dans l'impasse des Orteaux, vous auriez fatalement fini par le trouver.

Je sentis un changement d'intonation dans la voix du

commandant Lebœuf, une nuance de dépit.

— C'est vrai, mais il faut bien reconnaître que nous en avons eu aussi. Grâceville est une ville assez importante. C'était déjà une chance en soi d'avoir pu le repérer et empêcher un nouveau meurtre. De plus, il ne faut pas oublier qu'il s'était écoulé un mois avant qu'il ne frappe à nouveau dans la rue des Augustins. Nous avions relâché notre vigilance.

— Une autre chose m'intrigue en y repensant. Pourquoi aurait-il subitement quitté votre ville pour frapper ailleurs d'après vous ? Ce type ne s'en prend qu'à des femmes pour une raison bien précise. Il s'est passé quelque chose à Grâceville qui a déclenché cette tuerie. Il est devenu fou à lier, c'est clair, mais il agit par vengeance. Et il est extrêmement rare qu'un tueur en série quitte la ville qui a déclenché ses pulsions meurtrières.

— Qui sait ce qui peut se passer dans la tête d'un assassin ? Il a failli se faire avoir, il a paniqué, mais il ne peut plus s'arrêter de tuer, alors il continue ailleurs. Ça me semble être une explication logique, conclut-il d'un haussement d'épaules.

— Il aurait pu aussi se faire oublier pendant quelque temps. C'est déjà arrivé dans le passé qu'un tueur en série marque une pause, lorsqu'il se sent en danger, avant de reprendre ses meurtres.

— Que voulez-vous que je vous dise ? Tous les criminels ne réagissent pas de la même façon. Ce qui est certain et vous ne me contredirez pas sur ce point, c'est que depuis sa dernière tentative dans la rue des augustins, il n'y a plus eu de meurtre à Grâceville, mais à Antalville. Ça tend donc bien à prouver qu'il s'est déplacé. Et maintenant, je suis désolé de vous l'annoncer comme ça, mais il est chez vous.

Cette fois, ce fut ma voix qui changea d'intonation, se faisant plus sombre, plus désespérée.

— Ouais, il est chez nous et il va bientôt frapper à

nouveau. Il ne vise personne en particulier, juste une femme qui se trouve au mauvais endroit, au mauvais moment. Et qu'est-ce qu'on a pour éviter une nouvelle tragédie ? Rien. Aucune piste à suivre, aucun signalement. Rien.

L'amertume emplissait mes mots. Il passa sa main à l'arrière du crâne.

— Vous savez…

— Oui ?

— Vous aviez raison lorsque vous évoquiez le fait qu'il y a certaines choses qu'on ne trouvera jamais dans un rapport sur un crime. Comme des impressions personnelles, des doutes.

— Où voulez-vous en venir ?

— Vous avez déjà eu cette sensation étrange qu'on vous observe ? Qu'on vous suive même ?

— Oui, ça m'est arrivé comme à beaucoup de gens, je crois. Encore plus certainement à nous les flics qui courront après les criminels à longueur de temps. On finit quelques fois par développer une espèce de paranoïa. Que vouliez-vous me dire ?

— Eh bien, dans cette affaire, j'ai eu la désagréable sensation qu'on m'observait. Je me souviens, c'était à partir du deuxième meurtre, dans la rue des chenets, précisément. Bien sûr, une scène de crime attire toujours beaucoup de curieux et je n'ai vu personne qui ait eu un comportement anormal, mais c'était simplement une sensation étrange que je n'arrivais pas à expliquer. Au meurtre suivant, soit deux semaines après, cette sensation qu'on m'épiait s'est fait ressentir. Et cette fois, je l'ai aperçu. Je l'ai dévisagé pendant quelques secondes et j'ai remarqué qu'il tenait quelque chose en main tout en restant étrangement immobile. J'avoue que je m'étais demandé si c'était « lui ».

— Avez-vous pu identifier l'objet qu'il tenait ?

— Oui, je suis à peu près sûr que c'était un caméscope miniature. Je jurerais que cet enfoiré était en train de nous filmer.

— De toute évidence, vous ne pensez pas à un journaliste ?

— Non, il restait beaucoup trop en retrait pour que ce soit le cas. De toute façon, dès qu'il s'est rendu compte qu'il était repéré, il a commencé à reculer. Puis j'ai couru dans sa direction en criant : « Hé, vous là ! » et il s'est enfui. Le lieutenant Boxler m'avait entendu et m'avait emboité le pas. Il était arrivé un peu avant moi au bout de la rue, mais nous n'avions rien remarqué de suspect. Même pas un passant qui aurait pu nous donner quelques informations. Il y avait seulement une Ford Mondeo bleue un peu plus loin qui partait, mais c'était un taxi. Il n'y avait certainement aucun rapport.

Une pensée qu'il balaya d'un geste.

— Et ce type qui fuyait, vous pourriez le décrire ?

— Ma foi, il était plutôt grand, fin et des cheveux de couleur sombre. Bruns ou noirs, je dirais. Était-ce l'assassin ? Nous n'en savions rien.

— Et aujourd'hui avec le recul, vous pensez toujours que c'était notre psychopathe ?

— J'essayais de me convaincre que ça ne pouvait pas être lui. Pourquoi serait-il resté ou revenu sur la scène de crime pour nous observer au risque de se faire prendre ? Ça ne tenait pas debout. Mais dans notre métier, il n'y a pas de place pour le doute. J'avais prévu, si l'occasion devait se représenter, de placer un officier en retrait pour l'appréhender. Mais je n'avais pas eu le temps de m'y préparer puisque je m'étais retrouvé dans la scène de crime suivante, comme vous le savez, tout à fait par hasard. Je parle bien sûr de l'agression dans la rue des augustins. Toujours est-il que je ne l'ai pas vu. Était-ce une coïncidence que l'assassin venait de s'enfuir et que cette fois ce type n'était pas réapparu ? C'était troublant. Si les meurtres avaient continué, nous aurions fini par l'avoir.

Voilà, je tenais à vous en faire part. Soyez sur vos gardes à Antalville !

Le ton du commandant Lebœuf était devenu grave.

— J'y penserai, merci. Encore une chose. Madame Carvallo avait-elle été en mesure de vous donner un détail quelconque sur son agresseur ?

— Non, hélas. Il l'avait surprise par-derrière en la plaquant au sol. Avant qu'elle ait eu le temps de crier, elle s'était retrouvée avec le foulard autour du cou. Lorsque je suis arrivé, elle était en état de choc. Elle se souvenait malgré tout avoir entendu la sirène de ma voiture, puis l'étreinte du foulard qui se détendait. Ce n'est que le lendemain, lorsque je suis retourné la voir à l'hôpital, que je lui ai demandé si elle avait une idée de l'identité de son agresseur. Eh bien, figurez-vous qu'elle avait immédiatement pensé à son ex-compagnon puisqu'il savait qu'elle se rendait à son travail à cette heure-là. Elle avait rompu avec lui depuis quelques mois et l'avait harcelée pour qu'elle revienne. Mais à ce moment-là, elle s'était amourachée de quelqu'un d'autre. Lorsqu'il l'avait appris, il l'avait même menacée de la tuer.

— Vous l'avez retrouvé ?

— Bien sûr. Il s'agit d'Eduardo Riberas, un sang chaud. Et un vrai colosse en plus. On avait même pensé qu'il serait capable de briser le cou d'une femme. Vous voyez où je veux en venir ?

— Oui, mais laissez-moi deviner ! Il a été blanchi.

— Nous n'avions pas le choix, nous n'avions rien contre lui. Aucune trace ADN le concernant n'avait été retrouvée sur aucun foulard. Bien sûr, il aurait certes pu prendre des précautions en se protégeant avec des gants ou autre, mais ce jour-là, le jour où madame Carvallo s'était fait agresser, il avait un alibi en béton. Il travaille chez Bâti-Rénov à Grâceville tous les jours jusqu'à dix-sept heures.

— Et ce jour-là, bien sûr, il y était.

— Tout le monde l'avait confirmé. Toute la journée, il

avait retapé une toiture avec deux autres ouvriers. Ils ont reconnu qu'il a un sale caractère, mais c'est un bosseur. Il n'était jamais en retard ou absent.

— Aurait-il pu s'absenter une heure sans que l'un d'eux le remarque ?

— Non, impossible. Vous pensez bien qu'on leur avait posé la question. Ils étaient restés ensemble toute la journée. Même pour le casse-croute de midi, ils ne s'étaient pas séparés. Et puis, le chantier se trouvait bien trop loin de la rue des augustins. Il lui aurait fallu plus d'une demi-heure pour s'y rendre, guetter l'arrivée de madame Carvallo, attendre le moment favorable pour frapper et revenir ensuite sur son lieu de travail. Non, tout ça lui aurait pris beaucoup trop de temps, ses collègues s'en seraient forcément rendu compte.

— Je vois.

— Je dois tout de même reconnaître que dans le cas de madame Carvallo, j'avais eu de sérieux doutes quant à l'implication de l'étrangleur aux foulards dans cette tentative de meurtre. D'après les dires de monsieur Riberas, qui ne tarissait pas de « compliments » à son égard, elle multipliait les aventures. Mais allez savoir ce qui est vrai ou pas. Il maintenait qu'elle aurait même eu une relation avec une femme, ce qui avait été formellement démenti par l'intéressée. Elle nous avait déclaré que ce n'était qu'une amie qu'elle avait logée provisoirement. Bien qu'elles fussent restées très discrètes, son voisinage l'avait confirmé.

— Et ce nouvel amant qui avait remplacé monsieur Riberas, vous savez de qui il s'agit ?

— Non, madame Carvallo, elle-même, ne savait pas grand-chose sur lui, hormis le fait qu'il s'appelait Franck. Elle nous avait avoué qu'après s'être séparée de monsieur Riberas, elle se sentait perdue et s'était jetée un peu trop précipitamment dans une nouvelle relation. Elle avait réalisé que c'était une erreur et c'est pour cette raison qu'elle avait décidé d'y mettre un terme rapidement. Voilà pourquoi j'avais eu des doutes que madame Carvallo était bien une nouvelle victime de l'étrangleur aux foulards. Il aurait pu s'agir d'une vengeance d'un de ses amants qui se serait fait passer pour le tueur en série dans le seul but de lui faire peur. Mais tous ces doutes avaient été rapidement dissipés avec les rapports d'expertise des traces d'ADN prélevées sur son foulard. Elles correspondaient bien avec celles des autres meurtres.

— Je comprends mieux maintenant ce que vous entendiez par affaire étrange. Et en ce qui concerne les foulards eux-mêmes ?

— Un tissu de bonne qualité qu'on trouve dans tous les magasins spécialisés. On a enquêté sur ceux se trouvant à Grâceville ou dans les environs, on a remonté sur plusieurs mois, il n'y a eu aucune grosse commande. Aucune piste par là.

— Bien, en attendant, merci de m'avoir reçu.

— Il n'y a pas de quoi, et si de votre côté vous avez du nouveau, n'hésitez pas à m'appeler ! Moi, du mien, je ferais de même si de nouvelles informations me parvenaient qui pourraient vous aider à arrêter ce criminel. Je veux, tout autant que vous, voir ce fumier sous les verrous.

Je sentis cette fois dans sa voix une intonation particulière que j'avais du mal à cerner. Peut-être la frustration sourde d'un flic qui aurait voulu boucler lui-même cette affaire, une part de lui-même résignée à avoir dû passer le relais. Ou peut-être la crainte de voir ce criminel s'en tirer, laissant les crimes commis à Grâceville, impunis.

— C'est entendu, commandant ! Je vous recontacterai.


Rue de Lorraine, soir


En sortant de mon véhicule, je vis à travers la fenêtre du salon des lumières blanches inonder la pièce en dansant sur les murs. Elles ne provenaient pas de l'éclairage, mais du téléviseur allumé. Jenny était déjà montée dans sa chambre. Linda m'attendait, affalée sur le canapé. Une émission inintéressante à la télé était aussi efficace que n'importe quel somnifère. Elle ouvrit un œil lorsque je l'embrassai sur la joue. Sa voix pâteuse après chaque réveil me faisait toujours sourire.

— Comment s'est passée ta soirée ?

Je ne me hasardais plus à des plaisanteries douteuses. J'avais retenu la leçon. Je n'avais d'ailleurs pas le cœur à plaisanter. Je pris un ton grave.

— Tu as regardé les infos ?

— Non, je me suis assoupi. Pourquoi me demandes-tu ça ?

— Il est chez nous.

— Qui ?

— L'étrangleur aux foulards. Et il a déjà fait une victime.

Elle se redressa brusquement.

— Comment est-ce possible ?

— Tu te souviens quand ils avaient annoncé qu'il avait failli se faire avoir ?

— Oui.

— C'est la raison qui l'a poussé à venir chez nous.

— Et ils t'ont confié l'affaire ?

J'acquiesçai en soupirant.

Linda était la seule personne avec qui je pouvais me dévoiler, lui faire part de mes doutes, de mes craintes et de mes angoisses dans une enquête criminelle. Me confier à elle était une véritable thérapie.

— Je me suis aussitôt rendu sur Doubange pour m'entretenir avec l'officier qui était chargé de l'affaire à Grâceville. Il y a eu trois meurtres et ils n'ont toujours aucune piste. Je redémarre l'enquête à zéro. Ce psychopathe est méthodique et il ne commet pas d'erreur.

Elle me prit la main.

— Tu te trompes. Cette fois, il a commis une grosse

erreur.

Je n'eus pas besoin de lui demander laquelle, elle lut l'étonnement dans mon regard.

— Il est venu chez nous. Il est venu sur ton territoire.

Je lui jetai maintenant un regard mêlé de doute et d'admiration.

— J'ai l'impression que si Jenny avait été au courant, elle aurait utilisé les mêmes mots. Tant qu'on ne l'a pas arrêté, je vais te demander de rester sur tes gardes et d'éviter les rues peu fréquentées.

Elle prit la chose en plaisantant.

— C'est un ordre ?

— On peut dire ça.

# La visite

Lundi 10 aout

Je faisais les cent pas dans la salle de débriefing en jetant un œil tantôt par la fenêtre, donnant sur la ville grouillante, tantôt en direction de la porte. L'impatience me rongeait. J'attendais avec anxiété l'arrivée de Chris qui devait me transmettre les résultats des analyses ADN concernant le meurtre de madame Bousson. Qu'allaient-elles nous révéler ? Je m'asseyais pour consulter à nouveau les photos des scènes de crime, étalées sur la table. En observant celles de la rue Ancillon, je repensais à cette personne suspecte qu'avait aperçue le commandant Lebœuf. Avait-elle un lien avec les meurtres ? Allait-elle réapparaître à Antalville si les meurtres venaient à continuer ? La porte qui s'ouvrit, crissant légèrement, m'arracha à mes réflexions. Charles Verdier, le commissaire divisionnaire, prit place en face de moi, son regard scrutateur.

— Tu as pu apprendre quelque chose d'intéressant avec le commandant Lebœuf ? lança-t-il d'un ton direct.

— À vrai dire, rien qui nous permette encore de suivre une piste. Je sais seulement que de nombreuses personnes ont manipulé ces foutus foulards. Il y aurait aussi un petit malin à Grâceville qui s'intéressait d'un peu trop près à l'affaire. Il semblait filmer la scène de crime.

— Encore un qui voulait faire le buzz sur internet avec sa vidéo.

— Non, je ne pense pas. Il s'était enfui dès qu'ils ont remarqué sa présence. Il avait certes quelque chose à se reprocher, mais ils n'ont aucune certitude qu'il est lié aux meurtres. Je me demande ce qu'il espérait découvrir ?

— Et cette femme, qui en avait réchappé dans la rue des Augustins, a-t-elle pu donner un signalement de son agresseur ?

— Non, mais étant donné qu'elle avait d'abord pensé à son ex-compagnon, qui avait d'ailleurs été mis très rapidement hors de cause, ça nous donne déjà une idée du gabarit de l'individu. A part ça, on n'a pas grand-chose. Cette affaire s'annonce complexe, Charles.

— C'est bien pour cette raison qu'on te l'a refilée, Jack. Quand une mission est difficile, on fait appel au commissaire Lewis.

Une tape sur l'épaule me fit grimacer.

— J'ai l'impression d'entendre parler le procureur.

— Allons, Jack ! Dis-moi que tu ne m'en aurais pas voulu si l'enquête ne t'avait pas été confiée ! Moi, je suis prêt à parier que tu suivais cette affaire de l'étrangleur aux foulards à Grâceville depuis le début.

Son sourire était malicieux.

— J'écoute les infos comme tout le monde, rétorquai-je en haussant les épaules.

Avant qu'il puisse reprendre, Chris fit son apparition en brandissant le rapport d'expertises en criant comme s'il venait de gagner au loto.

— Bingo ! Le laboratoire est formel, les empreintes génétiques sont identiques à celles de Grâceville. C'est l'étrangleur aux foulards. Enfin, si on peut parler d'un seul meurtrier.

Je compris bien sûr ce qui se cachait derrière cette remarque. La même interrogation qui m'avait taraudé avec

Lebœuf.

— Combien d'empreintes génétiques différentes ont-ils trouvées ?

— Quatre. C'est curieux quand on sait que les tueurs en série agissent seuls.

— Je ne te le fais pas dire. Plus il y a de complices et plus ils courent le risque que l'un d'eux soit attrapé, ce qui le mènera inévitablement vers les autres. Mais le plus surprenant est que la quatrième empreinte n'est apparue qu'à partir du troisième meurtre.

— Il y aurait quatre psychopathes dans nos rues ? suggéra Verdier, l'air incrédule.

— Non, pas nécessairement. Toutes les victimes ont eu le cou brisé. Peu de gens sont capables de faire ça. Le mode opératoire du tueur semble indiquer une seule et même personne. Et comme l'avait fait remarquer Tom, les tueurs en série ne s'embarrassent pas de complices, c'est trop risqué. Et encore moins de nouveaux lascars ramassés en cours de route comme semble l'indiquer cette quatrième empreinte génétique.

— Peut-être jouent-ils seulement un rôle secondaire, de surveillance par exemple. Ce psychopathe étrangle ses victimes en plein jour. Ses complices pourraient très bien être placés à différents endroits du quartier pour faire le guet et lui permettre de commettre son crime en toute sécurité. Cette personne qui espionnait les scènes de crime à Grâceville semble l'attester. Il pourrait s'agir de l'un d'eux.

Je réfléchis à peine un instant à cette éventualité.

— Le tueur prendrait-il la précaution de se cacher derrière des conteneurs ou autres malgré la présence de ses complices ? Je ne sais pas. Ce n'est toutefois pas impossible. Mais s'il y avait eu quatre personnes dans la rue des augustins, toutes se seraient volatilisées en même temps en empruntant la rue Lacroix ? Non, j'ai du mal à y croire. Il y a quelque chose qui ne colle pas. Le commandant

Lebœuf a raison, cette affaire est hors du commun. Je crois qu'elle va chevaucher entre deux juges d'instruction, Charles.

J'espérais secrètement que Verdier ne céderait pas à la même hâte que le procureur.

— Écoute, c'est vrai, on ne croule pas sous les indices, mais tu viens tout juste de démarrer l'enquête. Et ne t'inquiète pas pour Bastien Ménard, je le connais, il attendra que le tueur soit arrêté avant de partir.

— Je n'ai pas eu l'impression que c'était l'avis du procureur. Il m'avait tout de suite fait part de son empressement à boucler le dossier.

Il balaya l'air de la main comme pour chasser une mouche.

— Bah ! Tu le connais comme moi, il a toujours été comme ça. Ah, une dernière chose, une information judiciaire avait déjà été ouverte par Étienne Payet, le juge d'instruction, à Grâceville. Bastien Ménard va poursuivre sur Antalville en coordination avec Payet. Ils feront leur soupe. Toi, tu passeras uniquement par Ménard pour les commissions rogatoires et les gardes à vue.

— D'accord, qui va le remplacer ensuite ?

— Albert Michot est sur les rangs. Tu feras bientôt sa connaissance.

Rue de Lorraine, soir

En montant les marches qui menaient à la porte d'entrée de ma demeure, des éclats de rire cristallins parvinrent à mes oreilles. On avait de la visite. Même si Mike ne m'avait pas prévenu vendredi qu'ils étaient rentrés de vacances et qu'ils passeraient nous voir, j'aurais reconnu le rire entraînant de Mélanie entre mille. Il couvrait largement le bruit que fit la porte en s'ouvrant. Ce fut Pluton qui donna l'alerte en aboyant à mon arrivée, l'enthousiasme débordant. Il manifesta sa joie en dansant autour de moi et me lécha le visage lorsque je m'accroupis pour le caresser.

— T'es un gentil toutou, toi, hein ? lui murmurai-je.

Le bruit avait attiré Linda. Elle me laissa à peine le temps de me relever. Elle prit précipitamment ma main pour m'entraîner dans le salon. Je compris rapidement que le bisou du soir allait me passer sous le nez et que je devrai me contenter des léchouilles de Pluton.

— Regardez qui vient juste d'arriver ! s'exclama-t-elle avec un grand sourire.

En voyant le teint clair de Mike, je montrai mon étonnement après l'avoir salué d'une poignée de main.

— T'es vraiment parti en Grèce avec Mélanie ? On dirait que t'as passé tes vacances dans une cave.

— Ah, que veux-tu, Jack ! Le soleil, je ne l'apprécie que sous un grand chapeau.

Je ne pus m'empêcher d'ajouter une remarque taquine.

— Et une tunique aux manches longues.

Ma petite taquinerie avait déclenché un fou rire chez Mélanie qui s'atténua à peine lorsque je l'embrassai. Son visage radieux amplifiait encore davantage l'éclat de ses yeux couleur saphir magnifiés par un bronzage impeccable et doré.

— En te voyant, Mélanie, je comprends mieux pourquoi ton mari est blanc comme l'ivoire. Tous les rayons de soleil ont convergé uniquement vers toi.

— Tu sais, Jack, Mike n'a pas toujours été comme ça.

— Chérie, je ne crois pas que mes problèmes de peau intéressent qui que ce soit, la coupa Mike, manifestement touché dans son orgueil.

Elle poursuivit en chuchotant, ignorant sa remarque.

— C'est seulement en Grèce qu'il n'a pas supporté le soleil.

— En tout cas, il y en avait assez pour vous deux aussi, plaisanta Mike d'un sourire forcé, et je suis certain que l'endroit vous aurait plu aussi.

Je me tournai vers Linda en souriant, l'idée d'évasion me séduisant.

— Ça risque bien d'être notre prochaine destination.

— C'est vrai, confirma-t-elle, les yeux pétillants. Vos photos nous ont mis l'eau à la bouche. Comment s'appelle cet endroit merveilleux encore ? Tu sais, ce lac où vous vous êtes baignés ?

Mike ramena ses avant-bras vers lui.

— Par pitié, ne me demande pas à moi, je n'ai jamais réussi à le prononcer.

— Vouliagmeni, répondit Mélanie d'un sourire bienveillant. Tu as raison, Linda, c'est vraiment un endroit paradisiaque.

— Je m'en souviendrai.

Ma femme se tourna vers moi en pointant du doigt la table basse du salon regorgeant de produits grecs, un véritable étalage de trésors.

— Tu as vu tous les beaux cadeaux qu'ils nous ont ramenés, chéri ?

— C'est vraiment gentil à vous, leur adressai-je, sincèrement touché. Merci. Mais il y en a beaucoup trop.

— Bah ! fit Mike avec un geste de la main. Ce n'est rien.

Mélanie s'empressa de commenter chaque article avec enthousiasme.

— Pour toi, Linda, il y a des cosmétiques à base d'huile d'olive, bien sûr, mais aussi à base de mastic.

— De mastic ? s'étonna-t-elle, le front plissé.

— Oui, je voulais te faire un cadeau original. C'est très peu connu en France. Typiquement grec. Et pour toi, Jack, on t'a ramené deux bouteilles d'ouzo et du vin blanc de Santorin et Tsipouro. Il y a aussi du halva pour Jenny. C'est une sorte de nougat à base de tahini aux amandes et à la pistache. Au fait, elle n'est pas là ?

— Non, elle passe la soirée chez une amie, répondit Linda. Merci pour elle.

— Embrasse-la pour moi lorsqu'elle rentrera.

— Je n'y manquerai pas. Bon, avec tout ça, je ne vous ai même pas encore demandé si vous vouliez boire quelque chose. Pour mon chéri, je sais que ce sera un jus d'ananas, et pour toi, Mélanie ?

— Va pour un jus d'ananas aussi.

— Mike ?

— Euh… Il y a de la bière ?

— Bien sûr. Installez-vous ! Je vous ramène ça tout de suite.

Linda se tourna vers moi.

— Ah, au fait mon chéri, avant que j'oublie, on passera la journée de dimanche chez ma mère. Jenny est folle de joie.

— Je m'en doute.

Mike se rapprocha pour me chuchoter à l'oreille, le sourire moqueur :

— Sérieux, tu t'es mis au jus d'ananas ? Où est passé le Jack qui s'enfilait des verres de whisky comme s'il en pleuvait ?

Je lui répondis en souriant.

— J'avais vingt ans, Mike, et je ne suis pas prêt de m'y remettre.

Tandis que nous prenions place sur le canapé d'angle, le labrador le parcourut de long en large en poussant de petits gémissements, cherchant l'attention.

— Couché, Pluton ! lança Mike d'une voix ferme.

Le labrador s'exécuta instantanément, s'allongeant à mes pieds, en me dévisageant de ses yeux ronds. Je m'adressais à lui comme s'il s'agissait d'un être humain.

— Tu aurais bien voulu passer les deux semaines sur notre canapé, hein ?

— À ce propos, reprit Mike, la voix plus sérieuse, encore merci d'être passé le voir de temps en temps. Ça nous rassurait de savoir que tu gardais un œil sur lui. J'espère que ça ne t'a pas trop dérangé ?

— Non, ne t'inquiète pas ! Finalement, il n'y avait pas de souci à se faire. Rémi semble s'en être bien occupé.

— Oui, je lui ai ramené aussi un petit quelque chose pour le remercier. Son bras va beaucoup mieux maintenant et plus personne n'est venu l'embêter depuis.

— C'est une curieuse histoire que cette agression tout de même ! Il n'était pas connu dans le quartier, et pourtant, on aurait dit que quelqu'un avait voulu lui donner une leçon. J'avais même eu l'impression qu'il avait emménagé dans cette maison uniquement pour se planquer. Son agression confirmerait qu'il voulait échapper à certaines personnes et que ces personnes l'avaient retrouvé.

Mon raisonnement l'amusa.

— Ha, ha, t'es impayable, Jack.

— Quoi ? Qu'est-ce que j'ai dit de drôle ?

— C'est juste que même en civil, tu continues de raisonner comme un flic. Jamais tu ne mets de côté ton costume d'enquêteur ? Tu sais, les agressions gratuites sont légion de nos jours. Il n'y a même plus besoin de motifs. Il suffit par fois juste de refuser une cigarette ou de prêter ton portable pour que ça déclenche une bagarre. Les journaux sont pleins de faits divers identiques.

— Et de vols, précisa Mélanie, le visage s'assombrissant tout à coup.

— De vol ? m'étonnai-je, le regard interrogateur.

— Oui. Je m'étais fait agresser, il y a quelques mois, alors que je partais faire du shopping. Un voyou en capuche s'était jeté sur moi pour me faire tomber et m'arracher mon sac cabas.

— Qu'est-ce que je te disais, Jack ? reprit Mike en secouant la tête. On n'est plus à l'abri de rien. Mais il a fait tout ça pour rien. Elle n'y mettait pas ses papiers ou son argent. Et au final, qu'avait-il pris ? Pas grand-chose. Elle en avait été quitte pour une grosse frayeur. L'important est qu'il ne l'avait pas blessée. S'il lui était arrivé quelque chose…

Sa voix se perdit dans un murmure.

— J'avais porté plainte, reprit Mélanie, la voix plus rassurée, mais ils n'ont jamais retrouvé le voleur ni mon sac.

— Tu as pu voir son visage ? lui demandai-je, mon instinct de flic reprenant le dessus.

— Non, ça s'était passé beaucoup trop vite, je n'avais pas eu le temps de me demander ce qu'il m'arrivait. Il m'avait agressé par-derrière et je m'étais fait mal en tombant. J'avais seulement eu le temps de le voir de dos et disparaître au coin de la rue. Depuis, j'ai l'impression de le voir partout, même dans mes cauchemars.

Mike lui caressa la joue d'un geste tendre.

— N'y pense plus, ma chérie. Inutile de réveiller ces mauvais souvenirs.

L'arrivée de Linda, apportant les rafraichissements, détendit l'atmosphère.

# Meurtre au soleil

Mercredi 12 aout

Cette portion de route, qui longeait les rives de la Moselle, était tellement étroite qu'il fallait chevaucher sur le terre-plein pour laisser passer les quelques rares véhicules qui arrivaient en sens inverse. On y croisait plus souvent des randonneurs en vélo qui profitaient des périodes estivales pour parcourir les kilomètres de routes qui bordent la rivière.

Pour y être venu tant de fois lorsque j'étais gamin, je n'eus aucun mal à trouver l'endroit exact décrit par Tom. Rien n'avait changé après tant d'années, c'était presque une image figée dans le temps. Je bifurquai sur un chemin de terre sinueux, dont les cailloux crissaient sous les pneus, puis, guidé par le fourgon de la police scientifique que j'apercevais au loin, je parcourus une centaine de mètres avant de me garer derrière lui sur le bas côté. La route avait offert ses dernières possibilités pour une voiture, le reste se ferait à pied.

À peine sorti de ma 308, les senteurs humides et herbacées de la Moselle parvenaient déjà jusqu'à mes narines. Une douce brise, tiède malgré la saison, véhiculait le parfum des coquelicots et des marguerites sauvages.

Ce chemin n'avait sans doute jamais connu une telle

affluence de véhicules. Devant l'imposant fourgon de l'identité judiciaire se trouvait le véhicule banalisé de Tom, celui du médecin légiste, et à l'avant, une fourgonnette blanche, aux vitres teintées, qui me confirmait indéniablement que j'étais au bon endroit. Isabel Dupin, qui m'avait entendu arriver, surgit comme un fauve de la piste, micro en main, son regard rivé sur moi. Mathieu, son assistant, peinait à la suivre avec sa caméra sur l'épaule.

Arrivée à ma hauteur, elle me salua en se présentant d'une voix ferme, sans ambages.

— Bonjour commissaire Lewis. Isabel Dupin, journaliste à la N.T.A.

En la saluant d'un hochement de tête, je tendis ma main en avant pour lui indiquer que je devais d'abord examiner la scène de crime avant d'émettre un quelconque commentaire, mais il était plus facile de stopper un taureau en furie que de l'empêcher de m'interviewer. Elle ignora purement et simplement mon geste.

— Juste une question, commissaire. Les empreintes ADN, retrouvées sur le foulard de la première victime dans la rue Ancillon, avaient déjà établi que nous avions affaire à l'étrangleur aux foulards qui sévissait à Grâceville. Avez-vous une idée de la raison qui l'a poussé à venir à Antalville ?

Elle porta son micro à quelques centimètres de mon visage.

— Madame Dupin, vous comprendrez qu'il est très difficile de répondre à cette question. Mais si vous avez suivi les infos comme moi et je n'en doute pas, vous devez savoir qu'il avait failli se faire prendre à Grâceville. Cela pourrait très bien expliquer les raisons de son déplacement chez nous. Et maintenant, si vous permettez, lui dis-je en faisant un pas pour la contourner.

— Encore une chose !

Je pointai mon index en l'air, un sourire en coin.

— Vous aviez dit une question, il me semble.

Ma remarque eut autant d'effet sur elle qu'un crachat sur un feu de forêt.

— Avez-vous pu déterminer comment il choisit ses victimes ?

— Non, hélas. Nous savons seulement que les victimes avaient entre trente-cinq et quarante-cinq ans et qu'il choisissait des femmes plutôt jolies. Vous devriez vous méfier d'ailleurs, vous rentrez dans ses critères de sélection.

Son visage s'empourpra légèrement, mais elle se ressaisit rapidement, le professionnalisme prenant le dessus.

— Et… quoi d'autre ? demanda-t-elle, insatiable.

— Malheureusement, nous n'avons rien d'autre. Leur condition sociale ne semble pas le déranger, qu'elles soient mariées ou célibataires lui importe peu. Mais le plus important est qu'il ne s'attaque qu'à des femmes seules. Je ne saurais donc que trop conseiller, à la gent féminine, de sortir accompagné dans la mesure du possible. Il me semble que c'est encore le meilleur moyen de le contrer en attendant qu'il soit arrêté. Et maintenant, excusez-moi, je suis attendu.

Je fis un nouveau pas, cette fois plus déterminé, mais apparemment, elle n'avait pas atteint son quota de questions.

— Vous pensez que vous pourrez l'avoir ?

Je me retournai, la fixant droit dans les yeux.

— Vous en doutez ?

— Je posai la question, c'est tout. À Grâceville, il leur avait échappé.

— Il n'aura pas toujours de la chance. Il est tellement sûr de lui qu'il prend son temps pour tuer ses victimes. On finira par l'avoir, croyez-moi !

La détermination dans ma voix était sans faille. Elle fit une moue d'étonnement.

— C'est curieux, il me semble que ce détail n'avait jamais

été relaté dans les journaux.

— De quel détail parlez-vous ?

— Du fait que l'étrangleur aux foulards prenait son temps avec ses victimes.

Effectivement, cette information n'avait jamais été révélée dans la presse puisqu'elle m'avait été fournie par le commandant Lebœuf en personne. Je réalisai à quel point la journaliste s'impliquait pour son émission « pleins feux sur le crime ». Elle avait dû éplucher tout ce qui touchait de près ou de loin à cette affaire de l'étrangleur aux foulards. Son travail était impressionnant, voire dérangeant.

— Vous avez tout à fait raison, madame Dupin, mais vous semblez oublier que je suis policier et que j'ai mes sources. J'en profite pour vous retourner la question : comment saviez-vous qu'un meurtre avait été commis ici ?

Le jeu du chat et de la souris continuait. Un sourire confiant accompagna sa réponse.

— Moi aussi, j'ai mes sources. À bientôt, commissaire, dit-elle en tournant les talons, suivi par son assistant.

J'avais bien sûr posé la question en connaissant pertinemment la réponse. D'après la disposition des véhicules, il n'était pas difficile de deviner qui l'avait prévenue. Elle était arrivée avant Tom et la police scientifique. Ça ne pouvait donc être que par l'un des officiers de police, du commissariat local, qui étaient arrivés les premiers sur les lieux. Une fuite à gérer, encore.

J'empruntai cette fois la piste en pente qui menait vers la scène de crime où une rubalise jaune, tendue entre deux arbres, en bloquait déjà l'accès. Je soulevai le ruban pour y accéder, pénétrant dans l'espace inviolable du crime.

La victime avait choisi ce petit terrain déboisé, entouré d'une végétation dense, pour y étaler sa couverture et s'y prélasser en tenue décontractée, à l'abri des regards. Une bouteille d'eau à peine entamée et un paquet fermé contenant des barres de céréales se trouvaient à proximité du corps. Un livre ouvert, posé négligemment à ses côtés, témoignait de l'activité à laquelle s'adonnait la jeune femme avant que le tueur en série ne décide d'y mettre brutalement fin. Vêtue d'un short en jean et d'un débardeur blanc, elle était allongée sur le ventre, la tête tournée sur le côté. La rage commençait à monter en moi, une sourde colère contre cette violence gratuite. Je l'imaginais les coudes posés sur la couverture dans une attitude sereine, tenant le livre en main et la tête relevée pour le lire, offrant inconsciemment son cou à l'étrangleur aux foulards. L'image me hantait déjà.

Tom mit fin à ces pensées angoissantes, sa voix me ramenant à la réalité.

— Elle est tenace, hein, Jack ?

— Qui ? demandai-je encore perdu dans mes pensées.

— La journaliste, elle ne lâche pas facilement le morceau.

— Bah ! Elle ne fait que son boulot. Qu'est-ce qu'on a ?

— Rachel Gaudin, trente-quatre ans. Elle était venue en vélo, dit-il en m'indiquant d'un hochement de tête un VTT blanc appuyé contre un arbre, un peu plus loin.

Le vélo était équipé d'un panier qui contenait des objets divers dont on pouvait nettement distinguer deux petites bouteilles d'eau.

— Ouais, et on dirait qu'elle est morte peu de temps après s'être installée.

Je me penchai pour mieux observer.

— Qu'est-ce qui te fait dire ça ? me demanda Tom.

— Elle n'avait pas touché à ses barres de céréales et n'avait bu qu'une gorgée d'eau de sa bouteille. Je n'en vois pas d'autre vide aux alentours qui pourrait indiquer qu'elle se trouvait là depuis un moment.

Les détails parlaient d'eux-mêmes.

Un type bedonnant, d'une trentaine d'années, qui n'avait rien d'un policier, vêtu d'une chemise hawaïenne bariolée et d'un bermuda, me fixait du regard. Tom me le présenta d'un geste rapide.

— C'est lui qui a découvert le corps. Je lui ai demandé de rester si tu voulais l'interroger. Il a appelé la police qui nous a contactés aussitôt. Ils sont arrivés rapidement sur les lieux pour geler la scène de crime, puis sont repartis à notre arrivée.

— À quelle heure avez-vous prévenu la police ? lui demandai-je d'un ton plus officiel.

Il sortit son portable et consulta le journal d'appels, les doigts tremblants.

— Quinze heures dix-sept.

— Est-ce que vous vous étiez assuré si la victime était bien morte ?

— Non, mais elle ne bougeait plus. Quand j'ai aperçu le corps, j'ai pris peur et j'ai rejoint la route aussitôt après.

Il parlait vite, visiblement sous le choc. Tom confirma ses dires, un regard compréhensif vers le témoin.

— Les policiers nous avaient précisé qu'ils avaient eu du mal à le comprendre. Il était complètement essoufflé.

— J'aurais voulu vous y voir.

— Ça va, ce n'était pas un reproche, le rassura Tom.

Le médecin légiste, un homme aux lunettes fines et au visage grave, apporta une précision.

— De toute façon, ça n'aurait servi à rien, Jack. La mort remonte à plusieurs heures. Je dirais entre onze heures et midi.

Sa remarque n'avait rien d'étonnant. L'endroit était désert et invisible depuis la route. Idéal pour celui ou celle qui voulait s'isoler quelques heures dans le calme. Malheureusement, il était idéal aussi pour un meurtrier comme l'étrangleur aux foulards. Après avoir inspecté les lieux, il avait prémédité de commettre son crime dans cet endroit susceptible d'attirer une ou deux personnes qui rechercheraient nécessairement de la tranquillité. Le sort voulut que ce fût une femme seule. Le scénario se dessinait dans mon esprit.

Je me retournai vers le témoin, mon expression impénétrable.

— Vous aviez donc appelé la police depuis la route ?

— Oui, on m'avait demandé de rester sur place le temps que des policiers arrivent. Puis, je les ai guidés jusqu'ici.

— Comment êtes-vous venu ? Je ne vois pas d'autre moyen de locomotion quelconque.

— À pied. Je n'habite pas loin d'ici.

Il semblait hésitant. Je le dévisageai un instant, laissant mon silence peser. Il était inutile d'être clairvoyant pour s'apercevoir que mon attitude le mettait mal à l'aise. Ses yeux fuyaient les miens.

— Comment vous appelez-vous ?

— Fred.

— Que veniez-vous faire ici, Fred ? Je veux dire, on ne vient pas ici par hasard. Pourquoi avoir choisi cet endroit ?

— Je vous l'ai dit, j'habite dans le coin. Je viens souvent m'y promener à pied.

Ma question l'avait à nouveau embarrassé. Ses joues commençaient à changer de couleur, virant au rouge. Je le soupçonnais maintenant d'être un voyeur. Il devait connaître les endroits prisés par les femmes qui désiraient rester seules et il se planquait pour les mâter. Un scénario peu reluisant, mais plausible.

— Cette femme, vous l'aviez déjà vue auparavant ?

Son regard se posa malgré lui, de manière furtive, sur le visage de la victime et déclencha une mimique de dégout.

— Non, je ne crois pas.

— Vous l'aviez vue se rendre ici ?

— Non, pas du tout.

— Et vous n'avez vu personne quitter cet endroit ?

— Non plus.

— Je me demande comment était venu son meurtrier, pensa le lieutenant Tannen à voix haute. Elle n'avait pas dû l'entendre arriver.

— Non, c'est certain, sinon on ne l'aurait pas retrouvée dans cette position. Et on peut même logiquement supposer que si elle avait aperçu un véhicule quelconque de loin indiquant une présence, elle ne serait certainement pas venue. En fait, je pense que l'assassin avait dû laisser sa voiture non loin d'ici, à un endroit qui n'attire pas l'attention, et qu'ensuite seulement il était venu à pied.

Je n'eus pas besoin de m'informer auprès de Fred, un simple regard dans sa direction avait suffi pour qu'il comprenne mon attente.

— Il y a un restaurant, non loin d'ici, et un immense parking qui longe toute la rue. Beaucoup de gens l'utilisent pour y garer leur véhicule avant d'aller se promener. Ça les rassure.

— Je pensais à quelque chose comme ça, murmurai-je, mon hypothèse se confirmant.

— Donc, reprit Tom, synthétisant, il gare sa voiture sur ce parking, se rend à pied sur la route principale, guette le moment où une femme seule emprunte le chemin de terre, attend qu'elle se soit installée, puis s'y rend à son tour avant de la tuer.

— Pas exactement, Tom. Je pense qu'elle s'était positionnée de façon à voir quelqu'un arriver. Les femmes seules sont suffisamment méfiantes pour ne pas tourner le dos à un chemin facilement accessible. Malheureusement, la victime ne l'avait pas été assez au point d'imaginer que quelqu'un pouvait déjà se trouver sur les lieux depuis un bon moment. Il était probablement resté tapi derrière ces arbres, attendant tel un prédateur qu'une proie arrive. L'image était glaçante.

— Bon sang ! J'en ai froid dans le dos rien qu'à y penser, s'exclama Tom, un frisson parcourant son échine.

— Ensuite, il l'a attaqué rapidement après qu'elle se soit allongée sur la couverture. Il ne lui a laissé que le temps de boire une gorgée d'eau.

Chris ordonna aussitôt à son équipe de la police scientifique d'élargir le champ de recherches d'indices. Je me rendis compte que Fred était soudainement devenu pâle après mes déclarations sur le mode opératoire du tueur en série. Il venait de prendre subitement conscience qu'il aurait pu se trouver nez à nez avec l'assassin. La mort effleurant son existence.

— C'est bon, on n'a plus besoin de vous, vous pouvez rentrer chez vous. Ça va aller ?

Mon ton était adouci. Il acquiesça d'un geste de la tête et ne se fit pas prier pour disparaître, fuyant la scène sans un regard en arrière.

— Je crois qu'il n'est pas prêt de rejouer les voyeurs, murmura Tom.

Un sourire se dessina sur tous les visages. Le bruit d'un véhicule lourd se fit entendre, brisant le silence retrouvé.

— Ça doit être les gars des pompes funèbres, enchaîna-t-il. On fait évacuer le corps vers l'institut médico-légal, Jack ?

— Si c'est bon pour Chris, tu peux y aller. Au fait, quel jour sommes-nous aujourd'hui ?

La question me vint sans raison apparente.

— Mercredi, pourquoi ?

— Non, je demandais ça comme ça.

## Un tout petit atout

Au fur et à mesure que je lui exposais mon rapport, le visage du procureur s'assombrissait, prenant une teinte grave. Après que j'eus fini, le magistrat, Édouard Guérin, me dévisagea sans dire un mot, ses yeux perçants ne me quittant pas. Pour avoir eu souvent affaire à lui, je le connaissais suffisamment bien pour affirmer que ça ne lui ressemblait pas. Lui qui était d'ordinaire si direct à m'exposer son point de vue sur l'avancée de l'affaire en cours, il restait cette fois silencieux, comme s'il réfléchissait à la meilleure façon de m'annoncer son mécontentement. Le départ prochain de Bastien Ménard à la retraite n'était certainement pas étranger à son attitude, ajoutant une couche d'impatience à ses préoccupations. Il me reposa la question sous une forme différente, comme pour sonder une réponse qu'il espérait nouvelle.

— Vous n'avez vraiment pas la plus petite piste à suivre, commissaire Lewis ?

Sa voix était basse, presque un murmure, mais lourde d'attente.

— Non, monsieur. Nous n'avons trouvé aucun témoin qui pourrait nous donner une description même succincte de l'individu. Je me suis entretenu avec le commandant Lebœuf qui était en charge de l'affaire à Grâceville. Il a été le seul à l'avoir aperçu pendant quelques secondes à une certaine distance, mais lui aussi n'a malheureusement pas pu nous apporter plus de détails.

Je sentais le poids de cette absence d'indices.

— Il va donc falloir déployer plus de patrouilles dans les rues. On aura peut-être la chance de tomber sur lui comme ce fût le cas pour le commandant Lebœuf.

Son ton relevait plus du souhait que de la stratégie.

— C'est bien ce que nous avions commencé à faire. Cependant, je crains que ce ne soit insuffisant.

Le procureur fronça les sourcils, un pli profond se creusant entre ses sourcils.

— Que voulez-vous dire ?

— Il se doute bien qu'on va opérer de la même façon. Il avait failli se faire avoir à Grâceville et ça lui a certainement servi de leçon. Il ne commettra donc peut-être pas la même erreur chez nous. Pour le premier meurtre dans la rue Ancillon, il a bénéficié de l'effet de surprise, mais le suivant, le long de la Moselle, semble indiquer qu'il prend de moins en moins de risques en ville. Son mode opératoire évolue.

— Comment comptez-vous l'avoir alors ?

Sa voix était teintée d'une frustration grandissante.

— Nous ne disposons que d'un tout petit atout. Il ne nous mènera peut-être nulle part, mais nous n'avons rien d'autre à suivre pour le moment.

L'aveu était difficile, mais je n'avais pas le choix. Je vis toutefois apparaître une petite lueur dans son regard, un signe ténu d'espoir.

— Expliquez-vous !

— À Grâceville, le commandant Lebœuf avait aperçu quelqu'un qui semblait filmer les scènes de crime. Nous ne savons pas s'il s'agit d'un complice de l'étrangleur aux foulards, ni même s'il est réellement relié à l'affaire. Mais il s'était enfui sitôt après avoir été repéré, il avait donc quelque chose à se reprocher.

— C'est ce que vous entendiez par atout, n'est-ce pas ? murmura Guérin, son visage s'éclairant légèrement.

— Ce que je voulais dire, c'est qu'il ignore que nous le savons. S'il se manifeste à nouveau sur Antalville, nous l'aurons. Je suis bien sûr conscient que c'est mince, qu'il n'apparaîtra peut-être jamais chez nous, mais il nous faudra saisir la plus petite opportunité qui se présentera.

L'optimisme se mêlait à la prudence.

— Je vois. Ça sous-entend également qu'il y aura une nouvelle victime.

La lueur d'espoir s'éteignit dans ses yeux, remplacée par une sombre résignation.

## Repas de famille

Dimanche 16 aout, 11 h

Pour aller déjeuner chez mes beaux-parents, je n'avais pas changé mes habitudes vestimentaires. Une chemise bleue, assortie à mon pantalon en jean, me convenait parfaitement. Linda, elle, était vêtue d'une de ces robes qui avaient le don de m'émoustiller. Elle s'avança vers moi, un sourire espiègle aux lèvres, puis se retourna en dévoilant un dos nu sublime.

— Tu peux m'aider à la fermer, mon chéri ? murmura-t-elle.

Je saisis la fermeture éclair et la fis remonter lentement. Bien que l'heure ne fût pas aux câlins, je lui susurrai dans l'oreille :

— C'est vraiment dommage de cacher tout ça.

Tout en gardant la position, elle inclina légèrement la tête en levant son bras droit et me prit par la nuque pour me rapprocher de ses lèvres.

Son baiser fut bref, mais prometteur.

— Ce soir, tu pourras faire le trajet inverse.

— Et pourquoi pas tout de suite ? la taquinai-je avec un sourire malicieux.

— Parce que ta fille a appelé et qu'elle s'impatiente, répondit-elle en riant.

— Ah oui, Jenny. C'est vrai qu'elle y est déjà depuis hier après-midi.

— Que veux-tu, tu sais bien qu'elle et ma mère s'adorent. Tu ne nous piquerais pas une petite crise de jalousie par hasard ?

— Non, mais faudra tout de même qu'elle nous rappelle à quel moment nous lui avons donné l'impression de ne pas être assez près d'elle.

— Bah, c'est tout Jenny, ça. Toujours en train de se plaindre. Ça me rappelle quelqu'un, me jeta-t-elle d'un œil taquin. Allez, ne perdons plus de temps, allons vite la retrouver !

J'emboitai le pas à Linda non sans avoir saisi auparavant la bouteille de vin posée sur la table : un Côtes de Provence rouge, le vin préféré de mon beau-père. Promesse d'un bon moment.

***

Ma femme avait raison. Le degré de complicité entre Jenny et sa grand-mère sautait aux yeux et n'avait rien d'étonnant. Martha avait consacré toute sa vie à sa famille. Je ne me souviens pas d'un jour où elle n'avait pas été disponible pour l'un d'entre nous. Dire qu'elle avait le cœur sur la main était un doux euphémisme. Pierre, mon beau-père n'était pas en reste. D'un naturel peu bavard, l'amour qu'il portait à Martha transpirait dans chacun de ses gestes, dans chacun de ses regards. Une tendresse silencieuse, mais palpable.

Elle apparut avec son plat à lasagnes bien chargé comme d'habitude, un véritable monticule fumant. Vu la quantité, je m'attendais à voir surgir quelques autres invités surprises. Le clin d'œil qu'elle m'envoya se passait de toutes explications connaissant mon penchant pour ce plat.

— J'espère que tu vas les apprécier, me lança-t-elle, le

sourire radieux.

— Tu sais bien que personne ne fait des lasagnes aussi bonnes que les tiennes, Martha.

Cette remarque m'occasionna aussitôt une douleur au pied gauche. Je n'avais qu'à me retourner vers Linda pour en comprendre l'origine. Ses sourcils froncés avec un sourire naissant en disaient déjà long. Je rectifiai le tir en faisant profil bas.

— À part toi, bien sûr, ma chérie.

Après le repas, alors que les estomacs étaient bien remplis, Martha profita d'une absence de son mari pour me glisser à l'oreille, sa voix basse :

— Essaie de le convaincre d'acheter une nouvelle voiture. Avec moi, il ne veut rien entendre. La Laguna commence à prendre de l'âge et j'ai peur qu'elle tombe en panne lorsqu'il part sur Brennange sur ces routes désertes.

— Je ne sais pas si j'y arriverai, Martha. Tu sais combien il tient à cette voiture. Elle a une valeur sentimentale pour lui. Tu te souviens bien sûr quel évènement coïncidait avec le jour de son achat.

— Comment pourrais-je l'oublier ? C'était le jour de la naissance de Jenny. Mais tout de même, il faudra bien qu'il la change un jour.

— Écoute ! Tant qu'elle roule, tu n'as pas à t'en faire. Et si un jour il y a un problème, n'hésite pas à m'appeler. Je viendrai aussitôt et je lui en parlerai à ce moment-là. Je crois que tu t'en fais trop pour rien, Martha.

— Tu as sans doute raison, concéda-t-elle.

Pierre apparut, avec un jeu de cartes en main, arborant sa bonne humeur coutumière. Passer l'après-midi à enchaîner quelques parties de belote avec lui était devenu un rituel. Jenny préférait toujours rester sur la touche et s'esclaffait à voir son grand-père monter dans les tours lorsque Martha commettait une erreur, ses rires emplissant la pièce.

Ces petites réunions familiales étaient une véritable bénédiction pour moi. Surtout en plein milieu d'une affaire criminelle. Elles étaient une soupape de décompression indispensable à mon métier, un havre de paix éphémère.

J'ignorais encore que le pire restait à venir.

## La victime du parc

Je ne crois pas avoir déjà manifesté un tel empressement à rejoindre mon équipe sur une scène de crime. Un très large périmètre autour de mon quartier avait toujours été préservé jusqu'à présent, mais cette fois, un meurtre avait eu lieu dans un parc qui se trouvait bien trop près de mon domicile pour que je m'y rende sans inquiétude. En le longeant, je constatai que chaque accès était gardé par un policier. Je me garai près de l'entrée principale où un groupe de badauds se retourna à mon arrivée, leurs regards curieux et avides d'informations. En sortant de mon véhicule, je fus plus surpris que soulagé de ne pas voir la présence de la journaliste, Isabel Dupin. J'échappai ainsi à un interrogatoire en règle, pour l'instant. Une agitation policière sans précédent régnait dans le parc. Tom se trouvait dans un état particulièrement surexcité lorsqu'il vint à ma rencontre, le pas pressé. Malgré la gravité du crime, il était enfin porteur d'une bonne nouvelle, une étincelle d'espoir dans ce chaos.

— On a un témoin cette fois, Jack.

Une fébrilité rare perçait dans sa voix.

— Que veux-tu dire ? Quelqu'un a assisté au meurtre ?

Je posai la question, tant j'avais du mal à y croire. Même si la réponse n'était pas celle que j'avais espérée, elle avait le mérite de marquer un tournant dans cette affaire.

— Non, pas vraiment, mais d'après les dires de notre témoin, on est à peu près sûr qu'il s'agit de notre homme.

Je saluai Chris qui se débarrassait de sa combinaison tout en suivant Tom qui se dirigeait vers une femme vêtue d'un tailleur gris impeccable tenant en laisse un Chihuahua à poil long. Fidèle à sa réputation, l'animal se mit à aboyer copieusement à notre arrivée. Ses petits aboiements stridents résonnant dans le calme tendu. La dame, qui s'avéra être le témoin en question, eut bien du mal à le faire taire, son visage reflétant l'embarras. Tom s'adressa à elle.

— Madame Deschamps, je vous présente le commissaire Lewis. Vous voulez bien lui répéter dans quelles circonstances vous avez découvert le corps ?

— Bien sûr. Je m'apprêtais à repartir du parc lorsque j'ai entendu un chien hurler à la mort. Ces hurlements déchirants résonnaient dans tout le parc et ils m'ont menée près de l'endroit où se tenait un couple seulement quelques minutes auparavant. L'animal a brusquement surgi de derrière un fourré et s'est enfui à toutes jambes. Je l'ai reconnu immédiatement, c'était celui de cette pauvre dame que j'avais déjà eu l'occasion de croiser plusieurs fois lorsque nous promenions nos chiens. Pendant un instant, je suis restée paralysée ne sachant plus trop quoi faire, le souffle coupé. Puis, j'ai contourné lentement le fourré en tremblant comme une feuille, certaine de faire une horrible découverte. Je ne m'étais pas trompée, j'ai d'abord vu la laisse trainer au sol, puis le corps de cette malheureuse avec ce foulard autour du cou.

Elle porta la main à sa bouche, ses yeux emplis d'effroi.

— Mon Dieu, ce n'était pas beau à voir.

— Pourriez-vous décrire cet homme que vous avez vu en compagnie de la victime ?

Mon ton était doux, mais pressant.

— Il était grand, un bon mètre quatre-vingt, je dirais, de corpulence normale, les cheveux noirs et un regard tout aussi noir. Son image s'est gravée dans ma mémoire.

— Et sa tenue vestimentaire ?

— Un pantalon d'un gris foncé et une chemise blanche. Il avait une certaine classe et se la jouait un peu, mais je ne trouvais pas que c'était un bel homme.

— Vous l'aviez déjà aperçu auparavant ?

— Non, jamais.

— Et vous n'aviez remarqué aucune autre personne dans le parc ?

— Non, pas la moindre.

— Si je vous suis bien, vous n'avez pas été témoin du meurtre. Avez-vous des raisons de penser qu'il puisse en être l'auteur ?

— Ma foi, je ne vois pas qui ça pourrait être d'autre. Je venais à peine d'entrer dans le parc lorsque j'ai entendu des éclats de voix. De là où je me trouvais, je ne pouvais pas les voir. C'est en empruntant une autre allée que je les ai aperçus. Ce type la tenait par les épaules et la secouait comme un prunier. Il s'est arrêté lorsque je suis passée à proximité et me suivait des yeux tout en continuant de la maintenir. Je n'aimais pas son regard. Que vouliez-vous que je fasse ? Je pensais que c'était une dispute de couple comme on en voit souvent. Je n'aurais jamais imaginé que ça allait virer au drame. J'ai donc poursuivi mon chemin jusqu'à ce que j'entende, comme je vous le disais, le chien hurler. Je suis donc repassé aussitôt à l'endroit où se tenait le couple et il n'y avait plus personne. C'est à ce moment que j'ai vu le chien s'enfuir et que j'ai découvert le corps.

— Et entre le moment où vous l'avez vue vivante et celui où vous êtes revenue, combien de temps pensez-vous qu'il se soit passé ?

— Quelques minutes. Peut-être cinq, tout au plus.

— Cet individu, vous pourriez le reconnaître ?

— Sans hésitation, déclara-t-elle avec une pointe de détermination, son regard se durcissant.

— Très bien. Des policiers vont vous conduire à la brigade criminelle. Une fois là-bas, un spécialiste dressera un portrait-robot à partir de vos descriptions. Ensuite, ils vous escorteront jusqu'à votre domicile où vous serez placée sous protection policière.

Elle reprit mes paroles d'un ton inquiet, ses yeux s'agrandissant.

— Sous protection policière ?

— Oui, madame Deschamps, il vaut mieux pour votre sécurité. Vous avez vu le visage de cet homme et si c'est bien le meurtrier de cette femme, vous représentez une menace pour lui.

Je cherchais les mots pour la rassurer, bien que la situation soit critique.

— C'est une pure mesure de précaution. S'il avait voulu vous nuire, je pense qu'il l'aurait fait tant que vous étiez encore dans le parc. Pour le moment, il est préférable d'attendre quelque temps avant de revenir par ici. Mais je suppose que c'était votre intention.

— Oui, je ne suis même pas sûre de trouver un jour le courage d'y revenir.

— Je comprends, dis-je, compatissant.

Des policiers commençaient à peine à escorter madame Deschamps lorsqu'un brouhaha grandissant provenant de l'entrée du parc se fit entendre. Un policier surgit de l'allée, le souffle court, en réclamant du renfort.

— Que se passe-t-il ? lui demandai-je, mon attention piquée au vif.

— Un type veut forcer le barrage. Il cherche sa femme qui est censée être dans le parc. On ne va pas pouvoir le retenir bien longtemps, commissaire.

Madame Deschamps intervint, son visage s'éclairant d'une lueur de reconnaissance anxieuse.

— C'est certainement mon mari. Il sait que je viens tous les jours ici. De la fenêtre de notre immeuble, on peut voir le parc et la présence de tous ces policiers l'aura inquiété.

— Très bien. Vous pouvez aller le rassurer, lui dis-je, avant qu'il ne crée plus de problèmes.

Je m'accroupis près du sac mortuaire aux côtés de Chris. Après des années de collaboration, un simple signe de la tête fut suffisant pour qu'il me fasse son rapport.

— Une belle femme, Jack. Même une très belle femme. Il ne lui a laissé aucune chance malgré la présence de madame Deschamps dans les environs. Même mode opératoire, même genre de foulard. Elle avait son téléphone portable sur elle, mais on n'a pas pu le déverrouiller pour vérifier si cet homme, que madame Deschamps avait vu en sa compagnie, venait de l'appeler.

— Bien, remets-le à Richard. Il s'en occupera, lui répondis-je, la voix tendue, avant de me tourner vers Tom.

— Une fois que nous aurons le nom de son opérateur téléphonique, tu te rendras chez lui et tu te feras obtenir un listing des appels sur les trois derniers mois.

Le parc se situant dans mon quartier, j'enchaînais les questions d'usage avec une certaine appréhension, un nœud dans l'estomac, pendant que je m'apprêtais à découvrir le corps.

— On connaît l'identité de la victime ? Elle est du coin ?

Je ne sais pas ce qui eut été préférable : que Chris me donna d'abord le nom de la victime ou si je devais le découvrir brutalement en ouvrant le sac mortuaire.

Il choisit de répondre à la deuxième question, la voix hésitante.

— Oui, elle habite à quelques rues d'ici.

J'eus un instant d'hésitation, la main crispée sur la fermeture éclair, avant de la descendre d'un geste vif. Après avoir dévoilé le haut du corps, je me levai promptement et fis un bond en arrière sous le regard stupéfait de Chris. Le sol semblait se dérober sous mes pieds.

— Que se passe-t-il, Jack ? Tu connais cette femme ?

J'étais dans l'incapacité de répondre, ma gorge nouée. Je me retournai en reconnaissant la voix qui s'adressait aux policiers qui tentaient d'empêcher le mari en question d'avancer.

— Ça va, c'est bon. Je veux juste parler au commissaire Lewis.

— Je vous répète que c'est une scène de crime, monsieur. Vous devez sortir.

Je posai à nouveau mon regard sur le visage livide de Mélanie, son immobilité effrayante, avant de me retourner vers Mike qui s'approchait inexorablement, ses pas lourds sur le gravier. Je tendis ma main vers les officiers en courant dans leur direction, le cœur battant à tout rompre, tout en hurlant plusieurs fois le même ordre, la voix brisée.

— Ne laissez pas cet homme s'approcher ! Ne le laissez pas s'approcher !

Une fois à leur hauteur, j'enlaçai Mike qui semblait ne pas comprendre la situation, son regard cherchant une explication.

— Que se passe-t-il, Jack ? Je voulais juste savoir si Mélanie se trouvait dans le parc. Pluton est rentré seul et ça m'inquiète.

L'anxiété transparaissait dans sa voix. Je cherchai les bons mots pour ne pas lui annoncer brutalement que Mélanie n'était plus. Mais y a-t-il de bons mots pour annoncer le décès d'un être aimé ? Je connaissais la fragilité de Mike. Si un divorce avait failli avoir raison de lui, qu'allait-il en advenir maintenant ? Pendant quelques secondes, je restai silencieux, me contentant de le maintenir fermement, espérant qu'il comprendrait de lui-même, que la vérité se ferait jour sans que j'aie à la prononcer. Il faut croire que la nature nous a dotés d'un mécanisme de défense lorsque nous sommes confrontés à une tragédie. Des verrous se ferment temporairement dans notre esprit et altèrent notre perception des choses. Mais lorsque les verrous cèdent et que la vérité s'immisce lentement dans notre esprit, la réalité apparaît dans toute son horreur. Il tendit le bras de désespoir, dans un geste lent et douloureux, comme si ce geste avait le pouvoir de ramener Mélanie à la vie.

— Je suis désolé, Mike. C'est fini.

Les mots s'étranglaient dans ma gorge. Pour la première fois, je vis Mike poser un genou à terre, son corps s'effondrant sous le poids du chagrin. Qu'aurais-je pu lui dire d'autre pour tenter d'atténuer sa peine ? Il n'y avait pas de mots.

— Je vais retrouver celui qui a fait ça. Tu m'entends, Mike ? Il ne s'en sortira pas, je vais le retrouver. Je t'en fais la promesse.

Il leva la tête, les yeux rougis par les larmes et la fureur, et à travers son regard rouge sang, il me fit à son tour une promesse qu'un flic ne devrait jamais entendre.

— Et quand tu l'auras retrouvé…

Il marqua une petite pause pour accentuer sa détermination, chaque mot était lourd de sens.

— Je le tuerai. Qui que ce soit, je le tuerai. Je t'en fais le serment.

Les serments sont faits pour être tenus. Tout comme moi, il tint le sien.

Et je n'avais rien pu faire pour l'éviter.

# Les messages

Avec le meurtre de Mélanie, j'en faisais désormais une affaire personnelle. J'étais prêt à tout maintenant pour retrouver ce tueur en série, quitte à franchir certaines limites. Il me fallait absolument découvrir l'identité de ce mystérieux individu qui avait été aperçu avec elle au parc. S'il s'agissait de l'étrangleur aux foulards, quel lien y avait-il avec Mélanie ? Pourquoi l'avait-il maltraitée avant de la tuer ? Lui avait-il donné rendez-vous au parc ? À cette dernière question, je comptais sur Richard pour m'apporter la réponse. J'attendais avec impatience son arrivée dans la salle de débriefing aux côtés du commissaire divisionnaire. Ce dernier, habituellement impassible, semblait animé d'une sollicitude inhabituelle.

— Je suis désolé pour ton amie, Jack. Si tu te sens trop affecté par cette affaire, je peux te faire remplacer si tu veux.

— Non, ça ira. C'est à moi de retrouver ce fumier et je te jure que je l'aurai.

Le ton de ma voix était plus ferme que je ne l'aurais cru. J'en oubliais presque que je parlais à mon supérieur, comme si ce meurtre, sous prétexte qu'il me touchait personnellement, me donnait tous les pouvoirs. Il déglutit avant de poursuivre, ses yeux ne me quittant pas.

— Bon, écoute ! Je sais par expérience que dans une

affaire telle que celle-ci, lorsque la victime est un proche, on n'aborde plus l'enquête de la même façon.

— Où veux-tu en venir ?

Il continua d'un ton monocorde, mais le message sonna comme un avertissement, clair et sans équivoque.

— Il y a une ligne rouge à ne pas franchir. Ne me fais pas regretter de t'avoir laissé l'enquête.

— Ça ne va pas plaire au procureur et au juge d'instruction si tu me retires l'affaire.

Mes répliques sur un ton léger avaient le don de l'irriter, mais l'arrivée de Richard, tenant en main le relevé téléphonique, ne lui en laissa pas le temps.

— J'ai une bonne et une mauvaise nouvelle, Jack. Laquelle veux-tu que je te serve en premier ?

— Là tout de suite, j'ai besoin d'une bonne nouvelle.

— Il n'était pas tombé sur elle par hasard, il l'avait bien contactée ce jour-là par SMS. D'abord à quatorze heures dix, puis à quinze heures vingt, soit approximativement vingt minutes avant que madame Deschamps ne découvre son corps.

Cet écart de temps m'interpella, faisant naître une hypothèse.

— Les SMS ont été effectués dans un intervalle d'une heure dix. C'est à peu près le temps qu'il faut pour venir de Grâceville. J'observais Richard, attendant une confirmation de sa part.

— En plein dans le mille, ils provenaient bien de là-bas. Il n'y en avait aucune trace sur le portable de madame Meyer parce qu'elle avait pris soin de tout effacer.

Je craignais tout à coup qu'il n'y ait plus rien à tirer du téléphone de Mélanie qui me mènerait sur une piste.

— Ne me dis pas qu'on ne peut plus connaître le contenu des messages !

— Non, je te rassure, les SMS ne sont jamais complètement effacés, du moins tant que de nouveaux messages ne viennent pas les écraser. Et nous savons que ça n'a pas été le cas. Je te passe les détails techniques, mais j'ai pu les récupérer. Je te les donne ?

L'impatience me dévorait.

— Je t'écoute.

— Le premier qui venait de Grâceville disait : « Il faut qu'on se parle. Je sais que tu ne vas pas aimer ça, mais je vais venir à Antalville. Je t'attendrai au parc ». Et elle lui avait répondu : « Ne recommence pas ! Je t'interdis de faire ça ». Et à quinze heures vingt, il lui avait envoyé un dernier message : « Je suis au parc », mais elle n'avait pas répondu.

— Bon, nous savons maintenant que quelqu'un lui avait bien donné rendez-vous dans ce parc, certainement dans l'intention de l'éliminer. Si c'est ce que tu appelais une bonne nouvelle, je crains de découvrir la mauvaise. On ne peut pas remonter jusqu'à lui à partir de son numéro, c'est bien ça ?

— Oui, il avait utilisé un téléphone jetable. Il avait pris ses précautions le bougre. En tout cas, ce qui est étrange, c'est qu'ils n'avaient échangé que ces SMS.

— Moi, ce que je trouve étrange, c'est que Mélanie connaissait quelqu'un à Grâceville précisément. Qui est cet homme ? Comment se sont-ils connus et quel lien y avait-il avec Mélanie ? Voilà des questions auxquelles j'aimerais bien avoir des réponses. Et je compte bien les obtenir.

# L'enterrement

Chaque pelletée de terre, qui recouvrait le cercueil de Mélanie, m'intimait l'ordre de retrouver son meurtrier, gravant ma mission dans ma chair. Barry et moi encadrions Mike pour le soutenir, nos bras autour de lui comme un rempart fragile. Je passais l'autre main sur l'épaule de Linda en pleurs, soutenue aussi par Jenny. Les souvenirs affluaient dans mon esprit comme un film qui se déroulait sous mes yeux. Le groupe d'amis, qui s'était formé dans notre jeunesse, s'était complètement disloqué. Les soirées passées ensemble, les fous rires, les discussions sans fin, et les projets d'avenir que nous avions partagés, revenaient dans ma mémoire, des flashs douloureux d'un temps révolu. Tout cela faisait désormais partie du passé. Mélanie a été arrachée à la vie. Mike était anéanti, son âme en lambeaux. Barry s'est retrouvé seul. Beth avait littéralement disparu. Rien ne serait plus jamais pareil.

Après l'enterrement, alors que le silence et la tristesse s'installaient, tout le monde venait encore réconforter Mike par des paroles gentilles. On ne le voyait presque plus au milieu de sa famille, ses proches, ses collègues de travail, qui le soutenaient autant que possible, une bulle de compassion autour de lui. Barry en profita pour se rapprocher en me portant un regard que je connaissais bien, un mélange de douleur et de détermination. Il avait quelque chose à me dire et s'adressa à moi presque en chuchotant, le regard braqué comme moi vers la dernière demeure de Mélanie.

— Je t'ai déjà raconté comment Mike m'avait une fois sauvé la vie à l'étang de la pierre noire ?

Il connaissait parfaitement la réponse. Il m'avait si souvent décrit la scène que j'en arrivais parfois à croire que j'y étais présent.

— Si tu ne me l'as pas raconté cent fois, tu ne me l'as pas raconté une seule fois.

Barry poursuivit sans tenir compte de ma réponse. Depuis ce jour-là, il ne laissait jamais passer une occasion de relater l'exploit de Mike. Plus encore aujourd'hui. Mais aujourd'hui, le ton était différent. Il avait envie de parler de Mike, c'est tout. Peu importe qu'il me racontât l'histoire à voix basse, je la connaissais par cœur.

— C'était en hiver, nous avions seize ans. L'âge bête. J'eus l'idée saugrenue de traverser un étang gelé pour impressionner ma petite amie de l'époque. Même si j'appuyai du pied à chaque pas sur la glace pour en tester la solidité, c'était de l'inconscience pure. Et puis soudain, à la moitié de l'étang, j'ai entendu un craquement et la glace s'est affaissée sous mes pieds. Je me voyais partir dans les profondeurs. Je ne sais pas comment j'avais fait pour me retenir de justesse sur les bords. Par chance, ils avaient tenu. Je n'étais pas sauvé pour autant. L'eau glacée me brûlait la chair et je n'arrivais pas à en sortir. Je vis Mike s'élancer vers moi. Je lui avais crié de rester où il était, la glace pouvait rompre à tout moment. Mais il n'avait qu'une idée en tête : me sortir de là au péril de sa vie. Il s'était allongé sur la glace afin de répartir son poids et avait rampé vers moi. Je ne sais toujours pas aujourd'hui comment il avait réussi à me sortir de l'étang, Jack. Il avait risqué sa vie pour me sauver.

Sa voix s'était faite plus intense. Cette fois, il ne m'avait pas raconté l'histoire simplement pour mettre Mike à l'honneur. Je compris le sens de son message.

— Personne n'avait le droit de lui faire du mal, absolument personne. Tu m'entends, Jack ?

Son regard brûlait d'une sombre intensité.

— Je t'entends, Barry. Je ferai tout ce qui est en mon pouvoir pour retrouver l'assassin de Mélanie. Je vais y consacrer tout mon temps, mais il faut que quelqu'un reste auprès de lui.

— Je m'en occupe. J'irai le voir régulièrement, chaque jour s'il le faut.

Après avoir raccompagné Mike et renouvelé ma promesse de retrouver l'assassin, je ramenai Linda et Jenny chez nous, le laissant en bonne compagnie avec Barry.

Ma décision était prise. Si je voulais avoir une chance de retrouver le tueur en série, je devais changer de stratégie. Il n'y avait plus un instant à perdre. Pour remonter jusqu'à lui, il fallait que je me mette dans la tête du tueur et marcher sur ses traces. Pour ça, je devais me rendre à Grâceville, la ville à l'origine du mal.

Et pour commencer, la rue des Augustins, le lieu de sa dernière attaque connue, était parfaite pour commencer mes investigations.

C'est là que je me rendis le lendemain.

## La rue des Augustins

La première chose qui me frappa en arrivant dans la rue des Romains fut la densité du trafic malgré la présence d'une double voie de chaque côté. Les moteurs ronronnaient sans cesse, une symphonie urbaine ininterrompue. Je me garai temporairement à un arrêt de bus et sortis la carte du commandant Lebœuf que j'avais récupérée.

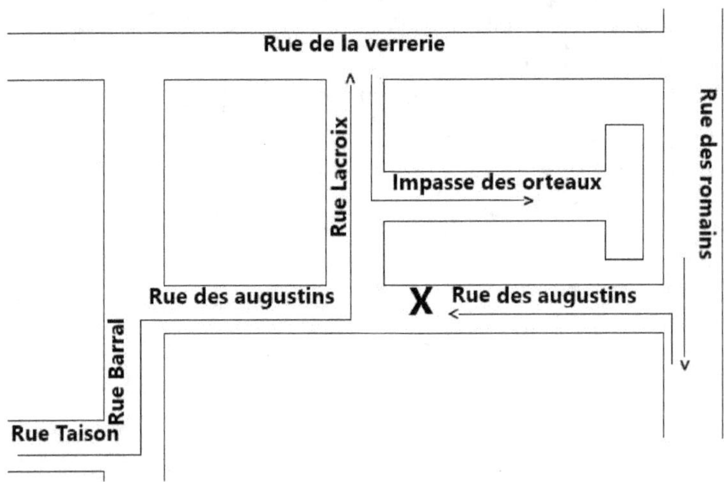


Comme il l'avait suggéré lors de notre entretien à Doubange, j'imaginai l'étrangleur aux foulards sortir de la rue de la verrerie, après avoir agressé madame Carvallo, pour rejoindre la rue des Romains où je me trouvais. Pour le lieutenant Boxler qui était arrivé quelque temps après en ayant suivi le même itinéraire supposé de l'assassin, il lui aurait été presque impossible de le repérer au milieu de toute cette circulation. Elle était d'une telle densité que j'eus du mal à sortir de l'arrêt de bus. Je continuai ma route en suivant celle qu'avait empruntée le commandant Lebœuf. Après avoir dépassé la rue de la verrerie, la voix de mon GPS ne m'indiquait toujours pas la rue des augustins qui aurait dû pourtant être la prochaine d'après ma carte. J'en compris la raison lorsque j'arrivai à sa hauteur, elle était en sens interdit. J'avais le temps, je n'étais pas en mission, il était donc inutile de commettre une infraction en faisant demi-tour comme l'avait fait le commandant Lebœuf. Je poursuivis jusqu'au feu avant de tourner à droite. Quelque chose me mit déjà mal à l'aise, une intuition diffuse. Je me retrouvai dans la rue Taison et je suivis cette fois la route empruntée par le lieutenant Boxler après qu'il eut été appelé par le commandant Lebœuf. Je pris à gauche sur la rue Barral, puis à droite dans la rue des augustins. J'imaginai voir au loin le commandant Lebœuf auprès de la victime. Je me garai à proximité sur le trottoir et sortis de mon véhicule. Je me positionnai à l'endroit où se trouvait madame Carvallo, marqué d'un « X » sur la carte. Quelque chose, que je n'arrivais pas à cibler sur le moment, me gênait. D'où j'étais, j'apercevais le flux des voitures défiler dans la rue des Romains, une rivière métallique sans fin. Les odeurs, émises par les gaz d'échappement, parvenaient déjà jusqu'à mes narines et m'indisposaient. Je pensai aux riverains qui respiraient cette pollution à longueur de journée. Pas étonnant qu'ils préféraient garder leurs fenêtres fermées. Je pénétrai cette fois dans la rue Lacroix et glissai quelques pas dans l'impasse des Orteaux. À première vue, pour moi qui n'étais pas du quartier, je n'avais pas eu l'impression de m'aventurer dans une impasse puisque j'aperçus de loin une route perpendiculaire. Ce n'était qu'après m'être rendu sur place que je constatai que les rues ne menaient effectivement nulle part. Une bétonnière était plantée en plein milieu de la route. Rien d'étonnant, la zone était en travaux d'agrandissement et de nouvelles maisons étaient en construction de part et d'autre. Mille questions me traversèrent l'esprit pendant que je revenais sur mes pas. Chaque pas ravivant de nouvelles interrogations. Puisque ni le commandant Lebœuf ni le lieutenant Boxler n'avaient vu le tueur en série quitter la scène de crime, tout n'était que supposition. J'imaginai ses réactions en entendant la sirène de police. Il avait beau conserver son sang-froid, il devait s'enfuir rapidement avant que les habitants n'apparaissent aux fenêtres. Je savais qu'il n'avait pas continué sur la rue des augustins puisque le lieutenant Boxler l'aurait aperçu. Le tueur devait se douter que le commandant Lebœuf, ou qui que ce soit d'autre, n'était pas seul. Question : sachant qu'il pouvait tomber n'importe où sur un autre policier, est-ce que l'étrangleur aux foulards allait traverser la rue Lacroix, puis rejoindre la rue des Romains en passant par la rue de la verrerie ou est-ce qu'il allait passer par l'impasse des Orteaux pensant à tort qu'elle allait le mener plus rapidement dans la rue des Romains ? Bien sûr, avec le plan détaillé du quartier, je savais déjà qu'il s'agissait d'une impasse. Mais le criminel en cavale le savait-il ? Allait-il prendre le temps de lire tous les écriteaux comme un simple touriste ? Et s'il avait perdu du temps en empruntant en vain cette impasse, allait-il revenir sur ses pas en prenant cette fois le risque de tomber sur des policiers qui arriveraient inévitablement ? Je savais qu'il ne s'y trouvait pas puisque l'impasse des Orteaux avait été entièrement inspectée par tous les policiers lorsqu'ils avaient rappliqué. Ce qui m'avait amené à une autre hypothèse : connaissait-il les lieux ou avait-il pris le temps de contrôler toutes les sorties possibles ? Je ressassai tout ça dans ma tête, mais une seule question m'obsédait toujours : pourquoi l'étrangleur aux foulards n'avait-il pas tué sa victime ? « Il avait paniqué et s'était enfui en entendant la sirène », selon les dires du commandant Lebœuf. Non. Plus j'y pensai et moins ça me semblait probable. J'étais persuadé maintenant que lui seul avait la réponse. Je décidai de l'appeler sans penser aux conséquences. Lorsqu'il décrocha, je compris qu'il n'avait toujours pas mémorisé mon numéro puisque je fus obligé de me présenter d'un ton neutre.

— Commissaire Lewis.

— Ah, commissaire ! Que puis-je faire pour vous ? Je suppose que ça concerne votre affaire sur l'étrangleur aux foulards.

— Oui. Vous m'aviez demandé de vous appeler dès que j'avais du nouveau.

— Je vous écoute, de quoi s'agit-il ?

Je sentis poindre une impatience. Je me demandais quelle allait être sa réaction.

— Pour vous l'expliquer, il faudrait que vous me rejoigniez dans la rue des augustins.

— Voyons, commissaire ! Il me semble que je vous avais déjà dit que c'était une perte de temps pour tous les deux. J'ai d'autres chats à fouetter. Le temps n'est peut-être pas compté pour vous, mais pour moi il l'est.

J'insistai en faisant preuve de diplomatie.

— Je vous assure, commandant, que ce que j'ai à vous dire sera très instructif, mais j'arriverai mieux à vous l'expliquer sur place. Et la présence du lieutenant Boxler serait appréciée.

Le ton monta vite.

— Ben voyons ! Pour qui vous prenez-vous ? Nous sommes peut-être une petite brigade criminelle à Doubange, mais si vous croyez que tout le monde est à votre disposition, vous vous trompez lourdement.

Son sens de l'exagération me sidéra. Je devais absolument

le convaincre de venir.

— Je crains que vous n'ayez pas d'autre choix que d'accepter de me rejoindre.

Ma voix était basse, mais ma détermination sans faille.

— Je n'aime pas beaucoup le ton que vous employez, commissaire. Soyez certain que j'en référerai à votre supérieur.

Ce qui devait arriver arriva : je m'emportai. Je savais que j'étais en train de franchir la ligne rouge et j'étais conscient des répercussions que ça pouvait engendrer, mais j'étais prêt à tout pour retrouver l'assassin de Mélanie.

— Très bien, restez où vous êtes ! Mais ne vous étonnez pas si demain vous apprenez par les journaux que le commissaire Lewis a demandé une reconstitution de l'agression dans la rue des augustins, parce qu'il souhaite clarifier certains points émis par le commandant Lebœuf. Les journalistes sont friands de ce genre de révélations.

Ma voix était glaciale, ma menace à peine voilée.

Un long silence s'ensuivit. Je n'entendais plus que sa respiration saccadée. Il marmonna quelques mots.

— Vous êtes…

Il s'arrêta. Je ne cherchai pas à imaginer ce qui aurait pu suivre. Il reprit avant de raccrocher.

— Très bien, je vous rejoins.

***

Il lui fallut moins d'une demi-heure pour arriver dans son 4x4. Il eut moins de scrupules que moi à emprunter le sens interdit et déclencha des coups de klaxon de la part des automobilistes exaspérés. Il gara son Nissan devant ma 308 et sortit en refermant violemment la portière. Le claquement sec résonnant dans la rue. Il s'avança vers moi les poings serrés comme s'il s'apprêtait à monter sur un ring pour y disputer le match de sa vie. Son visage était fermé, ses mâchoires serrées.

Il fut direct, sans préambule.

— Je n'aime pas beaucoup votre façon d'agir, commissaire. Si vous aimez ça, déranger les gens, moi, ce n'est pas ma tasse de thé. Vous croyez sans doute me tenir à votre merci parce que vous pensez détenir des informations croustillantes que vous pourriez révéler à la presse, mais ce n'est qu'une illusion. C'est uniquement la curiosité qui m'a poussé à venir voir ce que vous avez découvert de si intéressant qui requiert ma présence ?

Son ton était cinglant.

Je lui fis part de mon étonnement à le voir arriver seul.

— Je m'attendais à voir le lieutenant Boxler avec vous.

— Eh bien, non. Vous allez être déçu, il n'y a que moi. Je sais que je ne représente pas grand-chose pour l'illustre commissaire Lewis, mais vous allez devoir vous en contenter.

Sa voix était chargée de sarcasme.

— N'exagérons rien !

— Je vous écoute. Qu'aviez-vous à me dire ?

— Eh bien, je bute toujours sur le même problème : pourquoi l'assassin n'a-t-il pas tué madame Carvallo ?

— Je vous ai déjà dit ce que je savais, mais si ça vous empêche de dormir, prenez donc des somnifères ! Vous pensez vraiment qu'en me faisant venir ici, j'allais avoir une espèce d'illumination et que je serais en mesure de vous expliquer ce qui s'est passé dans la tête de ce tueur ?

Il haussa le ton, la voix chargée d'agacement.

— Non, pas du tout, je sais que vous l'ignorez. Nous ne le saurons d'ailleurs probablement jamais. Sauf peut-être de la bouche même du tueur lorsque nous l'aurons arrêté.

— Eh bien, c'est réglé, alors. Vous le lui demanderez à ce moment-là.

Son sarcasme était à son comble.

— Je le ferai. De toute façon, ce n'est pas la raison pour

laquelle je souhaitais vous voir.

— Alors, allez droit au but, s'il vous plaît !

— Avant d'y venir, j'aimerais vous faire part d'une découverte étonnante que je viens de faire à l'instant.

Ses sourcils se haussèrent d'incrédulité.

— Encore une de vos spéculations ?

— Peut-être pas. Nous nous trouvons exactement à l'endroit où madame Carvallo a été agressée.

— Là, vous ne m'apprenez rien. C'est moi-même qui vous l'avais indiqué sur la carte.

— C'est vrai, mais vous ne remarquez rien de curieux ?

— Non, mais vous n'allez pas tarder à me le dire. Et je sens que ça ne va pas manquer d'un certain piquant.

Je pointai du doigt la rue Barral au loin.

— Regardez !

Il tourna la tête. Un air dubitatif se lisait sur son visage.

— Que voulez-vous que je regarde ?

— On voit la rue Barral d'ici.

— Eh bien quoi ! Qu'y a-t-il d'étrange ?

— Vous ne voyez toujours pas ?

— Non. Venez-en au but, s'il vous plaît !

Je ne répondis toujours pas. Il perdit patience, ses traits se durcissant.

— Écoutez, vous avez un sens de la mise en scène qui commence à m'exaspérer. Vous savez, il y a des psys qui traitent ce genre de cas.

— Je sais, on me le dit souvent. Mais n'y voyez là aucune malice de ma part. J'agis de cette façon uniquement pour obtenir des réactions identiques aux miennes afin de me conforter dans mon raisonnement.

— Dites-moi donc alors ce qu'il y a de si étonnant de voir la rue Barral d'ici !

— Mais qu'on la voit justement.

— Je suis peut-être débile, mais je ne vous suis toujours pas. Il n'y a rien de surprenant.

— Ce que j'essaie de vous dire, c'est que cette scène de crime ne ressemble pas aux autres, y compris à celles d'Antalville. Cette différence m'avait échappé sur les photos, je viens seulement de m'en rendre compte.

— Et en quoi est-elle différente ?

— Je ne vois aucun conteneur, aucune benne à ordures ou autre objet quelconque susceptible de cacher le tueur. Il a commis son agression à découvert, ce qui ne lui ressemble pas.

Il regarda à nouveau en s'attardant quelques instants, ses yeux balayant les lieux avec une attention nouvelle.

— Admettons ! Mais que sous-entendez-vous ? Qu'il ne s'agissait pas de notre homme, mais de quelqu'un d'autre ?

— Non, puisque les expertises du foulard ont confirmé qu'il s'agissait bien de lui.

— Mais alors, où diable voulez-vous en venir ? Attendez, j'ai bien peur de comprendre. Ne me dites pas qu'il voulait qu'on le voie !

— Et pourquoi pas ? Je pense effectivement que c'était ce qu'il attendait. Dans ce café à Doubange, vous m'aviez bien dit qu'il avait pris son temps avec madame Carvallo.

— C'est absurde. Il procédait toujours de la même façon avec toutes les victimes.

— Qu'en savez-vous ? Vous leur aviez posé la question ?

— C'est très drôle, commissaire Lewis, et c'est d'autant plus drôle d'entendre ça venant de vous, vous qui prétendez pouvoir entrer dans la tête d'un tueur en série. Non, moi je m'attache aux faits. Je sais par expérience que le mode opératoire d'un tueur est toujours le même. Un seul témoignage nous suffit.

— D'accord, mais n'oubliez pas que cette fois, il a opéré à découvert. Il a donc bel et bien changé de mode opératoire. Et rien ne permet maintenant d'affirmer qu'il avait procédé toujours de la même façon avec les autres victimes. La raison que vous aviez évoquée, selon laquelle le tueur aurait pris son temps avec madame Carvallo pour prendre son pied, me paraissait logique, mais ce n'était qu'une interprétation. Maintenant que je vois cette scène de crime, je n'en suis plus aussi sûr. Qu'en dites-vous ?

— Je dis que vous lisez trop de romans policiers. Que voulez-vous donc insinuer cette fois ? Faites-moi rire ! Qu'il s'agissait d'un appel au secours, qu'il en avait assez de tuer et qu'il voulait qu'on l'arrête ?

Il ricana bruyamment.

— Mais vous ne l'avez pas arrêté, il me semble. Non, je ne pensais pas à ça. Il voulait peut-être simplement qu'on le voie. Il ne s'attendait peut-être pas à voir arriver des policiers, quoique, mais juste un passant quelconque qui ne représenterait aucune menace pour lui et qui alerterait aussitôt la police. Et bien sûr, il aurait disparu à son arrivée.

— Mais pourquoi diable ? Ça ne tient pas debout.

— Là-dessus, je vous rejoins, je ne comprends pas non plus. Mais je suis persuadé qu'il ne fait rien au hasard. Il y a une logique, même si elle nous échappe encore.

— Vous faites décidément une fixation sur des petits détails qui ne font que vous rendre un peu plus parano et vous font perdre du temps. Vous avez une méthode bien personnelle de mener une enquête, commissaire Lewis, mais c'est votre affaire après tout. Pour ma part, j'ai perdu assez de temps à jouer aux devinettes avec vous. Alors, ou vous me dites la véritable raison qui vous a poussé à m'amener ici ou je vous laisse, vous et vos bennes à ordures.

Sa voix était tranchante.

— J'y viens. Comme je vous le disais en arrivant, je ne sais toujours pas pourquoi l'étrangleur aux foulards a épargné madame Carvallo, mais je suis sûr d'une chose maintenant : ce n'est pas votre intervention qui lui a sauvé la vie. Une victime de plus ne changeait plus rien pour lui et il ne prenait pas plus de risques en la supprimant, à plus forte raison parce qu'il en avait le temps. Votre présence ne l'avait jamais vraiment inquiété.

Il fronça les sourcils, une lueur de confusion dans ses yeux.

— Eh oui, commandant Lebœuf, après que vous ayez activé la sirène, il avait bel et bien eu le temps nécessaire pour la tuer et disparaître.

— Tiens donc ! Et quand bien même il aurait eu le temps que vous prétendez, je ne vois pas ce que ça change. Le plus important à mes yeux est qu'il ne l'ait pas tuée. Mais depuis qu'on s'est vu, j'ai la très nette impression que vous auriez été beaucoup plus soulagé si elle était morte comme les autres.

— Allons donc, ne dites pas cela ! Et puisque vous le prenez de cette façon, je vais vous dire le fond de ma pensée. Ce qui me pose un vrai souci, c'est que vous m'ayez menti.

Il n'apprécia pas ma remarque. Son corps se tendit.

— Pardon ?

— Oui, vous avez bien entendu. Vous m'avez menti sur un point et j'aimerais bien en connaître la raison. Je n'irai pas jusqu'à prétendre que c'est dans le but de protéger un assassin, mais j'aimerais simplement comprendre pourquoi vous en étiez arrivé à une telle extrémité.

Son visage changea de couleur.

— Continuez !

— Toujours lors de notre premier entretien à Doubange, vous m'aviez dit que vous étiez arrivé rapidement sur les lieux. C'est tout simplement impossible. Vous avez vu la circulation ? Nous sommes à peu de choses près dans la même tranche horaire où madame Carvallo s'était fait agresser. C'est une rue à forte circulation. C'est comme ça depuis que je suis arrivé et j'ai continué de l'observer pendant que je vous attendais, elle n'a pas baissé d'un pouce. Je me souviens de vos paroles, vous aviez dépassé la rue des augustins lorsque vous aviez cru voir une agression. Ensuite, vous avez enclenché la sirène. C'était d'ailleurs la seule chose à faire à ce moment-là en espérant que ça suffise à dissuader son agresseur de passer à l'acte parce qu'il vous aurait été impossible d'être rapidement sur la scène de crime et je vais vous expliquer pourquoi.

Je tendis mon bras en avant en pointant la rue des Romains.

— La rue des augustins est en sens interdit de ce côté, aucune voiture ne pouvait donc y pénétrer et par conséquent la file de véhicules derrière vous ne faiblissait pas et elle vous empêchait de reculer. Vous suivez ma pensée ? De plus, c'est une route à double voie. Pour les mêmes raisons, il vous aurait été impossible de faire demi-tour rapidement. Non seulement parce que vous étiez gêné par les voitures sur la deuxième voie, mais également par les véhicules qui arrivaient en sens inverse et ensuite il vous fallait encore vous frayer un chemin pour pénétrer dans la rue des augustins, ce qui n'était pas évident avec un flux pareil. Même votre gyrophare ne vous aurait pas permis d'écarter rapidement tous les véhicules tel Moïse écartant la mer rouge. Et l'assassin le savait, il n'avait pas choisi cette rue au hasard. Alors vous voyez, c'est en contradiction avec ce que vous m'aviez affirmé.

Ma démonstration était implacable. Il resta quelques secondes sans dire un mot, puis il se mit à applaudir lentement.

— Bravo, commissaire Lewis. Cependant, nous en sommes toujours au même point. Où tout cela nous mène-t-il ? C'est vrai, vous avez raison, je n'avais pas pu être rapidement sur les lieux. Et après ? Je ne sais pas plus que vous pourquoi il ne l'a pas tuée. Peut-être était-ce tout de même la sirène qui l'avait dissuadé de commettre son crime. Qu'en savez-vous ? Alors vous voyez, toute votre démonstration n'aura servi à rien, sinon à me faire perdre mon temps.

— Pas si sûr. Je n'ai toujours pas compris l'essentiel : pourquoi m'avez-vous menti ? Du moins, j'ai compris en partie pourquoi vous vouliez que tout le monde pense que vous étiez arrivé rapidement sur les lieux.

— Ben, vous voyez ! Vous n'aviez même pas besoin de moi, alors ! Que croyez-vous donc avoir compris ?

— Que si vous aviez mis beaucoup de temps pour intervenir, tout le monde se serait demandé, comme je l'ai fait, pourquoi le tueur en série n'avait pas tué sa victime s'il avait eu le temps nécessaire pour le faire. Vous aviez peur que la presse s'intéresse de plus près à ce détail et qu'elle fourre un peu plus son nez dans cette affaire et finisse par découvrir quelque chose. Mais quoi ? Si ça peut me permettre de comprendre pourquoi l'assassin a épargné madame Carvallo, croyez-moi et je vous en fais la promesse, je le découvrirai avec ou sans vous. Mais ce sera plus long sans vous. Je ne comprends pas que vous refusiez de m'aider. Nous sommes de la même maison, j'ai beau essayer de comprendre.

Il leva la voix. J'avais touché une corde sensible.

— Vous voulez que je vous dise, commissaire Lewis ? Vous êtes la personne la plus obstinée que je connaisse. Qu'est-ce que ça peut bien faire le temps que j'ai mis pour arriver sur la scène de crime ? J'ai aperçu le tueur, j'ai enclenché la sirène, j'ai fait aussi vite que j'ai pu pour arriver, il avait disparu et la victime était saine et sauve, point final. C'est tout ce que je savais et c'est tout ce qui m'importait. Et nous en sommes là uniquement parce que madame Carvallo a survécu. S'il l'avait tuée, cet entretien n'aurait même pas eu lieu et vous ne seriez pas là à m'emmerder avec vos petits détails.

Il commença à gesticuler dans tous les sens. Je pris maintenant conscience que la discussion allait tourner à l'affrontement.

— Vous et votre manie à toujours vouloir expliquer l'inexplicable ! Vous voulez absolument des explications sur les motivations de l'assassin ? Madame Carvallo lui avait peut-être rappelé sa grand-mère après tout et qu'il s'était souvenu tout à coup combien il aimait se serrer contre sa poitrine lorsqu'il était gamin. Peut-être aussi qu'il avait reconnu au dernier moment une de ses voisines qui lui faisait une petite gâterie chaque fois qu'il lui tondait sa pelouse, que voulez-vous que ça me foute ?

La colère explosait en lui.

— Vous avez tort de le prendre de cette façon. Vous savez aussi bien que moi que parfois un petit détail peut résoudre une affaire complexe ou à défaut orienter l'enquêteur sur la bonne piste. Tout ce que je vous demande, c'est de m'aider un peu. Que s'est-il passé dans cette rue qui vous a obligé à mentir ?

Il pointa violemment son doigt dans ma direction en lui imprimant des aller-retour, son visage déformé par la colère.

— Vous commencez sérieusement à m'agacer avec vos airs de tout savoir sur tout le monde. Vous ne voulez pas accepter le fait que ce tueur est chez vous maintenant. Mais c'est comme ça. Je suis désolé pour vous, mais je n'ai rien à vous apporter de plus pour vous aider.

J'étais conscient que j'allais trop loin et j'entendais la voix du commissaire divisionnaire me hurler : « Le commandant Lebœuf m'a appelé. Qu'est-ce qui t'as pris de le cuisiner de cette façon ? Tu l'auras cherché, Jack. Je te retire l'affaire ». Mais je n'avais plus le choix maintenant, je devais aller jusqu'au bout.

— Je ne partirai pas tant que je ne saurai pas ce qu'il s'est passé dans cette rue, vous le savez. Vous ne vous êtes pas déplacé pour rien. Vous craigniez que la presse découvre quelque chose.

Il ne céda toujours pas.

— Je n'ai rien à vous dire.

— Vous m'avez menti, vous le savez. Il y a forcément une raison.

— Allez vous faire foutre ! Je ne vous dirai rien de plus.

Je pointai à mon tour mon doigt sur lui et tentai de le pousser à bout en bluffant.

— Vous avez inventé toute cette histoire pour passer pour un héros. Le policier qui a empêché l'étrangleur aux foulards de commettre un nouveau meurtre.

— Mais qu'est-ce que vous allez imaginer ? Vous êtes complètement à côté de la plaque. Vous ne comprendriez même pas.

Cette fois, je le savais, il n'était pas loin de craquer. Je devais le pousser jusque dans ses derniers retranchements.

— Qu'est-ce que je dois comprendre, Bon Dieu ? Dites-le-moi ! Une amie est morte dans cette affaire. J'ai fait la promesse de retrouver son assassin et je remuerai ciel et terre pour y arriver.

Je sortis ma dernière carte pour lui faire avouer.

— Et pour commencer, je vais aller trouver ce lieutenant Boxler, celui dont vous vous donnez tant de mal à éloigner de moi. Lui me dira ce qui s'est passé dans cette rue !

Il craqua enfin.

— Vous voulez vraiment savoir ce qui s'est passé dans cette rue, commissaire ? Vous voulez vraiment le savoir ? On s'est pris une branlée par ce type, voilà ce qui s'est passé. Vous êtes content, maintenant ? On s'est pris une putain de branlée.

Je m'attendais à tout, sauf à cette révélation. J'en avais le souffle coupé.

— Quoi ?

Il plaça ses deux mains à plat sur le capot de ma voiture pour y prendre appui. Je m'adossai contre la façade en laissant la tension se désamorcer. Puis, il reprit. Le ton de sa voix s'était radouci.

— Vous savez, je vous avais trouvé plutôt sympathique à Doubange malgré la mise en garde de votre supérieur.

— La mise en garde ?

— Il m'avait bien dit que vous étiez un caractériel. Je comprends mieux pourquoi maintenant.

— Il a vraiment utilisé ce mot : caractériel ?

— Ouais, c'est dans ces termes qu'il vous a décrit. Ça a l'air de vous étonner.

Je souris.

— Non, pas vraiment, tout compte fait. Vous voulez bien qu'on reprenne tout depuis le début maintenant ?

Il se redressa et sembla soulagé de se confier.

— Ce jour-là, j'avais bien dépassé la rue des augustins lorsque je l'ai vu. Ensuite, je devais m'assurer qu'on avait bien affaire à l'étrangleur aux foulards. J'ai alerté mon équipe afin qu'elle se tienne prête à intervenir le cas échéant. J'ai donc actionné la sirène pour lui faire peur. Je savais bien sûr, comme vous l'avez compris, qu'avec toute cette circulation, je n'aurais pas pu y arriver rapidement. Et il était hors de question que je fasse le tour pour arriver de l'autre côté par la rue Barral, j'aurais perdu bien plus de temps.

Je crus bon de rajouter l'information qu'il m'avait déjà donnée lors de notre dernière rencontre.

— Et de plus, c'était inutile puisque le lieutenant Boxler allait arriver de ce côté.

Il me fixa pendant quelques secondes. Une nouvelle révélation se lisait dans son regard.

— Non, il était arrivé de l'autre côté, par la rue Lacroix. Mais vous allez comprendre.

J'épongeai la sueur qui coulait sur mon front d'un revers de la main. J'allais de surprise en surprise.

— Lorsque j'étais enfin entré dans la rue des augustins, j'avais vu madame Carvallo qui tentait de se relever. J'avais aussitôt appelé les secours, puis demandé à toute mon équipe de rappliquer dans cette rue. Boxler était arrivé de la rue Lacroix à peu près au moment où je portais secours à madame Carvallo. Il avait descendu la vitre de son véhicule. Je me souviens lui avoir crié que c'était l'étrangleur aux foulards.

— Mais par où le tueur s'était-il enfui, alors ?

— Nous l'ignorions à ce moment-là. Nous n'avions plus le temps de fouiller partout, il avait peut-être même déjà disparu, mais il fallait bien tenter quelque chose. Je n'avais que Boxler sous la main, les autres étaient arrivés bien plus tard. Il fallait donc essayer de deviner du premier coup quelle rue il aurait pu emprunter pour avoir une toute petite chance de le retrouver. Nous ne connaissions pas le quartier et j'avais suggéré au lieutenant Boxler que si le tueur voulait disparaître rapidement, il n'aurait peut-être pas pris le risque de continuer sur la rue des augustins puisque la sirène avait attiré du monde aux fenêtres et quelqu'un aurait pu l'apercevoir. J'avais donc pensé qu'il s'était certainement dirigé dans la rue Lacroix, celle-là même d'où était venu Boxler. Ensuite, tout avait été très vite. Trop vite. Je m'occupais de madame Carvallo pendant que Boxler repartait dans la rue Lacroix. Il avait pris la décision de ne pas enclencher sa sirène. Mais il ignorait toujours où s'était dirigé le tueur puisqu'il y avait deux possibilités de fuite. Il avait donc tenu le raisonnement suivant : si l'étrangleur aux foulards avait rejoint la rue des Romains en passant par la rue de la verrerie, il l'aurait peut-être aperçu puisqu'il venait de ce côté. Il ne lui restait donc plus qu'une dernière rue à emprunter pour avoir une chance de repérer le tueur et c'est là qu'il avait commis une énorme erreur.

Je saisis immédiatement ce que ça signifiait.

— Il avait pris l'impasse des Orteaux en ignorant que c'était une impasse.

— Exactement. Boxler est un jeune lieutenant un peu fougueux. Il n'avait qu'une obsession : retrouver le tueur avant qu'il ne soit trop tard. Mais dans la hâte, il n'avait pas pris garde à l'écriteau. Pourquoi l'aurait-il fait après tout ? Lorsqu'il s'était rendu compte qu'il se trouvait dans une impasse, il était sorti du véhicule avec son arme à la main. Mais il avait compris trop tard que le tueur, dans la précipitation, avait fait la même erreur que lui. Il se trouvait toujours dans l'impasse. Boxler n'avait rien vu venir, il s'était retrouvé par terre avec une douleur à la nuque et son arme était tombée. Il était sonné. Le tueur l'avait ensuite agrippé et relevé comme s'il ne pesait rien. Il avait passé son bras autour de son cou et l'étranglait. Sa vision devenait floue et il commençait à perdre connaissance.

Je craignais le pire, le cœur serré.

— Mais le lieutenant Boxler...

— Ne vous inquiétez pas, il se remet lentement. Son instinct de conservation lui avait sauvé la vie. Dans un dernier sursaut, Boxler avait plaqué ses pieds contre une façade et avait poussé de toutes ses forces. Ils étaient partis tous les deux en arrière et le tueur avait heurté une bétonnière qui se trouvait là. Boxler se souvient l'avoir entendu pousser un gémissement. Mais il ne l'avait pas lâché pour autant, au contraire, ça l'avait rendu fou furieux. D'une seule main, il avait saisi Boxler par la nuque et l'avait projeté contre la façade, la tête en avant. Après ça, il ne se souvient plus de rien. Lorsque les autres policiers étaient arrivés plus tard, ils avaient trouvé Boxler gisant au sol dans un sale état. Il avait un traumatisme crânien.

— C'est la raison pour laquelle il ne vous a pas accompagné ?

— Oui. Il est encore en convalescence.

— Avait-il eu le temps de voir le visage du tueur ?

— Non. Il avait bien tenté de se retourner, mais cet enfoiré le dépassait de loin en taille. Quand je pense que ce fils de pute avait forcément dû revenir sur ses pas pour s'enfuir. Il fallait un sacré sang froid pour repasser par la rue Lacroix à quelques mètres de l'endroit où je me trouvais et disparaître tranquillement sans attirer l'attention.

Il marqua une pause avant de reprendre, le poids de son récit pesant sur ses épaules.

— Retrouvez-le, commissaire ! Vous feriez plaisir à beaucoup de monde en l'arrêtant.

J'acquiesçai en silence. Ce souhait fit écho dans ma mémoire avec cette frustration que j'avais sentie en lui dans ce café à Doubange après qu'on lui eut retiré l'affaire. Il avait émis le même souhait : « je veux, tout autant que vous, voir ce fumier sous les verrous ». Lui aussi en avait fait une affaire personnelle après ce que ce tueur avait fait subir à Boxler. Il poursuivit.

— Voilà, vous savez tout à présent. Vous comprenez maintenant l'énorme erreur qui avait été commise et qu'il fallait à tout prix cacher à la presse.

— Oui, je vois. Si Boxler s'était rendu compte qu'il s'agissait d'une impasse, il aurait patienté avant de s'y engouffrer et aurait attendu le reste du groupe.

— Et on aurait certainement fini par l'avoir. Mais on ne pouvait plus revenir en arrière. Il fallait trouver un moyen de sauver la situation. Tout le monde devait penser que Boxler était arrivé par la rue Barral et qu'il nous aurait été impossible de rattraper l'étrangleur aux foulards. Vous vous rendez compte de l'impact que ça aurait eu sur la population si les médias l'avaient appris. La psychose s'était déjà installée à Grâceville et si elle apprenait que la police se faisait rosser par des criminels, les choses n'auraient fait qu'empirer. Tout le monde aurait cédé à la panique. Alors, qu'était-ce qu'un petit mensonge ? Ça ne changeait plus rien de toute façon. D'un commun accord, nous avions tous décidé de taire cet incident et d'emmener discrètement Boxler à l'hôpital. Il était sacrément amoché. Ensuite, il ne restait plus qu'à monter de toutes pièces une histoire crédible. La police était intervenue à temps, une victime en avait réchappé. La population était rassurée. D'autant qu'il n'y a plus eu de meurtre par la suite.

Je pris une longue inspiration.

— Je peux comprendre que vous ayez décidé de cacher l'incident à la presse, mais à moi…

— Je ne pouvais pas prévoir que le tueur viendrait chez vous et que vous seriez chargé de l'affaire. Le mensonge avait déjà été relayé par les médias. Qu'est-ce que ça aurait changé pour vous de connaître la vérité par la suite ? Absolument rien. Je n'avais pas deviné que vous étiez un fouineur de la pire espèce.

Sa remarque m'arracha un sourire.

— J'accepte le compliment.

— Que comptez-vous faire maintenant ?

— Eh bien pour commencer, on n'a jamais eu cette conversation. Je vais donc oublier ce qui s'est passé dans cette rue.

— Je peux vous poser une question ?

Je hochai la tête en signe d'assentiment.

— Pourquoi êtes-vous venu ici ? Je veux dire : pourquoi dans cette rue ?

— C'est simple, l'enquête n'avançait pas à Antalville. Je n'avais aucune piste à suivre. Je n'avais donc pas d'autre choix que de tout reprendre à zéro. Je me suis dit que pour trouver le tueur, je devais d'abord découvrir ce qui avait déclenché sa croisade meurtrière. La réponse devait forcément se trouver ici à Grâceville, là où tout a commencé. J'espérais qu'en marchant sur ses traces, je découvrirais quelque chose qui me permettrait de remonter jusqu'à lui. Au moins maintenant, avec ce que vous venez de m'apprendre, j'ai déjà un début de piste.

— C'est à dire ?

— Je parle de madame Carvallo. Maintenant que je suis sûr que le tueur l'avait bel et bien épargnée, il ne me reste plus qu'à aller la trouver pour essayer d'en comprendre la raison.

— Pour ça, vous allez devoir d'abord la retrouver. Et croyez-moi, ce ne sera pas du gâteau.

— Comment ça ?

— Elle a disparu quelques jours après être sortie de l'hôpital. Lorsque l'on s'était vu à Doubange et que je vous avais dit que l'étrangleur aux foulards ne l'avait pas tuée parce qu'il s'était enfui après avoir entendu la sirène de mon véhicule, je le pensais sincèrement. Mais après notre entretien, vous m'aviez mis le doute. Et si vous aviez raison ! Voilà un type qui commet des meurtres de sang-froid en plein jour et qui perd subitement ses moyens. Ça m'avait tellement travaillé que le lendemain, je m'étais rendu chez elle pour en discuter, mais elle n'y était plus. Ses voisins m'avaient appris qu'elle avait rendu son appartement, mais n'avaient aucune idée où elle est allée. D'après eux, elle avait projeté de partir depuis quelque temps et avait déjà établi son préavis de départ.

— Et du côté de son ex-compagnon ?

— Je m'y étais rendu aussitôt, mais il l'ignorait aussi. De toute façon, il ne voulait plus en entendre parler. Il accusait cette femme de lui avoir fait tourner la tête.

— Une femme ?

— Oui, je vous en avais fait part à Doubange. Elle avait emménagé chez madame Carvallo. Son voisinage me l'avait confirmé d'ailleurs. Monsieur Riberas avait malgré tout conservé le numéro de son portable et me l'avait donné. Je l'avais donc appelée, mais son numéro n'était plus attribué. Elle avait été jusqu'à changer de numéro pour qu'on ne la retrouve pas. Il m'avait également appris qu'elle n'avait aucune famille en France que je pourrais joindre. J'avais noté, à tout hasard, l'adresse qu'il m'avait donnée, celle de sa sœur qui réside en Espagne, chez qui il avait passé ses vacances d'été l'an dernier. Monsieur Riberas m'avait dit alors que son employeur devrait certainement pouvoir me renseigner, il tient un café à Grâceville : « Le cheval blanc ». Madame Carvallo y travaillait comme serveuse. Je m'y rends et il m'apprend qu'il l'avait virée parce qu'elle avait disparu depuis deux jours. Et pour cause, elle venait de se faire agresser, rue des augustins, juste avant de se rendre à son travail. Le lendemain, elle va le trouver, mais étonnamment, ce n'était pas pour récupérer son emploi, mais pour prendre son solde de tout compte sans donner d'explications. Vous voyez, tout avait été très vite. Le mercredi 22 juillet, madame Carvallo se fait agresser et elle est admise à l'hôpital. Elle sort le lendemain, soit le 23 juillet. Le 25, elle démissionne de son travail et quitte son appartement. Et depuis, plus personne ne l'a revu.

— Vous aviez pu joindre sa sœur en Espagne ?

— Oui, avec l'aide d'un interprète. Pour ne pas l'inquiéter, je lui avais simplement demandé si elle savait où je pourrais la trouver. Savez-vous ce qu'elle m'avait donné comme adresse ? Celle de Grâceville qu'elle venait de quitter. Non seulement sa sœur n'était pas au courant qu'elle avait déménagé, mais elle n'avait même pas fait allusion à son agression. Je suppose que madame Carvallo avait caché l'incident à sa famille pour ne pas l'inquiéter. L'agression l'avait sûrement traumatisée au point de vouloir quitter la région, ce qui était compréhensible. Par la suite, j'avais estimé qu'il était inutile de pousser plus loin les recherches. Mais croyez-le ou non, j'avais fait toutes ces démarches pour vous.

— Pour moi ?

— Oui, pour vous. Je n'étais plus affecté à l'affaire, je n'avais donc plus de raison de continuer l'enquête. J'avais des remords de vous avoir menti sur ce qui s'était passé dans la rue des augustins. Je reconnais que ça n'avait pas été très correct, mais je n'avais pas eu le choix. Si j'avais pu obtenir auprès de madame Carvallo des informations qui auraient pu expliquer le geste du tueur en série, j'aurais fait amende honorable en vous livrant ces informations, vous auriez ainsi gagné un temps précieux. Mais voilà, madame Carvallo s'était évaporée et je n'avais pas prévu que vous découvririez la supercherie.

Je pris le temps de digérer toutes ces informations pendant qu'il poursuivait.

— Je suis sincèrement désolé que l'étrangleur aux foulards soit chez vous et qu'il ait fait de nombreuses victimes. Les meurtres avaient bien cessé chez nous, c'est vrai, mais j'avais toujours pensé que c'était provisoire, le temps qu'il se rétablisse. Le lieutenant Boxler l'avait tout de même blessé, le tueur s'était retrouvé avec un bras hors d'usage et c'est ce qui avait probablement sauvé la vie à Boxler. Mais ça, je ne pouvais pas vous l'avouer à Doubange. Reconnaissez que vous n'êtes pas plus avancé maintenant en connaissant…

Un doute horrible m'envahit après cette révélation.

— Attendez !

— Qu'y a-t-il ?

— Tout à l'heure, lorsque vous m'aviez dit qu'il s'était cogné contre la bétonnière, vous n'aviez pas précisé quelle partie du corps avait été touchée.

— Enfin, d'après les déclarations du lieutenant Boxler, j'en avais déduit que c'était son bras droit qui avait pris le coup, puisqu'il se souvenait que le tueur l'avait projeté contre la façade de sa seule main gauche. Ça a une importance ?

— Peut-être plus que vous ne le pensez. L'agression de madame Carvallo date du vingt-deux juillet ?

— Oui, c'est ça.

Plus j'y pensais et plus j'étais stupéfait.

— Bon sang ! Ce n'est pas croyable.

— Quoi donc ?

— Deux jours après ces faits, j'ai fait la connaissance de quelqu'un qui avait une écharpe au bras droit. Il avait prétendu s'être fait agresser le vingt-deux juillet par des voyous. Serait-il possible… Ce serait une incroyable coïncidence. Je dois vous laisser, commandant.

— Tenez-moi au courant, commissaire ! me lança-t-il en me voyant partir.

Je montai dans mon véhicule et démarrai. Je ne devais pas me précipiter. J'allais mettre plus d'une heure pour rentrer à Antalville, je pris donc le temps de réfléchir. Même si les coïncidences étaient troublantes, je ne pouvais pas mettre Rémi Chaillard en garde à vue sous prétexte qu'il avait eu un bras en écharpe. Et d'ailleurs, j'aurai peu de chances d'obtenir une commission rogatoire du juge d'instruction sur ce seul détail. En outre, je devrai justifier d'où je tiens cette information que l'étrangleur aux foulards avait été blessé au bras droit. Or je ne voulais pas trahir la promesse que j'avais faite au commandant Lebœuf de ne rien révéler. Avant de prévenir Bastien Ménard, je devais donc en savoir plus sur Rémi Chaillard. J'appelai le lieutenant Tannen. Le téléphone Bluetooth de mon véhicule prit le relais. Tom ne tarda pas à répondre.

— Ouais, Jack.

— J'aimerais que tu consultes le TAJ[2]. Vois si tu trouves quelque chose sur Rémi Chaillard. Rappelle-moi aussitôt !

— Rémi Chaillard. Bien, Jack.

Il ne lui fallut que quelques minutes pour me rappeler.

— Il n'est pas fiché dans nos services, Jack. Par contre, il l'est dans celui dans la gendarmerie. Il y a tellement de données qu'on s'y perd. Il a été souvent condamné pour consommation d'héroïne et a subi quelques perquisitions. Il était soupçonné de faire du trafic de drogue, mais ça n'a jamais été prouvé. Apparemment, c'était seulement pour son usage personnel. Il y a le nom d'un gendarme sur Antalville qui revient souvent, il s'agit de Barry Leblanc

---

[2] Traitement d'antécédents judiciaires

et…

Je le coupai subitement.

— Attends, Tom, tu as bien dit Barry Leblanc ?

— Oui, tu le connais ?

— Un peu, oui. Merci Tom, je te rappelle.

Je sélectionne le numéro de Barry avant de reposer l'appareil sur le siège passager et foncer en direction d'Antalville.

Il décrocha rapidement.

— Jack ? Qu'est-ce que je peux faire pour toi ?

— J'ai peut-être trouvé un suspect, Barry, ce n'est pas impossible qu'il soit impliqué dans l'affaire de l'étrangleur aux foulards. Je vais avoir besoin de ton aide. Tu as certainement des informations sur lui, j'ai appris en consultant le TAJ que tu as enquêté sur lui.

— Je t'écoute. De qui s'agit-il ?

— Rémi Chaillard.

Un court silence s'ensuivit avant qu'il ne réponde.

— Tu as bien dit Rémi Chaillard ?

— Oui.

Sa voix changea de ton.

— D'où connais-tu ce typc, Jack ? La dernière fois que j'ai eu affaire à lui, il habitait au quartier de la Crabière.

— C'est bien ce qu'il m'avait dit, j'avais eu l'occasion de m'entretenir avec lui. Il loge à quelques rues de chez moi maintenant.

— Je lui avais demandé de me communiquer tout changement d'adresse. Où vit-il maintenant ?

— Tu dois connaître sa nouvelle adresse, tu y as fait une intervention début juillet, dans la rue Faurnel.

Il n'hésita pas une seule seconde.

— Madame Lehmann ?

— Oui. Dans quelles circonstances as-tu eu affaire à Rémi Chaillard ?

— C'est compliqué, Jack. La première fois que j'ai

entendu parler de lui, c'était par l'intermédiaire de la gendarmerie de Grâceville qui …

La seule évocation du nom de cette ville me fit l'effet d'un coup de massue.

— Quoi ? Attends, Barry ! Pourquoi Grâceville ? Rémi y habitait ?

— Non, mais il y a vingt ans, il y avait rencontré une certaine Fabienne Monnier et ils s'étaient installés à Antalville, au quartier de la Crabière où ils ont eu une fille, Sabrina. L'année dernière, ils se sont séparés et madame Monnier est retournée vivre à Grâceville en prenant Sabrina avec elle. À ce moment-là, je ne connaissais pas encore Rémi et sa famille jusqu'à ce que la gendarmerie de Grâceville me contacte en début d'année. J'étais chargé de me rendre chez Rémi Chaillard.

— Pour l'arrêter ?

— Non, pas du tout. Je devais lui annoncer un drame qui était survenu à Grâceville.

— Que s'est-il passé ?

— Un mois auparavant, Fabienne s'était barrée en laissant sa fille livrée à elle-même. Des voisins l'avaient plus ou moins pris en charge. Mais quelques semaines plus tard, alors qu'ils lui rendaient visite, ils avaient trouvé anormal qu'elle ne réponde plus. Ils ont prévenu la gendarmerie de Grâceville qui est venue aussitôt. Ils l'ont trouvée morte sur son lit, elle avait fait une overdose. Rémi était devenu comme fou, il en voulait bien sûr beaucoup à sa compagne. Il voulait la retrouver pour la tuer.

— Et c'est ce qu'il a essayé de faire ?

— Non, bien sûr, j'avais réussi à le convaincre que le meilleur moyen de venger la mort de sa fille, c'était de nous aider à arrêter tous ces trafiquants de drogue qui les ravitaillaient. Il savait où les trouver à Grâceville et il avait accepté. En mars, en coopération avec la gendarmerie de Grâceville, on avait monté une opération de surveillance sur un secteur bien précis, et en quelques semaines, on avait pu arrêter quelques dealers, mais ce n'était que du menu fretin. Après ça, je n'étais plus affecté à la surveillance. Tout ce que je sais, c'est que les gendarmes de Grâceville avaient poursuivi la mission, ils voulaient du plus gros gibier. Pour l'aide qu'ils avaient reçue de Rémi, ils l'avaient informé qu'ils ne feraient plus appel à lui et qu'ils passeraient l'éponge sur son passé d'héroïnomane, mais en contrepartie, il avait l'obligation de suivre une cure de désintoxication à Antalville. J'avais effectué quelques perquisitions chez lui pour m'assurer qu'il ne replonge pas. Il a vécu assez de drames comme ça. Voilà, c'est tout ce que je sais, je ne suis pas sûr que ça te mène sur la piste du tueur.

Il avait raison. À part que Rémi avait un bras hors d'usage et qu'il connaissait Grâceville, rien ne le reliait à l'agression de Christina.

— Où aviez-vous monté cette opération de surveillance à Grâceville ?

Je sentis une courte hésitation avant qu'il lâche le nom.

— C'était un café : au cheval blanc.

Je n'en revenais pas. Cette fois, le doute n'était plus permis. Trop d'éléments convergeaient vers Christina.

— Cette fois, on y est, Barry, c'est le lien dans toute cette affaire.

— Que veux-tu dire ?

— Je t'expliquerai. Essaye de savoir s'il est encore fait mention de Rémi après ton départ !

Un silence s'installa.

— Que se passe-t-il, Barry ? Il y a un problème ?

— Tu me mets dans une situation délicate, Jack. Tout ce que je t'ai dit jusqu'à présent, je le sais parce que j'y étais et que ça figure dans le TAJ. Dans le cadre d'une affaire policière, je suis en droit de t'apporter des éléments qui peuvent faire avancer ton enquête policière. Je ne nuis donc pas au secret de l'instruction. Pour le reste, dans les affaires où je n'étais pas impliqué, tu sais comme moi comment ça se passe. On ne peut rien faire sans l'aval du juge d'instruction.

— Ne m'embête pas avec tes formalités administratives, Barry. Tu penses à Mélanie ?

— Je ne fais que ça, Jack, mais il y a une ligne à ne pas franchir.

— Tout ce que je te demande, ce sont des informations qui me permettront de mieux cerner la personnalité de Rémi Chaillard.

— Jack… On est en train de franchir la ligne rouge, tu le sais ?

— C'est la dernière chose que je te demande, Barry. Personne n'en saura rien. Je veux simplement m'assurer d'être sur la bonne piste et mettre toutes les chances de mon côté.

Quelques secondes s'écoulèrent encore, puis il se prononça :

— Tout ce que je peux te promettre, c'est d'y réfléchir. Tu te rends chez Rémi ?

— Oui.

— D'accord, je t'y rejoindrai.

Perdu dans mes pensées, j'attendis qu'il raccroche, puis j'entendis à nouveau sa voix.

— Jack ?

— Oui ?

— Tu crois qu'il a quelque chose à voir avec la mort de Mélanie ?

— Il y a de fortes chances, oui. Tout ce que tu m'as appris est assez troublant.

J'en savais assez maintenant pour demander une commission rogatoire au juge d'instruction.

Je ne pouvais pas parler au juge du bras droit hors d'usage de Rémi le 22 juillet, qui coïncidait avec le jour où l'agresseur de Christina s'était retrouvé également avec un bras droit blessé, mentionné officieusement par le commandant Leboeuf. Mais ce que m'avait appris Barry était suffisant. Après la mort de sa fille, laissée à l'abandon par sa mère, Rémi aurait pu reporter sa haine sur les femmes et sa présence dans le café où travaillait Christina, la victime de l'étrangleur qui en avait réchappée, devenait suspecte.

***

Après avoir obtenu le feu vert de Bastien, je pouvais maintenant appeler mon équipe.

— Tom ?

— Oui, Jack.

— Écoute bien ce que je vais te dire. Avec Rudy, vous allez vous rendre au treize, rue Faurnel, et vous placerez le locataire Rémi Chaillard, en garde à vue. S'il refuse d'ouvrir, entrez de quelque manière que ce soit. On a l'autorisation du procureur. Soyez prudent ! Il y a de fortes chances qu'il s'agisse de l'étrangleur aux foulards et il va certainement chercher à s'enfuir. Tu as bien saisi ?

— Rémi Chaillard. Treize, rue Faurnel. C'est noté.

— Dans le même temps, tu préviens également Chris et son équipe. Qu'ils se rendent avec vous sur place pour procéder à une perquisition. Vous ne touchez à rien, vous les laissez faire. Si des foulards s'y trouvent, je n'ai pas envie de retrouver les empreintes de tout le monde dessus. Vous ne vous occupez que de la garde à vue.

— C'est la procédure, Jack.

— Encore une chose, s'ils trouvent des foulards avant que je sois rentré, rappelle-moi !

— D'accord. Où te trouves-tu, toi ?

— Je viens de quitter Grâceville. Attendez-moi sur place. Je vous y rejoindrai dans moins d'une heure.

— OK.

J'abandonnai mon regard sur la bande d'asphalte qui défilait de plus en plus vite sous mes yeux. Je ressassais tout ce que je venais d'ingurgiter en peu de temps. Je n'en revenais toujours pas. Cette fois, ça se précisait, Rémi Chaillard pourrait très bien être l'étrangleur aux foulards. Un scénario se précisa dans mon esprit.

Par la faute de son ex-compagne, sa fille meurt d'une overdose. Il pète les plombs et devient de plus en plus dépendant à l'héroïne. Il en veut à la terre entière et reporte toute sa haine sur les femmes et les rend responsables de tous ses maux. Il se rend à Grâceville, là où sa fille est morte, et laisse exploser sa colère en étranglant des femmes à l'aide de foulards. Il connaissait ce café où travaillait Christina, donc il la connaissait. Le vingt-deux juillet, il l'agresse dans la rue des augustins où il manque de se faire prendre, et il est blessé au bras droit, ce qui explique qu'il n'avait pas porté plainte pour sa prétendue agression. Cette fois, il décide de ne plus prendre de risques à Grâceville et poursuit sa vengeance meurtrière à Antalville où il réside. Pour preuve, moins de deux semaines après avoir été blessé, le samedi huit aout, les meurtres reprennent et on retrouve la première victime du tueur en série, rue Ancillon. De plus, il connaissait le parc et savait que Mélanie s'y rendait régulièrement pour y promener Pluton.

Tout se tenait. Et depuis tout ce temps, l'étrangleur aux foulards se trouvait à moins de cinq cents mètres de chez moi. Il me restait néanmoins encore deux inconnues à découvrir : d'une, pourquoi avait-il opéré à découvert dans la rue des augustins ? Et de deux, pourquoi avait-il épargné madame Carvallo ? Je n'aurai les réponses à toutes ces questions qu'après l'avoir interrogé.

Je ne pus m'empêcher de penser à ce que le destin peut parfois nous réserver de cruel à chacun d'entre nous. Si madame Lehmann n'avait pas fait cette chute accidentelle,

Rémi Chaillard n'aurait pas emménagé dans cette maison, il ne serait certainement jamais tombé sur Mélanie et elle serait encore en vie aujourd'hui.

La sonnerie du téléphone me sortit brutalement de mes pensées. C'était le lieutenant Tannen.

— Oui, Tom. Rémi Chaillard était chez lui ?

— Il ne risque plus de s'échapper, Jack… il est mort.

# La cache

La rue Faurnel n'avait sans doute jamais connu une telle effervescence. Il a fallu un nouveau décès au numéro treize pour que cette habitation, jadis fuie comme la peste par les riverains, retrouve un intérêt soudain et sorte de son anonymat en attirant par dizaine les habitants du quartier.

Je pénétrai pour la première fois dans cette maison après avoir salué Philippe, un jeune officier de la police scientifique, affairé à prélever des empreintes sur la clenche de la porte d'entrée. Comme l'avait souligné Mike, l'aspect désolant de l'extérieur n'avait rien à envier à celui de l'intérieur. Les peintures défraîchies, le papier peint vinyle jauni et décollé par endroits et les fenêtres imprégnées d'une matière indéfinissable, dont on pouvait à peine percevoir l'extérieur, témoignaient d'une qualité de vie dégradante et inacceptable. Le bois craquait sous le poids d'un gars de l'identité judiciaire qui descendait d'un pas rapide les escaliers qui menaient aux pièces du haut. À mi-parcours, il me fit déjà un signe de la main, m'indiquant que j'étais attendu. Il manqua de glisser sur une marche et se raccrocha de justesse à la rampe. Un frisson me parcourut le corps. La vision de madame Lehmann dévalant les escaliers, tel que me l'avait décrit Mike, me vint à l'esprit.

L'état des pièces du haut ne s'améliorait pas au fur et à mesure que je montais. Arrivé sur la dernière marche, je traversai le couloir qui menait à la chambre où Rémi Chaillard gisait sur son lit. René Guillaud, ainsi que Chris, Tom et Rudy m'y attendaient à proximité. Je constatai que la table de nuit, composée de plusieurs tiroirs, a été écartée du mur. Je m'approchai du corps de Rémi Chaillard et Chris m'informa qu'ils l'avaient laissé tel qu'ils l'avaient trouvé, la tête tournée sur le côté et les yeux ouverts. Une espèce de lanière autour de son bras gauche et une seringue à ses côtés se passaient de toutes explications sur les causes du décès.

— Mort par overdose, fit simplement le médecin légiste.

Tom enchaîna aussitôt :

— L'étrangleur aux foulards ne fera plus aucune victime, Jack.

Même si je m'attendais à cette déclaration, j'en demandai la raison.

— Pourquoi ?

Tom balança un coup de menton en direction de Chris.

Tel un magicien sortant un lapin de son chapeau, Chris saisit un sachet sur la table de nuit et me le tendit d'un geste théâtral. Je reconnus bien sûr son contenu, mais je fus malgré tout surpris.

— Les foulards…

J'attendis une explication de la part de Tom.

— Je ne t'avais pas demandé de m'appeler si des foulards avaient été retrouvés ?

Il se tourna vers la table de nuit en la pointant du doigt.

— C'est qu'on venait juste de trouver sa planque, Jack. Comme tu peux le voir, en déplaçant ce meuble, on a découvert ce trou fait grossièrement dans le mur. Les foulards s'y trouvaient dans une boite avec des doses d'héroïne.

Je passai ma main à l'arrière de mon crâne en m'adressant au médecin légiste.

— Tu as pu établir l'heure de la mort, René ?

— Oh, ce n'était pas difficile. Il n'y a pas plus d'une

heure, je dirais.

Sa réponse me laissa dubitatif. Il y a une heure, je venais à peine d'identifier Rémi Chaillard comme étant potentiellement l'étrangleur aux foulards. Un doute m'envahit.

— Est-ce que tu as décelé des traces de violence qui laisseraient supposer qu'on ait pu « l'aider » à s'injecter la dose mortelle d'héroïne ?

— Non, je n'ai rien trouvé de suspect. Mais je peux t'assurer qu'avec toutes les traces de piqûres qu'il y a sur son bras, il n'avait besoin de personne pour se faire une injection. À première vue, il n'y a pas à chercher loin, Jack. Les morts par overdose, c'est fréquent chez les héroïnomanes. Ils vont toujours plus loin et à force de jouer avec le feu, ils passent de vie à trépas sans même s'en rendre compte.

— Ouais, mais tout à coup aujourd'hui alors que je venais pour le mettre en garde à vue, il se fait l'injection de trop.

— Alors, attends les résultats de l'autopsie ! Tu seras fixé. Allez, je te laisse.

Pendant que je chargeai Rudy de faire évacuer le corps, Tom manifesta son étonnement en se frottant le menton.

— Où voulais-tu en venir, Jack ? Tu penses que quelqu'un a voulu éliminer l'étrangleur aux foulards ?

— Est-on sûr d'avoir affaire à lui, Tom ? Je commence sérieusement à en douter. Tant que les expertises d'ADN n'auront pas révélé que Rémi Chaillard avait bien manipulé les foulards qui ont servi à commettre les meurtres à Grâceville, nous ne pouvons rien affirmer.

— D'accord, mais que ce soit le cas ou non, qui aurait voulu le tuer ?

— Celui à qui Rémi a ouvert la porte. Et ça, on peut peut-être savoir si une autre personne est entrée. Suis-moi, je voudrais vérifier quelque chose.

Je me retrouvai dehors avec Tom et cherchai du regard

l'officier qui faisait des prélèvements sur la porte. Je le trouvai près du fourgon de l'identité judiciaire où il y rangeait son matériel.

— Tu as relevé des empreintes sur la porte, Philippe ?

— Non, j'allais justement venir te trouver, Jack. C'est curieux, mais il n'y a absolument rien sur la clenche. Vu l'état de la maison, j'ai du mal à croire que le locataire était maniaque au point de vouloir nettoyer une simple poignée de porte.

— Certainement pas, non. C'est bien la preuve que quelqu'un est venu.

Avant que je puisse pousser plus loin mon raisonnement, j'entendis une voix familière m'interpeller. Je m'adressai à lui lorsqu'il arriva à ma hauteur. Il y avait longtemps que je ne l'avais pas vu habillé en civil.

— Tu as trouvé quelque chose d'intéressant sur Rémi Chaillard, Barry ?

— Peut-être bien. Mais je dois t'avouer que je n'ai pas consulté le fichier qui relève du secret de l'instruction. Je n'étais plus affecté à la surveillance de Rémi, il faut donc l'autorisation du juge pour y avoir accès. Je me suis néanmoins entretenu avec un gendarme de Grâceville qui avait poursuivi la mission. Il n'a voulu me lâcher qu'une seule information à propos de Rémi, je ne sais pas si ça va t'apporter quelque chose.

— Voyons voir !

— Comme je te l'avais dit, après mon départ, les gendarmes avaient donc continué de maintenir sous surveillance les allées et venues dans ce café au cas où d'autres dealers se manifesteraient. Et surprise, qui ont-ils vu arriver un beau jour de mai ? Rémi Chaillard en personne. Ils n'en croyaient pas leurs yeux. Que pouvait-il bien revenir y faire ? Ils avaient alors pensé qu'il leur avait caché quelque chose et qu'il ne leur avait pas donné les gros trafiquants. Ils avaient donc continué de le surveiller à son insu pensant qu'il entrerait tôt ou tard en contact avec un gros dealer.

— Tôt ou tard ? Tu veux dire qu'il était revenu ?

— Et pas qu'un peu. Il revenait régulièrement une fois par semaine. Mais au bout d'un mois et demi, ils ont abandonné les surveillances.

— Pourquoi ?

— Rémi Chaillard n'y allait pas pour se ravitailler. Il ne voyait même jamais personne. Il se mettait à la terrasse du café et restait une bonne partie de l'après-midi sans rien faire d'autre qu'à boire quelques demis.

— Ça ne tient pas debout. Pourquoi faire cent kilomètres pour boire une bière ?

— Je sais, c'était étrange. Ils s'étaient bien évidemment posé la même question. Mais on n'arrête pas quelqu'un parce qu'il passe des heures à la terrasse d'un café. Tout ce qu'ils ont appris, c'est que Rémi Chaillard ne s'y rendait que les mardis après-midi, mais ils n'ont jamais pu en déterminer la raison exacte. Ils ont eu la vague impression qu'il surveillait quelqu'un, mais ça n'avait jamais pu être vérifié réellement. Ils avaient pensé qu'il espérait peut-être tomber sur son ex-compagne, mais ça ne tenait pas la route. Il aurait pu s'y rendre n'importe quel jour de la semaine. Ensuite, vu qu'il n'était jamais entré en contact avec qui que ce soit, ils ont fini par lâcher l'affaire. Je ne sais rien d'autre, Jack. Et de ton côté, tu as appris quelque chose en l'interrogeant ?

— Il aurait eu bien du mal à parler, ils l'ont trouvé mort sur son lit. Il aurait fait une overdose.

— Il n'avait donc jamais suivi sa cure. Ça devait fatalement arriver. Mais de quoi le soupçonnais-tu exactement ?

— D'être l'étrangleur aux foulards.

— Et c'est le cas ?

— Je n'en suis plus aussi sûr. En tout cas, quelqu'un

voudrait me le faire croire. Je vais retourner à Grâceville et faire un tour dans cet établissement dont tu m'as parlé. J'apprendrai peut-être quelque chose sur lui en interrogeant les serveurs.

— Pourquoi t'intéresses-tu autant à ce café, Jack ? C'était le rendez-vous des dealers, c'est tout. En quoi, ça pourrait faire évoluer ton enquête ?

— Une des victimes de l'étrangleur aux foulards y travaillait comme serveuse. C'était donc certainement elle que Rémi Chaillard surveillait.

— Une victime, tu dis ? Comment s'appelait-elle ?

— Bah, ça n'a aucune importance, Barry. Tu ne la connais pas. Et au vu de ce qu'il s'est passé aujourd'hui avec Rémi, je crois qu'il est plus sage de continuer à préserver son identité.

— Elle n'est donc pas morte ?

— Non, c'est la seule qui étrangement a survécu.

— Tu as pu l'interroger ?

— C'était ce que je voulais faire lorsque je me trouvais à Grâceville. Mais l'officier qui s'occupait de l'affaire m'a appris qu'elle a littéralement disparu de la région.

Un détail me revint en mémoire.

— Tu me dis que Chaillard ne se rendait dans ce café que les mardis. Les meurtres commis à Grâceville avaient toujours eu lieu un mercredi, soit le lendemain de la présence de Rémi dans cette ville. Quel lien peut-il y avoir ?

Deux employés des pompes funèbres apparurent sur le pas de la porte, évacuant sur un brancard le corps de Rémi Chaillard en direction de l'institut médico-légal.

— J'aimerais te demander encore un service, Barry. Je voudrais que tu l'identifies. J'ai eu mon lot de surprises depuis quelque temps.

Il me suivit jusqu'au brancard et je demandai aux employés d'ouvrir le sac mortuaire. Pendant qu'ils s'exécutaient, un bruit attira mon attention. J'eus juste le temps d'apercevoir le volet de la maison voisine finir sa course contre le rebord de la fenêtre. Je m'interrogeai en observant ce volet qui venait de se fermer subitement en pleine journée. Barry m'arracha à mes pensées.

— C'est bien lui, Jack.

— OK, attends-moi, je reviens, lui dis-je en me dirigeant vers la maison voisine.

— Je vais devoir y aller. Appelle-moi si tu as encore besoin de moi.

— D'accord, merci Barry. À bientôt.

Je sonnai à la porte d'entrée où figurait le nom de monsieur et madame Bernstein. Personne ne se manifesta. Je sonnai une deuxième fois, mais après un certain temps, personne ne semblait décidé à m'ouvrir. J'insistai en appuyant plusieurs fois d'affilée. J'entendis un petit frottement au niveau du judas. La personne qui se trouvait derrière était manifestement très méfiante. La porte finit enfin par s'ouvrir. C'était une petite dame toute menue et tremblante qui m'accueillit. Elle regarda à peine la plaque que je lui tendis.

— Bonjour, madame. Commissaire Lewis. Brigade criminelle.

Elle me salua en m'observant d'un air inquiet.

— Que me voulez-vous ?

— Excusez-moi de vous déranger, mais un drame s'est produit dans la maison voisine et…

Elle réagit de manière assez brutale en me coupant.

— Je ne veux rien savoir de ce qui se passe dans cette maison. Elle est maudite.

Une crise de toux se fit entendre, suivie d'une voix d'homme.

— C'est qui, Georgette ?

— C'est la police. Ne t'inquiète pas ! lui répondit-elle en inclinant légèrement la tête tout en gardant un œil sur moi. C'est mon mari. Qu'est-ce que vous nous voulez ?

— Vous me disiez que cette maison est maudite ? Je peux en connaître la raison ?

— Les gens meurent dans cette maison.

— Vous avez raison, la précédente locataire avait fait une chute accidentelle dans les escaliers. Mais les accidents, ça arrive. Seulement cette fois, je crains qu'il ne s'agisse d'autre chose. Je voulais vous demander si vous avez vu ou entendu quelque chose de suspect.

Elle ne répondit pas. La peur se lisait maintenant sur son visage. Elle craignait quelque chose et m'observait comme un ennemi potentiel. Pour la rassurer, je restai à l'extérieur sans lui demander de me laisser entrer.

— Vous n'avez rien à craindre de ma part. Comme je vous le disais, je suis de la police. Vous avez aperçu quelque chose ?

J'avais réussi à la mettre en confiance.

— Je n'en suis pas sûr.

Elle risqua un regard à l'extérieur avant de reprendre sa position.

— Vous voulez dire que vous avez vu quelque chose ou quelqu'un d'inhabituel ?

— Inhabituel, c'est ça.

— Vous voulez bien me donner plus de précisions ?

Elle hésita un court instant avant de me répondre.

— J'ai vu quelqu'un provenir de l'arrière de la maison. Ne me demandez pas si je le connaissais, je serais incapable de vous répondre. Je suis myope et je n'avais pas mes lunettes sur moi. Tout ce que je peux vous dire, c'est qu'il était grand.

Son mari l'interpella à nouveau en la harcelant de questions.

— Georgette, t'es là ? C'est qui ? Pourquoi tu ne réponds pas ?

Elle hurla dans sa direction sans toutefois me quitter du regard.

— C'est la police, je t'ai dit. Excusez-le ! Il est sourd comme un pot.

— Votre mari a peut-être vu quelque chose.

— Non, il est handicapé. Il était resté sur son fauteuil roulant.

— D'accord. Et vous, vers quelle heure l'avez-vous aperçu ?

— Quelques minutes avant que tout le monde n'arrive.

— Vous ne pourriez vraiment pas le décrire ? Peut-être avez-vous pu voir au moins la couleur de ses cheveux.

Elle marqua à nouveau un temps d'arrêt avant de me répondre.

— Non, je vous l'ai dit, je suis myope. À part sa taille, je ne pourrais rien vous dire de plus.

— Lorsque vous l'avez vu partir, était-il monté dans une voiture ou autre ?

Elle jeta à nouveau un coup d'œil à l'extérieur pour s'assurer que personne ne venait, puis elle reprit.

— Mais c'est que je ne l'ai pas vu partir. Le temps que j'aille chercher mes lunettes sur la table de la salle à manger, il avait disparu.

— Vous aviez remarqué une voiture devant la maison ?

— Non, il ne me semble pas.

— Vous ne vous souvenez de rien d'autre ?

— Non.

Mon instinct me dit qu'elle en savait plus qu'elle ne voulait en dire, mais je ne voulais pas la brusquer.

— Je peux vous demander pour quelle raison vous avez fermé vos volets ?

— Les lumières de vos gyrophares nous rendaient nerveux.

Son argument me convainquit moyennement.

— Bien, écoutez, je vais vous envoyer un officier de police. Il prendra votre déposition. Vous voudrez bien le recevoir ?

— Si vous voulez.

— Il vous laissera le numéro de la brigade criminelle. Si des fois, quelque chose vous revenait en mémoire, n'hésitez pas à nous appeler !

— D'accord.

Je plaquai ma main contre la porte qu'elle avait déjà commencé à refermer.

— Madame Bernstein ?

Son visage réapparut dans l'entrebâillement de la porte.

— Si un inconnu vient vous voir et qu'il ne vous inspire pas confiance, vous n'êtes pas obligée de lui ouvrir. N'hésitez pas à nous appeler, nous enverrons immédiatement quelqu'un.

Je perçus une lueur dans son regard.

— Entendu, commissaire, je vous appellerai.

Je retournai près de la maison où m'attendait Tom.

— Tu as pu apprendre quelque chose ?

— Madame Bernstein, la voisine, a vu un individu suspect sortir de la maison quelques minutes avant que tout le monde ne rapplique.

— Super ! Elle a pu donner son signalement ?

— Malheureusement non, elle n'a absolument pas pu le décrire pour une raison très simple : elle est myope et n'avait pas ses lunettes sur elle. Quand la déveine s'en mêle. J'ai toutefois la bizarre impression qu'elle m'a caché quelque chose. On aurait dit qu'elle avait peur de je ne sais quoi.

— Ça n'a rien vraiment d'étonnant avec ce tueur en série qui rôde dans nos rues.

— C'est ce que j'avais d'abord pensé. Mais tu veux que je te dise le fond de ma pensée ? J'ai eu la curieuse sensation que c'était de moi qu'elle avait peur, ou plutôt de ce que je représente.

— Pour quelle raison ? Pour avoir peur d'un policier, il

faut avoir quelque chose à se reprocher.

— Justement, j'aimerais bien découvrir de quoi il s'agit. En tout cas, c'est certainement cet inconnu qu'elle a aperçu qui a effacé ses empreintes sur la clenche de la porte d'entrée. Alors, toujours aussi sceptique sur le décès de Rémi Chaillard ?

— Non, ça commence à faire beaucoup. Je crois maintenant que quelqu'un s'est donné un mal de chien à nous faire croire qu'il a succombé à une overdose. Ce serait donc bien un meurtre.

— La porte d'entrée était fermée de l'intérieur ?

— Oui, et les clés se trouvaient dessus.

— Maintenant que nous savons que quelqu'un est entré, reste à savoir comment il est sorti. Ça exclut la porte d'entrée.

Tom m'apporta aussitôt la réponse.

— Tout s'explique maintenant : par le même endroit où nous sommes entrés, c'est-à-dire par la fenêtre de la cuisine à l'arrière de la maison. Je m'étais demandé pourquoi on a pu l'ouvrir simplement en la poussant.

— Donc, une fois son meurtre commis, notre tueur en série sort par cette fenêtre avant de la rabattre. Il ne lui reste plus qu'à revenir devant la porte d'entrée afin d'effacer toutes traces de son passage. C'est à ce moment que madame Bernstein l'aperçoit.

— Et tu crois que le type en question serait l'étrangleur aux foulards ?

— Je ne vois pas qui ça pourrait être d'autre.

— Mais s'il avait l'intention de faire croire à un suicide, pourquoi n'a-t-il pas pris la précaution de mettre des gants pour ouvrir la porte ? En effaçant ses empreintes, ça prouve bien qu'il y avait quelqu'un d'autre.

— Il n'avait plus le choix. Il savait qu'on allait mettre Rémi en garde à vue, il devait donc l'éliminer rapidement. On peut parfaitement imaginer que pris par le temps il a pu commettre cette erreur. Il devait donc impérativement effacer toutes traces de son passage. C'était ce qu'il avait de mieux à faire. Une absence d'empreintes, sur la clenche, était préférable, car ça ne représentait pas une preuve que la personne, qui les a effacées, ait un lien avec le tueur en série. Il aurait pu s'agir d'un dealer qui serait passé voir Rémi et qui l'aurait découvert mort sur son lit, ou qu'un différend aurait éclaté entre eux et il l'aurait éliminé en camouflant le meurtre en décès par overdose. Mais en aucun cas on ne me fera croire que Rémi est le tueur en série.

Cette erreur, commise par l'étrangleur aux foulards, me fit penser à sa fuite après l'agression de Christina. Même si l'arrivée du commandant Lebœuf ne l'avait pas inquiété, le reste de son équipe pouvait arriver d'un moment à l'autre. Il devait donc disparaître rapidement et il avait emprunté par erreur l'impasse des Orteaux. En un éclair, je venais de découvrir son point faible.

— Il commet toujours une erreur dans la précipitation. Il planifie tout, mais lorsqu'un évènement inattendu survient et qu'il doit réagir très vite, il commet une erreur. C'est son talon d'Achille. Ce que j'aimerais comprendre maintenant, c'est qui l'avait prévenu qu'on se rendait chez Rémi Chaillard. Peu de personnes étaient au courant. Je ne vois qu'une seule explication. J'avais demandé à Barry, le gendarme que tu as vu, d'enquêter sur lui et j'ai l'impression qu'il a remué quelque chose. Une chose est certaine : Rémi et ce mystérieux visiteur se connaissaient. On commence à y voir un peu plus clair. On peut imaginer qu'ils ont tous les deux un point en commun : ils ont un compte à régler avec les femmes. Ils projettent ensemble de se venger en les supprimant, mais ils doivent décider qui des deux va passer à l'acte. Pour Rémi Chaillard, c'était trop risqué, il était connu des services de gendarmerie et on pourrait facilement remonter jusqu'à lui. Son complice devient donc l'étrangleur aux foulards. Seulement un autre problème s'était posé à lui : si Rémi Chaillard était un jour suspecté et c'est ce qui est arrivé, il risquerait de le dénoncer. Il fallait donc le supprimer en maquillant le meurtre en suicide ou en accident.

— Ça tient la route, Jack. Mais il y a une chose que je ne comprends toujours pas. Pourquoi Rémi Chaillard s'était-il laissé faire ? Il fallait tout de même l'amener dans sa chambre, trouver l'héroïne, le maintenir pendant qu'il prépare tout le matériel. Il aurait dû y avoir des traces de luttes.

— Pas si sûr. J'entrevois un autre scénario. Rémi Chaillard se fait son injection habituelle, il est complètement défoncé. Il entend sonner et descend, il regarde par le judas et reconnaît son complice, peut-être celui-là même qu'il tentait de rencontrer à Grâceville tous les mardis. Il ouvre et le laisse entrer avant de refermer la porte à clé. L'étrangleur aux foulards tente peut-être un bluff en lui disant qu'il voudrait une dose d'héroïne. Ils montent ensemble dans la chambre, Rémi sort une dose de la planque devant lui puisqu'il a confiance en son ami et prépare le matériel tranquillement. Dans l'état où se trouvait Rémi Chaillard, le reste n'était plus qu'un jeu d'enfant. L'étrangleur aux foulards décide de le supprimer pour qu'on ne remonte pas jusqu'à lui et sort de la maison.

— Ce serait donc lui qui aurait replacé la table de nuit contre le mur après avoir entre temps rajouté les foulards dans sa planque avec l'héroïne pour l'incriminer.

— Exactement. Sauf qu'en agissant ainsi, il a commis une autre erreur. Si Rémi Chaillard avait été l'étrangleur aux foulards, il n'aurait jamais été assez stupide pour cacher les foulards au même endroit que l'héroïne. En faisant cela, il augmentait les risques de se faire démasquer. Les gendarmes connaissaient sa dépendance à la drogue, ils lui avaient même ordonné de suivre une cure de désintoxication. D'ailleurs, Barry était constamment derrière lui pour s'en assurer. C'est pour cette raison qu'il la cachait, parce qu'il craignait un jour ou l'autre une descente de gendarmes et ils auraient fini par trouver sa planque comme vous l'avez fait. Mais ils pensaient trouver uniquement de l'héroïne, puisque Rémi Chaillard n'avait aucune raison d'être suspecté d'être le tueur en série. Imagine ce qu'ils en auraient déduit s'ils avaient retrouvé les foulards ! Non, son meurtrier voulait qu'on les retrouve aujourd'hui, j'en mettrai ma main au feu.

— Ouais, tout ça se tient, Jack.

— Un peu que ça se tient. Le point positif, c'est que si l'étrangleur aux foulards veut faire porter le chapeau à Rémi Chaillard, cela signifie que les meurtres doivent impérativement cesser. Le point négatif et il est de taille, c'est que le meurtrier de Mélanie est toujours en liberté et il est hors de question que je le laisse s'en tirer. Maintenant, le problème, c'est que nous n'avons aucune preuve réelle que Rémi Chaillard n'était pas le tueur en série. Il faudra des arguments un peu plus solides pour convaincre le juge d'instruction qu'il faut poursuivre l'enquête. Surtout si l'étrangleur aux foulards avait prémédité depuis longtemps de trahir Rémi Chaillard. Il se sera arrangé pour qu'on retrouve son ADN sur tous les foulards. Le juge attend mon appel, je vais l'informer de la situation. Tu peux passer chez madame Bernstein prendre sa déposition ? Elle t'attend.

— Bien sûr.

Le magistrat décrocha à la première sonnerie. Il exprima son impatience de boucler enfin le dossier en posant une question directe.

— La perquisition a porté ses fruits, commissaire ?

— Plus ou moins.

— Soyez plus précis ! Vous l'avez placé en garde à vue, oui ou non ?

— Non, monsieur. On a eu une mauvaise surprise en

arrivant. Nous avons trouvé Rémi Chaillard mort sur son lit d'une overdose.

Je n'entendis plus sa voix pendant quelques secondes.

— Et des foulards, vous en avez trouvé ?

Dans le ton de sa voix, il me semblait plutôt entendre : « Dites-moi que vous avez trouvé des foulards ! » Je ne pouvais pas nier l'évidence.

— Oui, monsieur, ils étaient bien cachés, mais…

Il me coupa.

— Parfait ! Beau travail, commissaire, on se passera de ses aveux. L'essentiel est qu'il soit hors d'état de nuire. La présence des foulards et le fait qu'il les cachait sont déjà autant d'indices qu'il s'agissait du tueur en série. Il ne nous reste plus qu'à attendre une confirmation du laboratoire que son ADN correspond bien avec celui retrouvé sur les foulards à Grâceville, mais ça ne devrait être qu'une formalité.

— Je crains, hélas, que même dans ce cas, ce ne soit pas terminé, monsieur.

— Que voulez-vous dire ?

— Je pense que l'étrangleur aux foulards court toujours.

— Quoi ? Mais vous venez de me dire qu'il était décédé.

— J'ai dit que Rémi Chaillard avait succombé à une mort par overdose. Ce n'est pas la même chose.

— Que voulez-vous donc insinuer par là ? Qu'il ne serait pas l'étrangleur aux foulards ?

— Oui, monsieur, c'est ce que j'essaie de vous dire.

— Mais enfin, que vous faut-il de plus, commissaire ? Que faites-vous des foulards qu'il avait tenté de dissimuler ?

— Je crois que le véritable tueur en série les a placés là, après avoir éliminé son complice, dans le but de nous mener sur une fausse piste.

— Ça, c'est votre interprétation, commissaire. Des héroïnomanes qui font des overdoses, ce n'est pas rare. Et je ne vous parle pas du fait qu'il aurait très bien pu vouloir mettre fin à ses jours.

— Je ne crois pas à la thèse du suicide, monsieur. Rémi Chaillard cachait l'héroïne derrière une table de nuit et pour la prendre, il devait nécessairement tirer le meuble. Seulement voilà, il s'était donné la peine de le repousser contre le mur. Ça ne tient pas debout, ce n'est pas l'attitude de quelqu'un qui voulait en finir. Et pour ce qui est de l'overdose accidentelle, je trouve la coïncidence troublante qu'il succombe moins d'une heure après où j'allais le placer en garde à vue.

— Je vous entends, commissaire, mais vos arguments sont trop légers. C'est tout ce que vous avez ?

— Non, il y a le témoignage de la voisine également. Elle affirme avoir vu quelqu'un près de la porte d'entrée peu avant que les policiers arrivent sur place. Et curieusement, la police scientifique n'a relevé aucune empreinte sur la clenche. Si cette mystérieuse personne avait pris soin d'effacer toute trace de son passage, ce n'était certainement pas sans raison. Certes, l'étrangleur aux foulards aurait pu prévoir de mettre des gants, mais s'il s'agit d'une erreur de sa part, il n'avait plus le choix, il devait tout effacer. Si on avait retrouvé sur la clenche deux traces ADN identiques à celles retrouvées sur les foulards, on aurait pu penser à un règlement de comptes.

— Je trouve que vous tirez trop hâtivement des conclusions, commissaire. Quitte à vous perdre en conjectures, vous pouvez tout aussi bien inverser le problème dans ce cas. Vous ne pensez pas qu'il pourrait plutôt s'agir de son complice, certainement fiché dans vos services, qui venait le retrouver pour je ne sais quelle raison ? Et dans ces conditions, il me paraît tout à fait normal qu'après avoir découvert le corps de l'étrangleur aux foulards, il ait eu le réflexe d'effacer ses empreintes avant de s'enfuir parce qu'il craignait d'être recherché.

— Non ! Pour la bonne raison que ça ne cadre pas avec le

reste. Rémi Chaillard était dans le collimateur de la gendarmerie depuis plusieurs mois pour consommation d'héroïne et il craignait à tout moment un contrôle à son domicile. Nous avons retrouvé les foulards et l'héroïne dans la même planque. Il n'aurait jamais commis l'erreur de cacher le tout au même endroit parce qu'il savait que les gendarmes auraient stoppé les recherches sitôt qu'ils auraient trouvé ce qu'ils cherchaient : l'héroïne. Les foulards l'auraient immanquablement relié aux meurtres.

— Vous savez, les drogues altèrent les facultés de raisonnement. Et je vous le répète, ce ne sont que des interprétations de votre part, pas des preuves. Je suis désolé, il me faut quelque chose de plus solide. Toutefois, si vous pensez que ce mystérieux visiteur est mêlé à l'affaire, suivez donc tout de même cette piste ! Je suppose qu'à l'heure qu'il est, vous avez déjà fait dresser son portrait-robot à partir du signalement que vous a donné cette voisine et qu'il est activement recherché.

J'étais dans l'impasse. Je ne pouvais pas inventer une fausse description.

— En fait, nous ne disposons pas d'un signalement précis. Madame Bernstein, la voisine, est myope et n'avait pas ses lunettes à portée de main à ce moment-là. Cependant, l'absence d'empreintes sur la clenche est suffisante pour…

Comme je m'y attendais et à juste titre, il ne me laissa pas aller au bout de mon raisonnement.

— Vous venez de classer vous-même l'affaire, commissaire. Il pourrait même s'agir du facteur, maintenant. Vous n'êtes pas de mon avis ?

Puisqu'il me demanda mon avis.

— Depuis quand les facteurs effacent-ils leurs empreintes après leur passage ? Je veux bien croire que la poste soit réputée en matière de services, mais de là à…

— C'était simplement un exemple, commissaire. Je ne mets pas en doute vos capacités à résoudre une enquête.

Tout le monde connaît votre attachement à pinailler sur certains détails et je reconnais que ça vous a servi quelques fois, mais dans l'affaire qui nous préoccupe, j'estime que c'est un peu léger. Que proposez-vous donc ?

— Je dois poursuivre les investigations à Grâceville. Pour débusquer l'étrangleur aux foulards, je dois découvrir ce qui a déclenché sa folie meurtrière. J'ai la conviction que la réponse se trouve là-bas.

— Bien ! Je persiste à croire que vos arguments sont légers, néanmoins, nous devons attendre une confirmation du laboratoire d'analyses que l'ADN de Rémi Chaillard se trouve bien sur les autres foulards. Si c'est le cas, votre théorie ne pèsera plus bien lourd. Mais d'ici là, je vous accorde le bénéfice du doute.

# Le deuxième alibi

Le lendemain, les paroles du juge d'instruction tournaient encore dans ma tête. S'il s'avérait que Rémi Chaillard avait bien manipulé ces foulards, Bastien Ménard n'allait pas tarder à clore le dossier. Et l'idée que l'étrangleur aux foulards resterait en liberté me révoltait plus que tout. Il me fallait impérativement trouver à Grâceville quelque chose de solide à donner au magistrat pour qu'il décide de poursuivre l'enquête. Après avoir passé un coup de fil à l'entreprise Bâti-Rénov, je pris à nouveau la route en direction de Grâceville. Pour avancer dans mon enquête, j'avais besoin de m'imprégner de tous les lieux et personnages qui gravitaient autour de Christina. La première étape était Eduardo Riberas, son ancien compagnon. Il allait peut-être m'apprendre quelque chose qui aurait échappé aux enquêteurs de la brigade criminelle de Doubange. Un détail insignifiant pouvait parfois orienter l'enquête dans la bonne direction.

Le soleil était haut dans le ciel lorsque j'arrivais sur le chantier où travaillait Eduardo, dont l'adresse m'avait été fournie par la secrétaire de son entreprise. Après être sorti de mon véhicule, mon regard fut attiré par les quatre couvreurs en pleine activité sur une toiture. Ébloui par le soleil, je plaçai ma main devant le visage pour mieux les observer. D'après la description que m'en avait faite le commandant Lebœuf, il n'était pas difficile de savoir lequel était monsieur Riberas au milieu de ces ouvriers. En bas de l'édifice, un type, qui semblait être le chef de chantier, consultait un plan sur une planche de bois posée sur deux tréteaux. Il se retourna à mon arrivée.

— C'est pour quoi ? Le chantier est interdit au public.

Je lui montrai ma plaque et d'un geste vif, je balançai un coup de menton en direction du toit.

— Commissaire Lewis. Brigade criminelle. J'aimerais parler à l'un des ouvriers.

Sans réfléchir, il me cita son nom en me bombardant de questions :

— Quoi ? Riberas ? Encore ?

— C'est l'affaire de quelques minutes.

Il me fixa longuement, hésitant, se demandant certainement s'il avait le droit de refuser. Puis, il se tourna vers le toit en portant ses deux mains devant sa bouche pour amplifier le son.

— Eduardo.

Le contremaître lui fit signe de la main de descendre. Un pied sur un liteau, un pied sur un autre, Eduardo garda la position en me portant un regard prolongé avant de disparaître. Son chef s'éclipsa lorsqu'il apparut sur le seuil de la porte. Le teint hâlé, des muscles saillants sous un t-shirt serré qui faisait ressortir ses pectoraux, il n'avait pas pris la peine de se débarrasser de sa sacoche, bardée d'outils, accrochée à la ceinture, pour me rejoindre.

Depuis le toit, il était déjà impressionnant, mais à un mètre de moi, j'avais l'impression qu'il avait doublé de volume.

— Monsieur Riberas !

Sans dire un mot, il examina d'abord la plaque que je lui tendis. L'étonnement se lit sur son visage.

— Que vient faire un flic d'Antalville ici ?

— J'enquête sur l'agression dont a été victime votre ex-compagne.

— J'ai déjà dit aux autres policiers ce que je savais. Quant à Christina, vous venez de le dire, c'est de l'histoire ancienne, je ne veux plus en entendre parler. Cette pute m'a laissé tomber.

On se demande pourquoi.

— Vous n'avez pas eu l'occasion de vous revoir depuis, ou de vous parler par téléphone ?

— Non, et c'est très bien comme ça. De toute façon, elle a changé de numéro et elle a disparu de la région.

— Excusez-moi de revenir avec ça, mais j'ai cru comprendre qu'après votre séparation, elle aurait entamé une relation avec quelqu'un d'autre.

Il répliqua, d'un ton menaçant et sans retenue, avant même que je ne lui pose une question.

— J'en ai plus rien à foutre. Elle peut faire ce qu'elle veut de son cul, maintenant, je m'en cogne.

Je ne me laissai pas démonter. Je continuai à poser des questions sans tenir compte de ses remarques.

— J'aimerais le retrouver. Avez-vous eu l'occasion de le voir ne serait-ce qu'une seule fois ?

— Non, et c'était mieux pour lui, je me serais fait un plaisir de lui refaire le portrait.

Il appuya ses paroles en frappant du poing sur la paume de sa main avant de poursuivre.

— C'est bon ou vous avez d'autres questions du même genre ?

— Non, je crois que ce sera tout. Merci d'y avoir répondu.

Je m'apprêtais à repartir lorsqu'il me demanda :

— Vous croyez que c'est lui qui l'a agressée ?

— Oh, moi, vous savez, je ne crois rien. Dans ce genre d'affaires, on se doit de suivre toutes les pistes.

— Tiens, tiens ! L'autre flic, là, de Doubange, comment s'appelle-t-il encore ? Il avait tenu exactement le même discours que vous. J'avais eu la sale impression qu'il me soupçonnait d'avoir voulu la tuer.

— Il faut dire que vous l'aviez menacée de le faire. Vous étiez donc le suspect numéro un.

Il me dévisagea en gardant un court silence.

— Dites-moi, vous ne seriez pas venu me voir pour la même raison ? Est-ce que vous ne me suspecteriez pas vous aussi d'avoir voulu la tuer, par hasard ?

Je lui répondis en le fixant du regard pour tester sa réaction.

— Pas du tout ! Vous avez un alibi pour ce jour-là, vous vous souvenez ? Vous étiez au boulot et vos collègues l'avaient confirmé.

— Ouais, tâchez de ne pas l'oublier !

Il fit demi-tour, d'un pas lent et hésitant, avant de se retourner à nouveau vers moi.

— Mais vous savez, ce n'est pas mon meilleur alibi.

— Ah non ? Quel est l'autre ?

Un rictus prit naissance sur son visage.

— Si j'avais voulu la tuer, je ne l'aurais pas loupée.

# La serveuse

Le café, « Le cheval blanc », était à moins d'un quart d'heure de route du chantier. Je pris rapidement une place de parking qui se libérait en face de l'établissement. À travers les baies vitrées, on pouvait voir l'agitation des serveurs. J'avais le choix de m'installer à l'intérieur ou sur l'une des nombreuses tables situées à la terrasse. La température me convenant, j'optai pour l'extérieur et pris place en bord de trottoir. Un plateau à la main, un serveur ne tarda pas à me rejoindre après avoir débarrassé quelques tables au passage. D'une silhouette élancée, vêtu d'un pantalon noir et d'une chemise blanche ouverte, avec une attitude un rien excentrique, il me salua avant de me proposer une boisson sous une forme ludique.

— Je vous fais le pari que je peux deviner ce que vous allez commander.

Je me pris à son jeu.

— Pourquoi pas ? En contrepartie, si vous perdez, vous répondrez à quelques questions.

— Ça marche ! Vous allez commander une bière.

— Perdu. Mais je vous accorde une seconde chance.

— Un whisky ?

— Eh non, encore perdu ! Mais vous auriez gagné le pari à une époque. Non, ce sera un jus d'ananas.

— On ne gagne pas à tous les coups.

Il prit un air contrarié avant de s'éloigner. Sa réaction m'ayant quelque peu surpris, j'esquissais un mouvement rapide de la tête dans sa direction en souriant. L'attitude de son collègue sur le pas de la porte piqua ma curiosité. Il l'attendait, semblant se réjouir de sa déception. J'en compris la raison lorsque je vis mon serveur lui lancer une pièce de monnaie. Leur passe-temps favori était de parier en essayant de deviner la consommation des clients. Moins d'une minute plus tard, il fut de retour en m'apportant ma commande et je lui exposai la raison de ma présence dans ce café.

— Je crois savoir que madame Carvallo travaillait ici comme serveuse.

— C'est vrai. Depuis qu'elle est partie, il ne se passe pas un jour sans qu'un client la réclame.

Il se pencha légèrement vers moi et ajouta en me faisant un sourire accompagné d'un clin d'œil appuyé :

— Un beau brin de femme que cette Christina.

En guise de réponse, je levai la main gauche, paume vers moi, les doigts écartés en faisant vibrer l'annulaire. Il eut une réaction aussi amusante qu'inattendue. Il posa son plateau sur la table et se redressa, en tendant son bras droit en avant, comme s'il s'adressait à un auditoire imaginaire, et prit une voix de stentor sur un ton un rien ironique.

— Je te reçois comme épouse et je te promets de rester fidèle et de t'aimer dans le bonheur et les épreuves, dans la santé et la maladie, tous les jours de ma vie.

— Vous ne croyez pas au mariage ?

— Oh, si. Et j'aime à penser que c'est le cas pour bon nombre de personnes.

— J'en suis.

— Chez certaines personnes, cependant, seule leur alliance les sépare du célibat, et elle a parfois tendance à glisser un peu trop facilement du doigt. Ça leur donne bonne conscience, si vous voyez ce que je veux dire.

— Je vois. De toute façon, je suis ici pour une tout autre raison.

En sortant ma plaque, il perdit subitement de sa superbe.

— Commissaire Lewis ? D'accord, je vois. C'est à propos de cette fameuse agression.

— En effet, j'aurais souhaité avoir quelques précisions.

— Je ne pourrais pas vous être d'une grande aide. On avait déjà reçu la visite de la police. Je n'ai d'ailleurs jamais trop bien compris en quoi ça concernait la brigade criminelle.

— Christina vous en avait parlé ?

— Non, je ne l'ai plus revue depuis ce jour-là. J'ai appris simplement qu'elle allait bien. De toute façon, elle ne se confiait pas trop à moi. Ce que j'en sais se résume simplement à ce que m'en avaient dit les policiers. Mais peut-être que Céline pourra un peu plus vous renseigner.

— Céline ?

— C'est une serveuse qui travaillait avec nous en extra à l'époque. Elle a été embauchée après le départ de Christina. Elles étaient très complices.

— Et où pourrais-je trouver cette Céline ?

Il consulta sa montre.

— C'est votre jour de chance, elle va bientôt prendre son service.

— Lorsqu'elle arrivera, vous voudrez bien lui dire que je désirerais lui parler.

— Bien sûr.

— Encore une petite chose.

Il tourna la tête d'un mouvement rapide en direction du café avant de revenir vers moi.

— D'accord, mais faites vite, s'il vous plaît. J'ai bientôt fini mon service.

— Ce ne sera pas long. Il y a quelques mois, vous n'auriez pas remarqué la présence régulière d'un type qui restait à table quelques heures, sans rien faire d'autre que boire ?

— C'est le cas de nombreux clients, je crois.

— Je sais bien, mais essayez de vous souvenir de celui-ci ! Il était grand, mal rasé, les cheveux noirs. Peut-être, l'aviez-vous vu arriver dans son véhicule. Il conduisait une Toyota Carina, un vieux modèle de couleur verte.

— Maintenant que vous me le dites, en effet, j'en vois bien un qui répond à la description que vous m'en faites. Pas trop mon genre de fréquentation. D'habitude, on fait tout pour conserver nos clients, mais il y a plusieurs mois, celui-là, on aurait bien voulu s'en débarrasser. Non pas que c'était un mauvais client, loin de là, il payait toujours ses consommations, mais il attirait tous les dealers du coin, et parfois, il y avait du grabuge. Le patron était bien soulagé lorsqu'il avait commencé à venir beaucoup moins souvent. Une fois par semaine par la suite, le mardi, si ma mémoire est bonne. Il semblait avoir cessé son trafic.

— On parle bien du même. À ce moment-là, l'aviez-vous vu en compagnie de quelqu'un ?

Il secoua lentement la tête tout en faisant un effort de réflexion.

— Non, je ne vois pas. Mais vu qu'il occupait toujours la même table en bord de trottoir, celle où vous êtes justement, j'avais eu l'impression que son passe-temps favori était d'observer les gens passer.

Il fit une mimique d'incompréhension.

— Pourquoi les mardis, ça… Mais attendez !

— Oui ?

— Quelque chose me revient maintenant.

Une grimace, exprimant l'étonnement, s'afficha sur son visage en se grattant la tête.

— C'est drôle que je ne fasse le rapprochement que maintenant. Il y avait un couple également qui ne venait que les mardis. Je m'en souviens parce qu'avec mon collègue, on guettait leur arrivée. Ils venaient toujours à la même heure, et on avait pris l'habitude de faire des paris sur la tenue vestimentaire que porterait la dame. Et puis, ce qui nous avait frappés, c'était qu'une aussi jolie femme fréquentait un homme comme lui. Enfin, je veux dire, il était propre sur lui, mais ce n'était pas un play-boy, vous voyez ?

Il posa la question sans vraiment attendre de réponse en retour. Malgré l'empressement qu'il avait montré à vouloir terminer son service, il était le genre d'individu qui pouvait entrer dans un monologue interminable sans s'en rendre compte. Je le laissai poursuivre sans l'interrompre.

— Ce n'est pourtant pas les hommes qui manquent. Non, parce que je ne vous ai pas dit, ces deux-là n'étaient certainement pas mariés. Il ne fallait pas être devin pour comprendre qu'ils entretenaient une relation extraconjugale.

Il mit fin lui-même à son monologue en balayant l'air d'un geste de la main.

— Mais non, je radote, ça n'a certainement rien à voir avec le type que vous cherchez. De plus, il leur tournait le dos et il se serait installé à une autre table s'il avait eu l'intention de les épier.

— Pensez-vous qu'il s'intéressait à Christina ?

— Non, pas du tout ! S'il y avait bien une seule personne qui ne louchait pas sur elle, c'était bien lui. Le seul contact, qu'il avait eu avec elle, s'était limité à commander ses boissons. Comme je vous le disais, il ne s'intéressait qu'à ce qui se passait dans la rue.

Il consulta à nouveau sa montre.

— Bon, écoutez, ce n'est pas que je n'aime pas discuter avec vous, mais je vais devoir y aller. J'ai pas mal de tables à débarrasser.

— Bien sûr, faites donc ! Désolé de vous avoir retenu.

Pendant que le serveur retournait vaquer à ses occupations, je vidai mon verre d'un trait, puis je tentai de me mettre à la place de Rémi Chaillard. Je balayai la rue du regard de gauche à droite en pensant à voix haute.

— Qu'est-ce que tu surveillais, Rémi ?

Bien que la rue des Augustins soit assez proche de l'établissement, je ne voyais aucune corrélation entre l'agression de Christina et la présence de Rémi dans ce café. Impression corroborée encore par les propos du serveur. Absorbé dans mes pensées, je n'avais pas remarqué l'arrivée d'une jeune femme rousse qui me dévisagea lorsque le serveur pointa un doigt dans ma direction. En se dirigeant vers moi, sa longue chevelure coiffée en queue de cheval, qui se balançait à chacun de ses pas, ne passait pas inaperçue.

— Bonjour. Antoine m'a dit que vous vouliez me questionner à propos de Christina.

— Oui, mais laissez-moi d'abord me présenter ! Commissaire Lewis, de la brigade criminelle d'Antalville.

— En quoi puis-je vous être utile ? Je ne vois pas ce que je pourrais vous apprendre de plus que ce que j'ai déjà dit aux policiers qui m'avaient interrogée.

— D'après ce que j'ai compris, vous et Christina étiez très proches. Peut-être vous aurait-elle fait des confidences sur son agression qu'elle voulait cacher à la police par peur de représailles.

Visiblement, j'avais déjà fait mouche. Tiraillée par l'envie de se confier ou de se taire, une petite grimace était apparue sur son visage.

— Écoutez, je ne veux pas être mêlé à ça. Vous parlez d'une agression, mais c'était bien pire que ça. Elle était persuadée qu'il allait la tuer. Lorsque je l'avais questionnée, elle m'avait dit que c'était mieux pour moi que je n'en sache pas plus. Son attitude ne m'avait pas vraiment surprise, car même si l'identité de Christina n'avait pas été citée aux infos, j'avais bien compris que c'était elle la victime de ce tueur en série qui en avait réchappé dans la rue des Augustins. Elle empruntait toujours cette rue pour venir travailler et ce jour-là, elle était absente.

— Vous êtes une fille intelligente, Céline. Vous lui aviez

fait part de vos soupçons ?

— Non.

— Elle ne vous avait rien dit d'autre ?

Elle montra subitement des signes de nervosité en frottant les paumes de ses mains l'une contre l'autre.

— Elle vous a dit quelque chose que vous avez caché aux policiers, n'est-ce pas ?

— Oui.

— De quoi s'agit-il ?

Je lui laissai le temps de s'exprimer, mais rien ne parvenait à sortir.

— De quoi avez-vous peur, Céline ? Si vous voulez aider Christina, c'est le moment de me dire tout ce que vous savez. Vous devez me faire confiance. Tout ce qui peut m'aider à mettre ce tueur hors d'état de nuire, je dois le saisir.

— Écoutez, elle m'avait fait promettre de ne rien dire parce qu'elle craignait pour ma vie, mais je crains maintenant qu'il lui est arrivé quelque chose.

— Alors, aidez-moi à le coincer, Céline ! J'ai besoin de vous. Il faut me dire ce qu'elle vous a confié !

Mes paroles l'avaient rassurée.

— Après l'avoir menacée de la tuer si elle criait, il lui avait dit : « Tout est de ta faute ».

Je repris ses paroles en les murmurant.

— *Tout est de ta faute.* Et elle vous en avait donné la signification ?

— Non. Tout ce que je sais, c'est qu'elle soupçonnait son compagnon. Il l'avait déjà menacée de la tuer.

— Eduardo ? Non, il a été blanchi. Je viens justement de m'entretenir avec lui et personnellement, bien qu'il ait fait preuve d'une certaine agressivité, il ne m'a pas du tout donné l'impression d'être un meurtrier.

— Non, je ne parlais pas de lui, mais de l'autre.

— L'autre ?

— Oui, après Eduardo, elle avait connu un autre homme.

— J'en ai entendu parler. Pourquoi le soupçonnait-elle ? Elle avait reconnu sa voix ?

— Non, c'est d'ailleurs la première chose que je lui avais demandée. Elle m'avait répondu que sa voix paraissait étouffée comme s'il portait un masque. Elle avait seulement eu l'impression qu'il s'agissait de lui à cause de ce qui s'était déjà passé dans cette rue, il y a plusieurs mois, bien avant cette agression.

— Que s'était-il passé ?

— C'était sur la fin de leur relation, elle m'avait raconté qu'il l'avait attendue dans la rue des Augustins un jour qu'elle venait travailler, et il l'avait menacée de la tuer. Elle ne l'avait pas pris au sérieux à ce moment-là, mais après ce qui était arrivé par la suite, elle avait commencé à avoir peur qu'il recommence.

— Vous l'aviez déjà vu en sa compagnie ?

— Non, jamais.

— Décidément, ils entretenaient une bien discrète relation. D'un autre côté, avec la présence d'Eduardo dans les parages, ça n'avait rien vraiment de surprenant. Peu de gens auraient eu le courage de se frotter à lui.

— Remarquez qu'il aurait très bien pu venir la voir pendant son service sans que personne ne le remarque. Christina est une belle femme et très sociable. Elle s'attardait beaucoup avec les clients qui lui offraient parfois un verre, et elle prenait le temps de discuter et rigoler avec eux. C'est le métier qui veut ça. Alors, même s'il était venu la voir régulièrement, il serait passé inaperçu.

— Oui, bien sûr. Elle ne vous avait donné aucun détail sur lui ? Son nom, son physique, ou n'importe quel autre détail qui pourraient m'aider à l'identifier ?

— Non, seulement qu'il était beau et qu'elle en était follement amoureuse au début. Je n'aurais jamais imaginé qu'ils se sépareraient aussi vite. Elle avait l'air de tenir beaucoup à lui. Je me souviens qu'une fois elle m'avait dit : « J'ai enfin trouvé le bon, lui me protégera ». Je ne sais pas ce qu'elle entendait par là ni ce qui s'était passé par la suite. Elle m'avait simplement avoué s'être lancée trop vite dans une nouvelle relation. Eduardo n'arrêtait pas de la harceler. Ah oui, elle m'avait dit aussi qu'il s'appelait Franck, mais peu de temps avant qu'elle ne rompe avec lui, elle me l'avait répétée sur un ton étrange, comme s'il lui avait menti sur son prénom. En tout cas, c'est comme ça que je l'avais ressenti.

— Christina vous aurait-elle confié des fois où elle partait ?

— Non, elle avait eu tellement peur, qu'elle avait préféré disparaître sans laisser de traces. J'espère qu'il ne lui est rien arrivé de grave.

— Ne vous inquiétez pas, je pense que j'en aurais eu écho. Encore merci, Céline. Vous m'avez été d'une aide inestimable.

## La dame aux orchidées


Après avoir réglé ma consommation, je remontai dans mon véhicule avec des questions plein la tête. Qui était ce mystérieux amant de Christina ? Pour quelle raison n'ont-ils jamais été vus ensemble ? S'agissait-il de l'étrangleur aux foulards ? Que signifiait ce message « Tout est de ta faute » qui semblait être la clé de tout ce déferlement de violence ?

Un coup de fil inattendu mit fin à mes réflexions.

— Commandant Lebœuf ?

L'appel devait être joliment urgent puisqu'il me livra directement son message.

— Madeleine Dupuy, 58, rue des coquelicots à Grâceville. Je vous dois bien ça.

— Qui est-ce ?

— Je viens juste de l'apprendre. Une dizaine de jours après l'agression de Christina, elle avait contacté la police en précisant qu'elle avait des informations sur l'étrangleur aux foulards. Je l'ignorais, je n'étais plus affecté à l'affaire. C'est en interrogeant les officiers, qui avaient pris le relais, que j'en ai été informé. Je voulais savoir s'ils avaient trouvé quelque chose, susceptible de vous faire avancer dans votre enquête. Ils étaient donc allés à son domicile. Je dois vous avouer qu'ils ne l'avaient pas trop pris au sérieux, et n'y avaient même pas donné suite. Elle prétendait que l'étrangleur aux foulards draguait ses victimes avant de les tuer.

— Bigre ! Comment en était-elle venue à ce constat ?

— Une semaine après le deuxième meurtre, alors qu'elle s'apprêtait à rentrer chez elle, elle avait été témoin d'une querelle entre un homme et une femme. Son immeuble se situe non loin du café, « Le cheval blanc », où travaillait Christina, et par conséquent, non loin non plus de la rue des Augustins.

Je l'écoutais sans l'interrompre, ne voyant pas très bien le lien avec l'affaire.

— La femme, une blonde, aurait jeté sur lui le contenu de son sac. De la lingerie, apparemment. Madame Dupuy soutenait qu'elle avait aperçu des foulards dans le lot.

— J'en déduis qu'elle n'avait pu récupérer aucun article, sinon vous auriez été fixés.

— Oui, effectivement, c'est dommage. Ce n'est que plus tard en y repensant, qu'elle avait fait le lien avec le tueur en série qui sévissait à Grâceville. Elle avait alors recherché dans les coupures de presse la photo de la troisième victime pour la comparer avec cette femme qu'elle avait aperçue près de son immeuble. Elle craignait d'apprendre par les journaux la mort de cette malheureuse. Mais elle ne l'avait pas reconnue. Ensuite, lorsqu'elle avait entendu aux infos cette fameuse agression dans la rue des Augustins, elle s'était demandé si ce n'était pas cette blonde la nouvelle victime dont la photo n'avait jamais été diffusée. Elle avait alors contacté la police.

— Nous, nous savons que ce n'était pas elle puisque Christina est brune.

— Exactement ! Mais sait-on jamais avec une perruque ou une teinture ! Enfin, par acquit de conscience, ils lui avaient tout de même montré sa photo. Elle ne l'avait pas reconnue non plus. Finalement, ils l'avaient trouvée trop imprécise dans son témoignage pour en tenir compte. Mis à part les foulards qu'elle pensait avoir aperçus à une certaine distance, il n'y avait rien de consistant. Ça n'avait même pas été versé au dossier. Mais vous, avec votre esprit tordu, ça vous mènera peut-être sur une piste.

Je souris intérieurement.

— D'accord, je vois. Merci, commandant Lebœuf. Ça ne me coûte rien d'aller la voir. Je me trouve justement à Grâceville, à ce café « Le cheval blanc ». Je m'apprêtais à partir.

***

En effet, l'immeuble ne se trouvait qu'à une rue voisine de l'établissement où travaillait Christina. Je le longeai à pied avant de m'arrêter devant l'entrée numérotée cinquante-huit. Après avoir appuyé sur la sonnette où était inscrit son nom, j'entendis sa voix si rapidement qu'elle me donna l'impression qu'elle attendait impatiemment une visite.

— Oui ?

— Commissaire Lewis. J'aimerais m'entretenir avec madame Dupuy.

Elle se passa d'une confirmation quelconque. Une sonnerie s'ensuivit aussitôt, accompagnée d'un message :

— Oui, c'est moi, je vous ouvre. Troisième étage.

Je perçus un chantonnement dans sa voix. Ce ne fut rien à côté de l'accueil qu'elle me réserva à mon arrivée. Elle m'attendait déjà tout sourire sur le seuil de la porte.

— Bonjour, commissaire. Entrez donc !

L'appartement lumineux était orné de fleurs très colorées, principalement d'orchidées.

— Vous aimez les plantes, madame Dupuy, lui fis-je remarquer en observant sa robe fleurie.

— C'est ma grande passion. Elles demandent beaucoup d'attention.

Elle enchaîna sur une description en règle de l'une des orchidées, occultant allégrement la raison de ma présence ici.

— Regardez l'esthétique gracile et aérienne de celle-ci ! On pourrait croire qu'elle est fragile et difficile à cultiver, pourtant, sa résistance n'a d'égal que sa beauté, pour peu qu'on lui accorde quelques gestes d'entretien.

Je la coupai poliment lorsqu'elle passa à la suivante.

— J'aimerais parler de fleurs tout l'après-midi avec vous, madame Dupuy, mais je crains de ne pas disposer du temps nécessaire.

Elle me répondit, non sans dissimuler un certain désappointement, et ce fut d'une voix sèche qu'elle me demanda :

— Ah oui, quelle était la raison de votre venue encore ?

— Il y a quelques semaines, vous aviez contacté la police. Vous disiez avoir des informations sur une affaire dont je m'occupe.

— L'étrangleur aux foulards ?

— En effet. Vous leur aviez dit avoir vu un homme et une femme se quereller devant votre immeuble.

— Oui, et elle avait sorti des articles de son sac et lui avait tout jeté sur lui. C'était de la lingerie et des foulards.

— Vous pouvez me dire où ils se tenaient ?

— Ce n'est pas difficile. Ils étaient devant la première porte d'entrée, au numéro cinquante-quatre.

Elle décela une pointe de scepticisme dans mon regard.

— Vous aussi, vous ne me croyez pas. Vous êtes comme ces policiers qui étaient venus m'interroger. Je sais qu'ils m'ont pris pour une folle, mais je sais ce que j'ai vu.

— Je ne me permettrais pas de porter un tel jugement sur vous, madame Dupuy. Il y a simplement une petite chose qui m'intrigue. D'après ce que je sais, vous vous apprêtiez à rentrer dans votre immeuble. Le numéro cinquante-quatre se trouve deux entrées plus loin. Ça fait pas mal de distance. Comment pouvez-vous être sûre d'avoir reconnu des foulards ?

— Parce qu'elle avait défait celui qu'elle portait sur elle et lui avait jeté dessus également avec le reste du sac. C'est à ce moment-là que j'ai remarqué qu'elle était blonde. J'ai même cru un instant qu'elle allait aussi lui balancer ses lunettes de soleil après les avoir enlevées. Il l'a saisie par les épaules, puis elle s'est enfuie et l'homme lui a couru après.

— Savez-vous ce que sont devenus ces articles ?

— Non. Après être remontée, j'avais ouvert la fenêtre. Attention, n'allez pas croire que je guette tout ce qui se passe en bas de mon immeuble.

Je fis simplement non d'un signe de tête. Elle éprouva le besoin de se justifier.

— J'avais simplement ouvert pour aérer la pièce, et j'avais constaté que tout avait disparu. Il était certainement revenu tout récupérer.

— Donc, vous en aviez déduit ensuite qu'il s'agissait de ce tueur en série et vous avez poussé plus loin le raisonnement en affirmant qu'il draguait ses victimes avant de les tuer. Comment en êtes-vous arrivée à cette conclusion ?

— L'intuition féminine, vous connaissez ?

— Eh bien, faites-moi part de votre impression alors ! Que croyez-vous qu'il se soit passé en bas ?

— Moi, je vous dis que cet homme lui avait offert ces cadeaux, et pour une raison que j'ignore, elle n'en voulait plus. Une femme sent ces choses-là. Elle avait peut-être compris qu'il s'agissait de l'étrangleur aux foulards.

— Vous aviez aperçu le visage de cet homme ?

— Non, il était resté de dos. C'était d'ailleurs tout aussi bien pour moi qu'il ne m'ait pas vue.

— Oui, je comprends. Comment était-il ?

— De grande taille, pas très épais, des cheveux noirs. Je ne vois pas ce que je pourrais rajouter de plus. Je n'ai vu qu'elle de face. Une bien belle femme. C'est pour cette raison que j'avais contacté la police et demandé à voir une photo de la victime qui en avait réchappé dans la rue des Augustins, qui étrangement se trouve tout près d'ici. Dieu merci, ce n'était pas elle. Je m'en serais voulue de ne pas avoir contacté la police plus tôt. Ensuite, je ne m'y suis plus intéressée. J'étais soulagée d'apprendre que les meurtres avaient cessé chez nous. Mais je suis persuadée que si ça avait continué, cette femme aurait été la prochaine victime.

Une idée étrange me traversa l'esprit.

— Écoutez, je vais vous montrer une photo et vous me direz s'il pourrait s'agir de cette femme.

— Voyons ça !

Je sortis mon portable et sélectionnai une photo.

— Non, je vous ai dit qu'elle était blonde, celle-là est rousse. Qui est-ce ?

— Madame Bousson, la première victime de l'étrangleur aux foulards à Antalville.

— Oh, je suis désolée.

— Vous pouvez la regarder à nouveau, s'il vous plaît ? Peut-être qu'avec les reflets du soleil, vous avez pu vous méprendre sur la couleur de ses cheveux.

Elle se pencha un peu plus vers mon portable.

— Non, je suis sûre de moi. Les rayons de soleil accentuaient encore plus sa chevelure blonde. C'était un blond cuivré.

Un blond cuivré. Cette description me fit l'effet d'un électrochoc. La seule personne au monde que je connaissais qui avait une chevelure de cette couleur, c'était Mélanie. C'est avec une certaine fébrilité que je lui montrai sa photo. Elle plaça son index à quelques centimètres de son visage en lui imprimant des mouvements. À ma grande stupéfaction, elle s'exprima lentement, presque en chuchotant :

— Oui... oui, c'est elle.

— Je me permets d'insister encore une fois, madame Dupuy. Je vous en prie, prenez le temps de bien l'examiner, s'il vous plaît ! C'est très important.

— J'en suis certaine, c'est bien elle. Ne me dites pas qu'elle est…

— Si.

— Mes craintes étaient donc fondées.

Elle leva la tête vers moi et me dévisagea étrangement.

— Sa mort vous a affecté, n'est-ce pas ? Qui était-ce ?

— Une amie de longue date. C'est pour elle et son mari que je me démène pour retrouver son meurtrier.

***

C'était complètement abasourdi que je pris congé de madame Dupuy. Je ne m'attendais pas à un tel rebondissement dans cette affaire. S'il s'agissait bien de Mélanie, elle avait donc un amant à Grâceville. Plus troublant encore, la description de cet homme était identique à celle que m'en avait faite madame Deschamps dans le parc. Par deux fois, Mélanie avait été donc vue en compagnie de cet homme. Madame Dupuy n'était certainement pas loin de la vérité. Si Mélanie avait compris qu'il s'agissait de l'étrangleur aux foulards, elle avait signé son arrêt de mort en le lui annonçant. À Grâceville, elle lui aurait échappé parce qu'il lui fallait impérativement revenir récupérer les foulards. Par la suite, il avait certainement dû réussir à la convaincre de son innocence, et lui aurait donné rendez-vous au parc d'Antalville pour l'éliminer. Ce n'était donc pas étonnant que la déposition de madame Dupuy n'eût rien apporté de tangible aux officiers de la brigade criminelle de Doubange. Rien ne pouvait les relier au tueur en série. Mélanie ne comptait pas encore parmi ses victimes.

Sur la route du retour, s'il subsistait encore quelque incertitude sur le témoignage de madame Dupuy qui aurait reconnu Mélanie, un appel du lieutenant Tannen allait définitivement balayer tous mes doutes.

— Jack, ça vient de tomber. On a reçu les analyses des prélèvements pour le meurtre de ton amie.

Rien que le ton qu'il prit, pour m'annoncer les résultats, laissait déjà présager un nouveau rebondissement dans cette affaire.

— Et que nous apprennent-ils ?

— Pour commencer, qu'ils sont identiques à ceux qu'on a trouvés sur toutes les autres victimes.

— Jusque là, rien de nouveau.

— Il n'y a pas que ça. Ils ont fait une découverte incroyable.

— Je t'écoute. De quoi s'agit-il ?

— Jusqu'à présent, hormis les deux premiers meurtres à Grâceville, on sait qu'il y avait sur chaque foulard cinq traces d'ADN, dont quatre qui étaient récurrentes.

— Oui, c'est normal, on écartait toujours celles des victimes.

— Sauf que cette fois, avec celles de ton amie, il n'y en a plus que quatre.

— Tu veux dire que sur les quatre personnes récurrentes, il y en a une de moins ?

— Pas du tout, c'est ça qui est incroyable, elles y sont toutes, y compris celles de Mélanie.

— Comment est-ce possible ?

— C'est là où je voulais en venir. Tiens-toi bien ! Celles de ton amie se retrouvent sur tous les foulards que le tueur a laissés sur ses victimes.

Même si cette information corroborait le témoignage de madame Dupuy, ces révélations me troublèrent au plus haut point.

— Qu'on soit bien clair, Tom, tu veux dire depuis le premier meurtre à Grâceville ?

— Exactement.

Cette fois, le doute n'était plus permis. Mélanie avait bel et bien un amant à Grâceville qui lui aurait offert les foulards, et leur relation durait depuis plusieurs mois. Ma première pensée fut pour Mike. Le décès de sa femme l'avait déjà fragilisé, mais s'il venait encore à apprendre qu'elle le trompait, les conséquences pourraient être dramatiques. Je me devais de lui cacher la vérité aussi longtemps que possible.

L'affaire venait de faire un bond spectaculaire. Sur les quatre empreintes génétiques retrouvées à chaque meurtre, on connaissait déjà l'origine d'au moins deux d'entre elles : celles de Mélanie et de son amant dont on pouvait supposer qu'il était le tueur en série. Les prochains résultats des analyses nous apprendront peut-être que Rémi en faisait également partie. Il manquait encore un complice, mais ma priorité était avant tout de retrouver l'étrangleur aux foulards. Un mystère subsistait toutefois et me dérangeait. Si l'ADN de Mélanie s'était retrouvé sur les foulards à partir du troisième meurtre, ça concorderait avec les analyses qui avaient justement révélé l'apparition d'une quatrième empreinte génétique à ce moment-là. L'assassin aurait donc utilisé les foulards de Mélanie qu'il avait récupérés dans la rue des coquelicots pour commettre les meurtres suivants. Mais comment avait-il fait pour tuer ses deux premières victimes avec ceux qu'il avait offerts à sa maîtresse ? Une petite voix diabolique et insidieuse s'immisça dans mon esprit bien malgré moi : était-ce avec la complicité de Mélanie ?

Je chassais de toutes mes forces cette pensée.

# Juste un nom

La première chose, que je fis en rentrant à Antalville, fut de rendre une visite à Mike. Son état de santé me préoccupait autant que l'affaire elle-même. Depuis ma voiture, je pouvais déjà me rendre compte que tous les volets de son pavillon étaient fermés. À cette heure de l'après-midi, je ne voyais que deux explications possibles : soit Mike n'était pas chez lui, soit il exprimait une volonté de rester seul. Je sortis de mon véhicule en claquant la portière pour signaler mon arrivée. En montant les trois marches qui menaient à sa porte d'entrée, un bruit se fit entendre comme si quelque chose venait de tomber, confirmant par là la présence de Mike. Après avoir appuyé plusieurs fois sur la sonnette, personne ne se manifesta. Je tentai de l'appeler.

— Mike ?

Cette fois, je perçus comme un grognement. Je manipulais instinctivement la clenche de la porte d'entrée et fus surpris de voir cette dernière s'ouvrir. Je glissai ma tête dans l'entrebâillement de la porte. La pièce, que je savais être le salon, était plongée dans le noir. Une ambiance délétère y régnait.

— Mike ? répétai-je.

Le grognement se fit à nouveau entendre, plus fort. Le filet de lumière, qui filtrait à travers la porte ouverte, était suffisant pour entrevoir Mike allongé sur le canapé. Mes yeux s'étant accoutumés à l'obscurité, je me dirigeai vers la fenêtre. Une odeur de renfermé flottait dans la pièce. Sur mon passage, je butai sur quelque chose qui percuta à son tour un autre objet. Au son, il n'était pas difficile de savoir de quoi il s'agissait. Le sol était jonché de canettes de bière vides. J'ouvris lentement les volets pour laisser à Mike le temps de s'habituer à la lumière pénétrant la pièce. Une barbe de plusieurs jours se dévoilait peu à peu.

— Putain, c'est qui ?

— C'est moi, Mike.

Tout en rouspétant, il avait mis sa main devant son visage pour se protéger des rayons de soleil qui l'aveuglaient.

— Tu fais chier, Jack. Ferme ce putain de volet !

— Il est dix-sept heures, Mike. Tu ne peux pas rester comme ça.

— Je suis chez moi, je fais ce que je veux. Et laisse ces canettes par terre, me hurla-t-il dessus en me voyant les ramasser pour les poser sur la table basse.

— Tu plaisantes ? J'ai failli me casser la figure en marchant dessus.

— Ouais, ben, j'tai pas demandé de venir.

— Fallait pas laisser ta porte ouverte, dans ce cas. Et ouvre les fenêtres de temps en temps, nom de Dieu ! Ça sent le fauve ici.

— Va te faire foutre !

— Allons, Mike ! Tu ne peux pas rester comme ça. Tu dois te ressaisir.

Malgré une voix rauque, le ton s'était radouci. Il reprenait peu à peu ses esprits.

— C'est bon, Barry m'a déjà servi le même sermon.

Il se redressa en tapant de la paume de sa main le canapé. Je le pris comme une invitation à m'asseoir.

— Où en es-tu dans ton enquête ?

— J'ai des pistes qui se profilent. Aujourd'hui, j'ai

interrogé pas mal de monde. On l'aura, ne t'inquiète pas, Mike.

Il se frotta les yeux en marmonnant mon nom.

— Jack !

Je le connaissais suffisamment bien pour savoir qu'il allait me demander quelque chose d'interdit. J'avais déjà franchi une ligne rouge en poussant le commandant Lebœuf à bout, mais il y en avait une qu'il m'était impossible de franchir, même si je comprenais son attitude.

— Je compte sur toi pour me filer un nom.

— Tu sais bien que je ne peux pas faire ça, Mike.

Le ton changea rapidement.

— Alors qu'est-ce que tu viens foutre ici ?

— Voir comment va mon vieux copain.

Il poussa à nouveau un grognement en gesticulant de la main avant de me dire sur un ton presque suppliant :

— Laisse-moi, Jack !

— Je comprends ce que tu ressens, Mike. Je serais aussi désespéré s'il était arrivé quelque chose à Linda. Mais tu dois te reprendre, tu ne peux pas rester comme ça. Profites-en pour sortir Pluton, ce sera l'occasion de t'aérer un peu. Où est-il d'ailleurs ?

— J'en sais rien. Certainement dehors.

— Il faut que tu voies du monde, Mike. Passe nous voir à la maison, Linda et moi, ça te fera du bien.

Il garda le silence.

— Je vais te laisser, je repasserai te voir.

Je me levai et me dirigeai vers la porte. La main sur la clenche, je me retournai vers lui. Il s'était à nouveau affalé sur son canapé.

# Femme de flic

Rue de Lorraine, soir

Je feuilletais le quotidien d'Antalville lorsque Linda m'apporta mon café avant de prendre place à mes côtés sur le canapé. Un petit article, dans la rubrique nécrologique, relatait le décès de Rémi Chaillard. L'étrangleur aux foulards faisait, quant à lui, toujours la Une des journaux. Dans quelques jours, un article précisera certainement que Rémi Chaillard et le tueur en série ne faisaient qu'un.

— Comment va Mike ? s'enquit-elle.

— Il a des idées noires. Il n'a plus qu'une obsession : venger la mort de Mélanie. Je crois que c'est la seule chose qui le maintient encore en vie. Je lui ai dit qu'il pouvait passer à la maison à tout moment.

— Tu as bien fait.

Je lui fis part des derniers évènements le concernant.

— Tu sais, je viens d'apprendre quelque chose sur Mélanie, et j'ai bien peur que si Mike venait à le savoir, ça va l'achever.

Elle se redressa brusquement en fronçant les sourcils.

— De quoi veux-tu parler ?

— Mélanie avait un amant depuis plusieurs mois.

— Ah, bon sang, non. Comment l'as-tu appris ?

— Une femme l'a aperçue à Grâceville en train de se

quereller avec un homme. Elle est formelle, il s'agit bien d'elle.

— À Grâceville ? Attends ! Dans le parc, le jour où on a retrouvé le corps de Mélanie, tu m'avais déjà dit la même chose. Elle s'était disputée avec un homme qu'on soupçonnait d'être l'étrangleur aux foulards.

— Exactement, et d'après leur description, il s'agirait du même homme. Ce qui revient à dire que l'amant de Mélanie était certainement le tueur en série, et que ce dernier l'avait retrouvée à Antalville pour la supprimer.

— Mon Dieu ! Comment l'avait-elle connue aussi loin ?

— Ça, c'est le mystère. On ne le saura que lorsque je l'aurais retrouvé, mais mis à part une vague description de l'individu, je n'ai aucune piste.

— En ce qui concerne Mike, il ne faut rien lui dire, ce n'est pas le moment.

— Je sais, je n'en avais pas l'intention, mais ça me paraît impossible qu'il ne l'apprenne pas.

— Pourquoi ?

— Comprends-moi, Linda ! Je ne peux pas retrouver l'amant de Mélanie avec une description aussi légère. Par contre, si elle le voyait régulièrement à Grâceville, il est possible qu'en diffusant sa photo aux infos, quelqu'un finisse par la reconnaître et puisse identifier l'homme qui l'accompagnait. Je n'ai pas d'autres choix, Linda. Je suis désolé pour Mike, mais je ne peux pas me permettre de laisser passer une chance d'arrêter l'étrangleur aux foulards.

Elle posa sa main sur la mienne.

— Attends mon chéri ! Il y a peut-être un autre moyen de le trouver.

Cette fois, c'est moi qui me redressai.

— Là, tu m'intrigues. Comment ?

Son sourire fut aussi mystérieux que sa réponse.

— En diffusant la photo de son amant.

Je restai pendant un court instant muet d'étonnement.

— Mais je n'en dispose pas !

— Pas encore, tu veux dire.

— Je suis tout ouïe. Épate-moi !

— Souviens-toi de toutes les photos que j'avais prises de toi lorsqu'on s'est connu.

— Oui, c'est vrai, tu en avais des tonnes sur ton portable.

— C'est typiquement féminin. Mélanie avait certainement fait la même chose. Il y a donc de fortes chances qu'il y ait au moins une photo de lui bien cachée quelque part dans son téléphone portable pour que Mike ne tombe pas dessus par hasard.

Le raisonnement de Linda m'apparut comme une évidence. Un déclic fulgurant se produisit dans mon esprit. J'entrevoyais maintenant la suite des évènements.

— Mais oui bon sang, tu as raison. Pourquoi n'y ai-je pas pensé plus tôt ?

— Parce que tu ne raisonnes pas comme une femme.

J'opinai de la tête silencieusement en portant un regard d'admiration à ma femme.

— D'ailleurs, que tu trouves une photo ou non de l'amant, tu peux même d'abord trouver l'endroit où ils se voyaient.

Je continuai à faire une moue d'étonnement sans l'interrompre.

— Dans ces relations d'adultère, il se passe pratiquement toujours la même chose. Il est possible qu'il soit lui-même marié. Donc, il est fort probable qu'ils se voyaient dans un hôtel et si c'est le cas, cet hôtel devrait se trouver pas très loin de l'endroit où ils ont été vus se quereller. Rien qu'en montrant la seule photo de Mélanie aux tenanciers, peut-être te donneront-ils même l'identité de l'amant.

J'embrassai Linda. Grâce à elle, l'enquête allait désormais prendre un virage à cent-quatre-vingts degrés.

— Je savais que j'avais une femme belle et intelligente, mais j'ignorais qu'elle était aussi détective à ses heures.

— C'est à force de vivre avec un flic.

# Le juge

Ma tournée des hôtels à Grâceville risquait d'être compromise. Ma convocation chez le juge d'instruction n'était sans doute pas sans lien avec la réception du rapport d'analyse des empreintes génétiques, prélevées sur les foulards retrouvés chez Rémi Chaillard. Une concordance avait été établie, scellant probablement la fin de l'enquête pour le magistrat. Un détail toutefois sur le rapport me permettrait peut-être de le convaincre de poursuivre l'enquête. J'étais cependant conscient qu'il me fallait trouver quelque chose de plus solide à lui apporter. En suivant les conseils de ma femme, j'avais chargé mon équipe d'éplucher le portable de Mélanie. Si une photo de son amant s'y trouvait, et que sa description correspondait avec celle de la dernière personne à avoir été vue au parc et à Grâceville en sa compagnie, le juge changera certainement son fusil d'épaule. Il fallait toutefois que Richard me le confirme avant mon arrivée chez le magistrat. Avant de m'y rendre, j'avais encore le temps de passer voir Richard pour voir où il en était dans ses recherches.

Ils étaient tous à pied d'œuvre lorsque j'entrai dans son laboratoire. Une odeur de vacances flottait sur les écrans où les lieutenants Tannen et Brissard faisaient défiler des dizaines de photos, aux paysages féeriques, celles précisément de leur voyage en Grèce. On y voyait tantôt Mélanie seule, tantôt Mike, et d'autres encore où une bonne âme s'était portée volontaire pour les prendre en photo ensemble. Je restais comme paralysé devant ce défilement ininterrompu d'images qui semblait donner vie à Mélanie. À n'en pas douter, elle aimait prendre la pose, autant que Mike aimait immortaliser ces instants de grâce. Elle était tantôt de face, une main posée sur sa nuque, tantôt de profil braquant son regard vers l'objectif en souriant. Je jurai silencieusement de retrouver ce monstre qui a mis fin à ce bonheur. Tom me sortit de ces pensées.

— Il y en a plusieurs centaines, Jack. On a téléchargé son album photo pour accélérer les recherches.

— Sitôt que vous aurez trouvé des correspondances avec les descriptions que nous avait données madame Deschamps, rendez vous immédiatement chez elle et montrez-lui les photos. Si elle reconnaît l'homme qui était dans le parc avec Mélanie, vous me les enverrez sur mon portable.

— D'accord.

Richard, quant à lui, épluchait tous les autres fichiers. Il fit une pause en se tournant vers moi.

— Si Mélanie voulait cacher des photos de son amant, il est possible qu'elle les ait planquées dans un fichier quelconque pour que son mari ne tombe pas dessus.

— Tu as raison, il ne faut rien laisser passer. J'espère que vous trouverez quelque chose. Bon, je file chez le juge.

***

Bastien Ménard, un homme à la calvitie prononcée et au bouc grisonnant, m'attendait les bras tendus, les mains posées sur son bureau. L'attitude typique de quelqu'un qui attendait impatiemment une visite. Après les salutations d'usage, je m'attendais à ce qu'il m'annonce sans détour que l'enquête était close. Il attendait sans doute une absence d'arguments de ma part avant de se prononcer.

— Où en êtes-vous dans vos investigations à Grâceville, commissaire ?

Tout en lui répondant, je sortis mon portable et vérifiai rapidement la présence ou non d'un message de Richard.

— Ça avance, monsieur. Je commence à cerner le profil du tueur.

— Je vois. Allez-vous vous accrocher encore longtemps à l'idée que Rémi Chaillard n'était pas l'étrangleur aux foulards ?

— Plus que jamais.

— Pourtant, vous avez certainement pris connaissance du rapport d'expertise des empreintes génétiques figurant sur les foulards trouvés chez cette même personne. Donnez-moi une bonne raison de ne pas clore l'enquête !

— Nous savons que l'ADN d'un individu ne se retrouvait sur les foulards qu'à partir du troisième meurtre. Le rapport démontre qu'il s'agit précisément de celui de Rémi Chaillard.

— Et vous en déduisez ?

— Qu'il ne peut pas être le tueur en série ! Il n'y a aucune raison pour que son ADN ne s'y retrouve pas depuis le début.

Il opina de la tête, l'air pensif, avant de réagir à ma conclusion.

— Rien ne dit qu'il ne prenait pas des précautions lors des premiers meurtres. Vous ne pensez tout de même pas sérieusement que cela va être suffisant pour prolonger l'enquête.

— Non, nous avons eu aussi connaissance de nouveaux éléments. Nous savons maintenant que la dernière victime est liée indirectement aux meurtres, puisqu'on retrouve son ADN sur tous les foulards. Nous savons aussi qu'elle avait un amant, qu'elle avait été vue à Grâceville en sa compagnie, et également au parc, quelques minutes avant qu'elle ne se fasse tuer. C'est pourquoi tout démontre que l'amant et le tueur en série ne sont qu'une seule et même personne, qu'il s'est débarrassé à la fois de son complice et de sa maîtresse au parc.

— Et vous pensez de toute évidence à ce mystérieux visiteur qui avait été aperçu par madame Bernstein près de la maison de monsieur Chaillard. Si vous aviez une piste pour le retrouver, ça aurait pu prendre une tournure différente, mais ce n'est pas le cas, n'est-ce pas ?

— C'est vrai, nous n'avons toujours pas pour le moment d'indices suffisants pour l'identifier. Cependant, il nous reste un petit atout.

Je sortis à nouveau mon portable sous le regard irrité du juge d'instruction.

— Vous attendez un message, commissaire Lewis ?

— Il s'agit de l'atout dont je vous parlais. Plusieurs officiers épluchent en ce moment même le téléphone portable de la victime que nous avions encore en notre possession. Il est possible qu'il s'y trouve au moins une photo de son amant. S'ils trouvent quelqu'un qui correspond aux descriptions que nous en avait faites madame Deschamps, et que cette dernière l'identifie comme étant la personne qu'elle avait vue au parc se quereller avec la victime, nous diffuserons sa photo aux infos. Quelqu'un finira par le reconnaître et nous appeler. Je vous avoue que je préférerais éviter cette option. Il y a de grandes chances qu'il prenne la fuite.

— C'est donc la raison pour laquelle vous consultiez votre portable. Apparemment, les recherches n'ont toujours rien donné.

— Ça peut être très long. Ce n'est pas le genre de photos qu'on laisse à portée de vue.

— Et s'ils ne trouvent rien ?

— Je ferai diffuser une photo de la victime. Elle a

forcément été vue en compagnie de son amant et peut-être que quelqu'un la reconnaîtra et pourra identifier l'homme. J'avoue que les chances, que quelqu'un la reconnaisse, sont minces, elle portait un foulard et des lunettes de soleil.

— Très bien, vous poursuivez l'enquête. Je vous donne deux jours pour retrouver cet individu !

## La dame avec des lunettes et un foulard

Ma première destination, en retournant à Grâceville, fut la rue des coquelicots. Ça me semblait être un bon point de départ pour retrouver l'hôtel en question. Je m'arrêtai devant l'immeuble de madame Dupuy sans couper le moteur et regardai dans toutes les directions avant de faire un petit tour d'inspection du quartier. Après être revenu devant l'immeuble, je n'avais relevé aucune présence d'un hôtel dans le secteur, mais je savais qui pourrait me renseigner. Je me garai cette fois devant le café « Le cheval blanc », qui se trouvait dans la rue adjacente. Antoine, le serveur, était affairé à débarrasser une table. Il me reconnut immédiatement lorsque je sortis de mon véhicule.

— Un petit jus d'ananas, commissaire ?

— Non, pas cette fois, merci. J'ai juste besoin d'un petit renseignement. Est-ce qu'il y a un hôtel dans le coin ?

— Oui, vous comptez rester quelques jours chez nous ?

J'esquissai un sourire. Il s'avança jusqu'en bord de trottoir et se tourna vers la gauche en tendant le bras.

— L'hôtel du centre, deux rues plus loin à l'angle de la deuxième.

— Je vois, merci.

Je m'apprêtais à prendre congé du serveur lorsque son attitude me surprit. Il continuait à fixer l'hôtel tout en murmurant quelques mots qui me surprirent tout autant.

— Ils ont dû en faire des cochonneries là-dedans.

— À qui faites-vous allusion ?

— À ce couple dont je vous avais parlé tantôt qui ne venait que les mardis après-midi.

Cette fois, à la lueur des dernières informations recueillies sur Mélanie, l'histoire de ce couple piqua ma curiosité. Je l'interrogeai tout en sortant mon téléphone portable.

— Dites-m'en un peu plus sur eux !

— Pour ce qui est du type, il était plutôt grand, toujours bien fringué. Il se la jouait un peu d'être en compagnie de cette femme qui était d'une beauté à couper le souffle, toute menue et très sexy. Quel genre de détails voulez-vous savoir encore ?

— La couleur de ses cheveux ou de ses yeux par exemple.

— Pour ce qui est de la couleur de ses yeux, je ne pourrais pas vous le dire, je ne les ai jamais vus. Elle portait toujours des lunettes de soleil et elle ne les avait jamais enlevées devant moi. Quant à la couleur de ses cheveux, même malgré le port du foulard qu'elle ne quittait jamais, on voyait bien qu'elle était blonde. Mais le fait qu'elle se cachait ne m'étonnait pas. Souvenez-vous, je vous en avais fait part, c'était la réaction typique de quelqu'un qui entretenait une relation extraconjugale.

— Oui, je m'en souviens.

Je tendis cette fois mon téléphone devant lui.

— Pensez-vous qu'il puisse s'agir de cette femme ?

Ses yeux s'écarquillèrent.

— Mais oui, bon sang ! Il me semble bien que ce soit elle. Où diable vous êtes-vous procuré cette photo ?

— C'est une longue histoire. Vous ne connaîtriez pas l'identité de l'homme qui l'accompagnait, à tout hasard ?

— Non, désolé. À part ici, je ne l'avais jamais vu auparavant. Si encore, il avait réglé une fois par chèque, j'aurais pu vous aider, mais ici on accepte le paiement des consommations uniquement en espèces.

— Lors de notre dernière rencontre, vous me disiez les attendre pour vérifier la tenue vestimentaire de la dame.

— Oui, avec mon collègue, on faisait des paris.

— D'où venaient-ils ?

D'un coup de menton, il m'indiqua la rue des coquelicots.

— Toujours de cette rue, à l'angle de l'immeuble. Je pense qu'elle doit habiter dans le coin.

— Et qu'est-ce qui vous fait penser qu'après avoir quitté votre établissement, ils se rendaient dans cet hôtel ?

— Parce que je les ai vus y entrer, commissaire. Non pas que je les surveillais spécialement, mais lorsque je grillais une cigarette, il m'était arrivé de les observer.

— Je vois. Merci pour votre aide.

— Si je peux aider la police.

***

Je m'arrêtai quelques instants devant le bâtiment, dont les façades, aux couleurs ocre, attiraient immanquablement le regard. L'hôtel du centre n'était pas un hôtel de luxe, mais pour y passer un après-midi seulement, un trois étoiles était plus que satisfaisant. Je pénétrai dans le hall d'entrée au moment où un type rejoignait le comptoir d'accueil. Il était inutile de perdre du temps, autant entrer tout de suite dans le vif du sujet. Je sortis mon téléphone et lui tendis ma plaque. Curieusement, il semblait ravi de ma visite.

— C'est bien la première fois qu'on a la visite de la brigade criminelle. Que puis-je faire pour vous ?

Je lui montrai la photo de Mélanie.

— J'aimerais savoir si cette femme est déjà entrée dans votre établissement.

Il l'examina longuement en se pinçant les lèvres.

— Difficile à dire, il se pourrait bien que oui. Vous comprenez, la personne à qui je pense ne venait qu'une fois par semaine, et elle portait toujours un foulard et des lunettes de soleil.

— Ne vous en faites pas, vous m'en avez dit assez qui confirme que c'est bien la personne que je cherche. Je suppose qu'elle était toujours accompagnée.

— Oui, toujours avec le même homme.

— Vous pouvez me le décrire ?

— Bien sûr. Grand, d'allure plutôt sportive, cheveux noirs.

— Et vous ne connaîtriez pas son identité, des fois ?

— Non, il payait toujours sa chambre en espèces. Par contre, je peux vous dire ce qu'il fait dans la vie.

— Ah oui ? Dites-moi, ça m'intéresse.

— Il conduit des taxis.

— Donc, vous les aviez vus arriver ensemble en taxi.

— Ah non, ce n'est pas ce que j'ai voulu dire, commissaire. Seulement, il lui était arrivé quelquefois de ramener des clients. Je le sais parce qu'il se garait toujours devant la porte d'entrée. Il les aidait à porter leurs valises, et les déposait devant le comptoir, puis il s'en allait.

— Je vois. Qu'est-ce que c'était comme véhicule ?

— Une Ford Mondeo bleue.

Cette fois, c'est moi qui me pinçais les lèvres. La marque de ce véhicule m'interpella, je l'avais déjà entendue quelque part.

— Vous avez pu voir une inscription sur le taxi ou un numéro de téléphone ?

— Non, désolé. J'aurais bien voulu vous aider, mais je n'y avais même pas prêté attention.

— Bah, ce n'est pas grave, vous n'aviez aucune raison de le faire.

Je m'apprêtais à quitter l'hôtel, lorsqu'il s'accouda sur son comptoir et se mit à parler à voix basse.

— C'est tout de même curieux, commissaire, vous ne trouvez pas ?

— De quoi voulez-vous parler ?

Il me fit signe de me rapprocher. Ce n'était pas tant la

volonté qu'il manifesta de vouloir m'apporter son aide qui m'amusa, mais plutôt le ton qu'il prit pour me prodiguer ses conseils, et les regards furtifs qu'il jetait, de part et d'autre, pour s'assurer que personne n'écoutait.

— Comment ? L'attitude de ce chauffeur de taxi ne vous interpelle pas ? Lorsqu'il ramenait des clients, son véhicule était bien en évidence devant l'entrée, mais lorsqu'il venait avec cette femme, il restait discret. Et pourquoi croyez-vous qu'elle portait toujours foulard et lunettes, si ce n'est pour se cacher ? Moi, je vous le dis tout net, ces deux-là entretenaient une liaison pas très catholique, si vous voyez ce que je veux dire.

Je m'amusai à le taquiner.

— C'est incroyable. Vous voyez un couple entrer discrètement dans votre hôtel et n'y rester que quelques heures, et vous en déduisez qu'ils étaient amants. Je ne comprends pas que vous ne soyez pas entré dans la police. Vous avez raté votre vocation, je vous le dis.

Une lueur apparut dans son regard.

— C'est vrai ? Mais vous savez que je voulais être détective à une époque ?

Je ne sais pas ce qu'il perçut dans mon regard, mais son sourire s'effaça aussitôt. Je me dirigeai vers la sortie après l'avoir remercié, et je l'entendis m'interpeller à nouveau.

— Commissaire !

Je me retournai vers lui.

— Je ne sais pas ce qu'elle lui trouvait.

# Le play-boy

Au moment où je m'apprêtais à démarrer mon véhicule, un bip, provenant de mon portable, m'indiquait que je venais de recevoir un message. J'eus un sourire de satisfaction lorsque je m'aperçus qu'il provenait de Richard. Allait-on enfin avoir une photo de ce mystérieux amant ? J'en eus la confirmation après avoir ouvert le SMS. Je fis défiler une dizaine de photos de l'individu qui prenait quelquefois la pose en faisant le pitre. Son portrait concordait avec toutes les descriptions qui m'en avaient été faites. Les deux doigts sur l'écran, j'agrandissais chaque photo pour avoir son visage en gros plan. Je voulais voir à quoi ressemblait un type capable de telles violences. Je n'avais encore aucune idée de son identité, mais ce n'était plus qu'une question de temps. Je continuai à visionner chaque photo lorsque je m'arrêtai net sur l'une d'elles. Je n'en croyais pas mes yeux. Je l'agrandis autant que possible pour mieux m'en rendre compte. Je ne pus m'empêcher de penser à voix haute :

— Quelle bonne idée que tu as eue de prendre cette photo, Mélanie ! Grâce à toi, on va l'avoir.

Mon portable se mit à sonner. C'était Richard.

— Tu avais raison, Jack, les photos étaient bien planquées, mais on a fini par en trouver.

Je pensai intérieurement que tout le mérite en revenait à Linda.

— Tu les as bien reçues ?

— Oui, vous avez fait du bon boulot. Vous les avez montrées à madame Deschamps ?

— Oui, elle l'a formellement reconnu. On va enfin pouvoir diffuser son portrait aux infos. On va l'avoir, ce fumier.

— Non, attendez, ne faites pas ça !

— Comment ça, Jack ? C'était pourtant bien ce que tu voulais.

— Oui, à défaut d'avoir une autre option. On ne va pas lui donner l'occasion de prendre la fuite maintenant qu'on peut procéder autrement. Tu vas comprendre. Tu as les photos sous les yeux ?

— Oui.

— Sélectionne celle où l'on voit un parking au loin.

— Oui, je l'ai, pourquoi celle-là ?

— Repère sur le parking la voiture qui a un lumineux de toit.

Il s'écoula quelques secondes avant que je ne l'entende à nouveau.

— Oui, on dirait un taxi. Et alors ?

— Je viens d'apprendre que l'amant de Mélanie conduisait un taxi, une Ford Mondeo bleue. Il y a de fortes chances que ce soit cette voiture. J'ai essayé d'agrandir l'image du véhicule, mais, sur mon portable, je ne vois pas grand-chose. Penses-tu pouvoir lire le numéro de la plaque ou l'inscription qu'il y a sur le côté ?

— En procédant à un rééchantillonnage bicubique, ça devrait le faire, oui. Ça réduit la distorsion lors d'un agrandissement.

— Épargne-moi tes termes techniques. Dès que tu auras l'une ou l'autre de ces informations, on saura pour quelle agence il travaille. Tu m'enverras ça sur mon portable. Encore une chose, Tom et Rudy se trouvent toujours à tes côtés ?

— Oui.

— Dis-leur de se tenir prêts à me rejoindre. Une fois que tu auras le nom et l'adresse de la société, j'aurai besoin d'eux pour placer le chauffeur de taxi en garde à vue.

— D'accord.

***

Je vidai mon deuxième jus d'ananas sur la terrasse du café « Le cheval blanc », lorsque Richard m'appela à nouveau.

— Dis-moi que tu as le nom de l'agence ?

— J'ai mieux que ça, Jack, le type est à son compte. Simon Vasseur, 9 rue Crébillon à Grâceville. C'est son adresse personnelle, il n'a pas de bureau à proprement parler. Je t'envoie ça.

— Bien, tu peux maintenant dire à Tom et Rudy de me rejoindre à proximité de son domicile.

À mon grand étonnement, j'entendis Richard s'esclaffer derrière son portable.

— Ha, ha, il y a longtemps qu'ils sont partis en direction de Grâceville, Jack. Ils n'ont eu aucun doute sur mes « compétences ». Je les ai déjà appelés pour leur donner l'adresse, ils ne devraient pas tarder à arriver.

— Parfait, il me tarde de faire la connaissance de ce Simon Vasseur.

***

Après m'être garé à une dizaine de mètres du domicile de Simon Vasseur, j'avais profité de l'attente de mes collègues pour appeler le juge d'instruction qui n'avait pas caché son enthousiasme lorsque je lui avais annoncé qu'on avait retrouvé l'individu. J'avais maintenant le feu vert pour le placer en garde à vue et procéder à un prélèvement de son

ADN. En attendant le rapport d'expertise, il voulait une confirmation de madame Deschamps qu'il s'agissait bien de l'individu qu'elle avait aperçu au parc. Pour cela, j'avais contacté un officier et l'avais chargé de la convoquer à la brigade.

Je profitai du temps qu'il me restait avant l'arrivée de Tom et Rudy pour réfléchir. La lumière venait d'être faite sur la présence de Rémi au café « Le cheval blanc ». Depuis la table où il avait l'habitude de s'installer, l'angle de la rue des coquelicots et l'hôtel se trouvaient dans son champ d'observation. Il ne faisait aucun doute qu'il surveillait les allées et venues de Mélanie et de son amant. Si un voile venait d'être levé, un autre avait fait son apparition : si Simon était l'étrangleur aux foulards, pour quelle raison, Rémi, qui était censé être son complice, le surveillait-il ? Avait-il joué un double jeu ? Était-ce pour cela que Simon l'avait éliminé ? Autant de questions qui demandaient des réponses.

Moins d'une demi-heure plus tard, je vis arriver Tom et Rudy dans leur voiture banalisée. Ils passèrent au ralenti devant le numéro neuf jusqu'à ce qu'ils fussent à ma hauteur. Je leur fis signe de se garer derrière moi et de me rejoindre dans mon véhicule. Rudy prit place à l'arrière, tandis que Tom monta devant en jubilant.

— C'est le moment que je préfère. Voir la tête que font ces psychopathes lorsqu'on leur met la main dessus.

— C'est sûr qu'il ne va pas la voir venir celle-là, répliqua Rudy en passant sa tête entre les deux sièges. Comment comptes-tu procéder, Jack ? On l'appelle en se faisant passer pour un client ou on l'attend ?

— On l'attend. On ne va pas prendre de risques. Je n'ai pas envie qu'il flaire quelque chose et qu'il prenne la fuite.

Nous échangeâmes des banalités pendant une bonne heure lorsque Tom s'écria :

— Le voilà.

Je leur exposai rapidement les consignes à suivre.

— Le temps qu'il se gare, vous allez sortir et marcher tranquillement jusqu'à dépasser le numéro neuf. S'il tente de s'enfuir lorsque je l'interpellerai, vous ferez barrage.

— OK.

Le chauffeur de taxi sortit de son véhicule et s'avança tranquillement vers la porte de son domicile lorsqu'il se tourna instinctivement vers moi. C'est vrai qu'il se la jouait un peu avec son bronzage et sa chemise ouverte sur un médaillon. Ses yeux noirs, qui dégageaient un regard froid, ne collaient pas avec son attitude.

— Simon Vasseur ?

Lorsque j'interpellais un individu étant potentiellement un assassin, j'avais du mal à l'affubler d'un « monsieur ». La présomption d'innocence a ses limites. En guise de réponse, il eut un réflexe de fuite. Mais la présence de mes collègues ne lui laissa guère le temps de faire plus d'un pas.

— Qui êtes-vous ?

Il devint blanc comme un linge lorsque je me présentai tout en lui montrant ma plaque.

— Commissaire Lewis. Brigade criminelle d'Antalville. Que se passe-t-il, vous avez peur de la police ?

Il resta muet en me fixant du regard.

— Pourquoi avoir tenté de vous enfuir ?

— J'ignorais que vous étiez de la police.

— Ah, parce que vous avez l'habitude de vous enfuir dès qu'un inconnu vous aborde.

Il prit un ton arrogant.

— Vous ne m'aviez pas inspiré confiance. Ça vous va comme réponse ?

— Je m'en contenterai pour l'instant.

— Qu'est-ce que vous me voulez ?

Je sortis mon téléphone et lui montrai la photo de Mélanie.

— Vous connaissez cette femme ?

Il jeta un regard furtif sur la photo.

— Non, je devrais ?

Je fus saisi d'une pulsion incontrôlable. Je passai violemment ma main derrière sa tête et collai son visage contre mon portable. Rudy tenta d'intervenir.

— Doucement, Jack !

— Regarde-la bien, espèce d'enfoiré ! Elle est morte. Elle mérite un peu plus d'attention que ça.

Il la fixa plus longuement.

— Alors, tu la reconnais maintenant ?

Il garda le silence. Je le relâchai et passai un court instant le relais à Tom, le temps de me reprendre.

— Elle est déjà montée dans votre voiture ?

— Dans mon taxi, vous voulez dire. Je ne peux pas me souvenir du visage de toutes mes clientes.

Je repris rapidement le cours de l'interrogatoire.

— Alors je vais vous aider. Imaginez-là avec un foulard et des lunettes de soleil. Vous la reconnaissez maintenant ?

Il se ravisa.

— C'est possible qu'elle soit montée dans mon taxi. Et après ?

Je continuai à le bombarder de questions.

— Vous avez eu l'occasion de la revoir ? Je veux dire en dehors de ses déplacements en taxi ?

— Non.

— Même pas pour prendre un verre avec elle ?

— Non, je vous dis.

— Vous connaissez le café « Le cheval blanc » ?

Il redressa brusquement la tête d'un mouvement nerveux.

— Eh oui, vous le connaissez. Il est inutile de nier puisque vous y avez été vu en compagnie de cette femme. Que diriez-vous d'aller y faire un tour ?

Il se ravisa instantanément à nouveau.

— Bon, écoutez ! J'ai pris effectivement quelques fois un verre avec cette cliente, mais elle gardait toujours sur elle ses lunettes et son foulard. Le personnel pourra vous le confirmer. Comment vouliez-vous que je la reconnaisse ?

— C'est vrai dans le fond. Comment pouviez-vous la reconnaître ? Pendant vos ébats sexuels, elle devait certainement garder ses lunettes et son foulard. C'est tellement commode et plus excitant.

Il se détendit comme un ressort.

— Hé là, doucement ! Nos ébats sexuels ? C'est vous qui le dites.

— Oui, bien sûr. Vous voulez me faire croire que vous avez déboursé quatre-vingts euros pour une chambre tous les mardis après-midi pour ne rien faire d'autre que discuter.

— Mais de quoi diable parlez-vous ?

— De l'hôtel du centre, voilà de quoi je parle. Ça vous revient maintenant ou il faut aussi vous confronter avec l'hôtelier ?

Il manifesta des signes d'anxiété.

— Bon, j'y suis allé avec une femme portant lunettes et foulard. Et après ? Vous n'avez absolument aucune preuve qu'il s'agit de cette femme dont vous exhibez sa photo depuis tout à l'heure. Vous voulez m'arrêter pour ça ?

— Non, je suis de la criminelle, pas des mœurs. C'est tout de même marrant cette manie que vous avez de nier les faits, puis de vous rétracter dès que vous êtes pris en faute. Parlons donc alors de cette femme que vous avez ramenée à l'hôtel ! Comment s'appelle-t-elle ?

Pris au dépourvu, il mit quelques secondes à sortir un prénom.

— Fanny.

Ça sentait le mensonge à plein nez, mais j'étais obligé de l'accepter.

— Quand l'avez-vous vue pour la dernière fois ?

— Je ne sais plus.

— Vous mentez. Vous l'avez déjà ramenée à Antalville ?

— Non.

— Là encore, vous mentez. Très bien, j'en ai assez. Vous allez me suivre à Antalville. Peut-être qu'une fois sur place, la mémoire vous reviendra. Quelqu'un vous a vu vous quereller avec elle. Je dirais même que vous la malmeniez.

Il me jeta un regard déterminé.

— Je ne vous dirai pas un mot de plus.

— C'est votre droit. Si vous voulez prévenir un proche, c'est le moment.

— Pourquoi ?

— Parce qu'à partir de maintenant, vous pouvez vous considérer en garde à vue.

— Sous quel chef d'accusation ?

Je haussai le ton.

— Suspicion de meurtre. Dissimulation de faits concernant la victime. Vous êtes la dernière personne à notre connaissance à avoir été en contact avec elle quelques minutes avant son assassinat. Alors, vous voulez appeler quelqu'un ? Je doute que vous vouliez prévenir votre femme.

Je me délectai de la gêne que ça lui occasionnait. Petite vengeance personnelle.

— Non, elle n'est pas là. Elle est partie quinze jours avec les enfants.

— Dommage, ça l'aurait peut-être intéressée de savoir comment vous occupez votre temps libre pendant son absence.

Son sourire en coin trahissait l'assurance qu'il voulait donner en me répondant.

— Elle n'en saura rien, je serai rentré avant son retour.

— Ça, c'est ce que nous verrons. Ah, j'oubliais, un témoin vous a également vu vous quereller avec la victime dans la rue des coquelicots. Mais inutile d'en parler, n'est-ce pas ? Vous allez certainement le nier aussi. J'ai l'impression que votre passe-temps favori est de maltraiter les femmes.

Je me tournai vers le lieutenant Brissard.

— Tu fais monter cette merde dans la voiture à l'arrière et tu garderas un œil sur lui.

Même si je pris un raccourci en donnant cette consigne, Rudy connaissait parfaitement les procédures à suivre dans ces situations : procéder à une palpation de sécurité sur le suspect avant son transfert vers la brigade criminelle, lui énoncer ses droits et lui passer les menottes. Pendant qu'ils prenaient place dans ma voiture banalisée, je donnais une dernière consigne au lieutenant Tannen.

— Tom, tu nous suis avec ton véhicule. C'est parti.

## La garde à vue

Après lui avoir signifié que l'interrogatoire sera enregistré, Simon portait un regard non assuré, tantôt sur les plaques numérotées alignées sur la table, tantôt sur le lieutenant Tom Tannen qui gardait un œil sur lui. Le sachet que je tenais en main n'avait pas encore capté toute son attention. Il n'avait toujours pas souhaité bénéficier de son droit à faire appel à son avocat. Depuis qu'on avait procédé à un prélèvement de son ADN, à part décliner son identité (ce qui était obligatoire), il n'avait pas dit un mot. Mais je ne l'avais pas lâché pour autant.

— Vous pouvez garder le silence aussi longtemps que vous le voudrez, c'est votre droit. Si vous ne parlez pas, l'ADN, lui, parlera.

C'est le moment que je choisis pour poser devant lui un des foulards sous scellé judiciaire. Il l'observa d'abord d'un air détaché, en gardant une certaine assurance, avant de le fixer sans le lâcher des yeux.

— Vous le reconnaissez ?

— C'est un foulard. Et après ?

— C'est l'arme du crime. La même qu'on a retrouvée sur toutes les victimes de l'étrangleur aux foulards. Vous en avez entendu parler ?

— On n'entend que lui tous les jours aux infos. Qu'est-ce que j'ai à voir là-dedans ?

— Que va-t-il se passer d'après vous si on retrouve votre ADN sur les foulards ?

— Il faut d'abord en trouver.

— Ouais, vous avez certainement dû prendre vos précautions. Et vous croyez le coup imparable ?

Il n'eut pas le temps de répondre. Son regard se porta sur la porte qui venait de s'ouvrir et le visage de Rudy apparut dans l'entrebâillement.

— Tout le monde est prêt pour la parade d'identification, Jack.

— Très bien, fais-les entrer !

Trois hommes, qui allaient jouer le rôle de distracteurs, entrèrent aussitôt dans la salle. En réalité, trois officiers choisis préalablement parmi les membres de la brigade en fonction de leur ressemblance physique avec le chauffeur de taxi. D'un mouvement de tête discret, Rudy me fit signe de le rejoindre dans le couloir. Je m'exécutai en prenant soin de refermer la porte derrière moi.

— Madame Deschamps est là aussi, on l'a installée dans ton bureau comme tu nous l'as demandé.

— Très bien, tu peux aller la chercher.

Derrière la vitre sans tain, j'observai Tom qui avait pris la suite des opérations. Il s'adressa au chauffeur de taxi tout en s'emparant de l'une des plaques portant le numéro trois.

— Vous voulez bien vous lever et vous placer contre le mur en tenant cette plaque.

Simon Vasseur s'exécuta et se mit à fixer la vitre qu'il avait en face de lui. Il avait certainement compris ce qui allait se passer, cet exercice ayant été vu maintes et maintes fois dans les séries policières. Tom attribua également une plaque numérotée aux trois officiers et les plaça, dos au mur, aux côtés de Simon dans l'ordre numérique.

Le commissaire divisionnaire me rejoignit.

— Il a fait des aveux ?

— Non, il a simplement fini par avouer qu'il fréquentait

une femme avec des lunettes et un foulard. Nous, nous savons qu'il s'agit de Mélanie Meyer. On lui a montré sa photo, mais il nie toujours farouchement la connaître. Pour l'instant du moins. Ça a été sa stratégie de départ de nier, puis de se rétracter.

— Mais il n'a toujours pas fait appel à son avocat ?

— Non.

— Ce n'est pas normal. Ça sent pas bon cette histoire. Qu'est-ce qu'il a derrière la tête ?

— Il essaie de gagner du temps. Il espère peut-être que madame Deschamps ne le reconnaîtra pas.

— Et même si elle le reconnaît, rien ne prouve qu'il l'ait assassinée.

Mon supérieur fit un constat amer.

— On n'a donc pas grand-chose pour l'instant : une femme avec des lunettes et un foulard, personne ne peut affirmer qu'il s'agissait de Mélanie ; des messages avec la victime provenant de Grâceville, mais à partir d'un téléphone jetable, rien ne prouve que Simon en fût l'auteur. N'importe quel avocat le fera sortir en moins de temps qu'il n'en faut pour le dire.

— C'est vrai, mais si notre témoin l'identifie formellement, on aura de quoi le garder ici jusqu'à ce qu'on a une confirmation que ses empreintes génétiques se retrouvent au moins sur l'un des foulards. On va pouvoir commencer, elle arrive.

Le commissaire divisionnaire opina de la tête et se mit en retrait, tandis que j'allais à la rencontre de madame Deschamps, accompagnée du lieutenant Brissard.

— Bonjour. Comment allez-vous ? J'espère que le temps ne vous a pas paru trop long.

— Non, ça va. Je n'ai pas bien saisi ce que vous attendez de moi.

— Vous allez comprendre.

Avant de commencer la procédure d'identification, je la

préparais à être mise face à quatre potentiels suspects.

— Je vais vous demander d'identifier l'individu que vous aviez vu au parc. Mais rassurez-vous, lui ne vous verra pas.

— D'accord.

Une fois devant la vitre sans tain, elle fut prise de tremblements. Elle l'avait déjà repérée au milieu de tous ces hommes qui semblaient la fixer du regard. Elle avait certainement du mal à se faire à l'idée qu'il ne pouvait pas la voir. Appréhension naturelle qu'avaient déjà connue, bien avant elle, d'autres témoins.

— Il est là. Vous êtes sûr qu'il ne peut pas me voir ?

— Absolument, madame Deschamps, je vous le garantis.

— J'ai pourtant l'impression qu'il m'observe. Pourquoi est-ce qu'il a ce regard menaçant ?

— C'est du bluff, n'y prêtez pas attention. Ils ont tous cette attitude. Ils connaissent la procédure et ils espèrent ainsi dissuader les témoins de parler. Vous pouvez me dire de qui il s'agit ?

— Celui qui porte le numéro trois.

— Vous en êtes bien certaine, madame Deschamps ? J'ai besoin d'une identification formelle de votre part, sans l'ombre d'un doute.

Madame Deschamps resta ferme dans sa déclaration.

— C'est lui, j'en suis certaine. Je suis formelle.

— Bien, merci madame Deschamps. Un officier va vous raccompagner.

Une fois partie, je me tournai vers le commissaire divisionnaire qui prit une décision avant de quitter les lieux.

— Très bien, on le garde ici jusqu'à ce qu'on ait le rapport d'expertise.

Il n'y avait plus que Rudy, Tom et Simon lorsque je retournai dans la salle de garde à vue. Je fixai ce dernier sans dire un mot.

— Quoi ? Qu'est-ce que vous avez à me fixer comme ça ?

— Vous maintenez n'être jamais venu la voir à

Antalville ?

Silence.

— Je vais donc répondre à votre place. Vous êtes bel et bien venu chez nous. Une personne qui promenait son chien, ce jour-là, vous a vu en sa compagnie et elle vous a formellement identifié.

Il répondit d'un air narquois.

— Elle aura mal vu. Je n'ai jamais été dans ce parc.

Je me tournai vers mes collègues qui affichaient déjà un large sourire qui mit mal à l'aise le chauffeur de taxi.

— Quoi ? Qu'est-ce que vous avez à vous esclaffer ?

Rudy se fit un plaisir de se justifier.

— Vous venez simplement de vous incriminer vous-même.

— Comment ça ?

Je pris le relais.

— Eh oui ! En citant l'endroit où vous aviez été vu, vous venez de nous confirmer que vous y étiez.

— Hé là, doucement ! C'est vous qui m'aviez demandé si j'avais déjà été dans ce parc avec cette femme.

— Non, c'est impossible. C'est une vieille tactique policière. En dire le moins possible au suspect dans l'espoir qu'il finisse par se trahir. Et c'est ce que vous venez de faire. J'ai toujours parlé de notre ville ou d'un témoin qui promenait son chien, mais jamais je n'ai cité le parc. Comme vous y étiez, à force d'en parler, vous avez fini par faire vous-même l'association.

Il tenta de garder de l'assurance.

— Bah ! Et quand bien même ce serait vrai, ça ne prouve pas que je l'aie tuée.

— Non, mais votre comportement est plus que suspect. Les personnes qui n'ont absolument rien à se reprocher coopèrent volontiers avec la police et disent toujours la vérité lors d'un interrogatoire. Vous, vous avez toujours fait exactement l'inverse depuis votre interpellation. Il doit bien y avoir une raison. Si vous aimez ça, mentir et vous rétracter, peut-être qu'une nuit en cellule vous ôtera l'envie de jouer.

# Preuve compromettante

Inutile de préciser dans quel état d'excitation se trouvaient tous les membres de la brigade, le lendemain après-midi, lorsque le rapport d'expertise tomba. Les empreintes génétiques de Simon se trouvaient sur tous les foulards, sans exception. Le seul qui ne participa pas à l'euphorie générale fut bien évidemment Simon Vasseur. Surtout lorsque j'entrai dans la salle de garde à vue en brandissant les feuillets du rapport. Assis derrière la table, ses yeux suivaient chaque mouvement de ma main lorsque je les agitais.

— Vous voulez revenir sur vos déclarations ?

Il garda le silence. Après lui avoir signifié que le rapport était formel et que la présence de son ADN sur les foulards était établie, il n'eut qu'un seul argument de défense.

— C'est impossible, vous bluffez.

Les feuillets atterrirent sur la table sous ses yeux.

— Je vous conseille de changer votre ligne de défense, au tribunal devant le jury, lors de votre procès. Si vous pensez être acquitté avec un argument aussi ridicule, c'est que vous êtes en plein délire.

Je me penchai vers lui en posant les deux poings sur la table.

— Vous savez à qui vous me faites penser ? À ce type qu'on avait pris en flagrant délit, les mains en sang devant le corps de sa femme, un couteau planté dans la poitrine. Vous voulez connaître sa version ? Elle se serait empalée toute seule sur le couteau qu'il tenait en main.

— Où voulez-vous en venir ?

Je m'approchai encore plus près de lui pour marquer ma détermination.

— Si vous l'avez tuée, vous ne vous en sortirez pas.

Il me jeta un regard perdu jusqu'à ce que six mots sortent de sa bouche :

— Je veux téléphoner à mon avocat.

Je me redressai.

— Enfin, nous y sommes. Bien sûr que vous allez l'appeler. Il faudra qu'il soit très fort pour vous sortir de là.

***

Maître Thurieau avait rejoint Simon Vasseur dans la salle de débriefing où nous l'avions placé. Au bout d'une demi-heure, durée légale d'un entretien avec son client lors d'une garde à vue, la porte s'ouvrit et le magistrat en sortit, suivi de Simon qui fut aussitôt encadré par Rudy et Tom. Derrière sa barbichette et ses lunettes rondes qui lui donnaient des allures de Professeur Tournesol, l'avocat se dirigea vers moi dans son costume trois-pièces.

— Mon client est disposé à collaborer avec la police. Il reconnaît que ces foulards lui appartiennent, cependant il nie toute implication dans les meurtres.

— *Tu m'étonnes.*

Je l'avais à peine murmuré du bout des lèvres, mais la réaction de Maître Thurieau ne se fit pas attendre.

— Pardon ?

Un peu de mauvaise foi dans certaines circonstances ne faisait pas de mal.

— Je disais qu'on pouvait commencer.

***

De toute évidence, l'attitude de Simon Vasseur avait changé depuis l'entretien avec son avocat. Sur ses conseils, la personne arrogante et peu bavarde, que j'avais eue en face de moi la veille, avait laissé la place à une personne plus décontractée et plus encline à répondre aux questions posées.

— Bien, reprenons depuis le début. Vous reconnaissez ces personnes ?

J'avais au préalable soigneusement étalé sur la table les photos de toutes les victimes de l'étrangleur aux foulards depuis la première à Grâceville jusqu'à celle de Mélanie. Il prit cette fois le temps de les scruter longuement.

— Je n'en reconnais qu'une.

— Vous pouvez la désigner et me donner son nom ?

Il plaça son doigt au-dessus de la photo de Mélanie.

— Mélanie Meyer.

Il prit une longue inspiration avant de poursuivre.

— Je savais que cette fille m'attirerait des ennuis.

— Depuis quand la connaissiez-vous ?

— Depuis le mois d'avril.

— Comment aviez-vous fait sa connaissance ?

— Elle se trouvait à Grâceville avec une amie et avait fait appel à mes services pour que je les ramène à Antalville.

— Elle ne s'y était donc pas rendue seule. Vous savez ce qu'elles étaient allées y faire ?

— Non, je n'ai pas pour habitude de me mêler des affaires de mes clientes. De toute façon, je ne les avais ramenées ensemble que deux ou trois fois tout au plus. Mais entretemps, j'étais tombé amoureux de Mélanie et je voulais la revoir. C'était ce qu'elle voulait aussi. Elle venait me retrouver à Grâceville, on passait l'après-midi ensemble, puis je la ramenai à Antalville. C'était elle qui avait voulu que ça se passe comme ça. Elle était mariée, vous comprenez. Elle ne voulait pas que quelqu'un nous surprenne ensemble sur Antalville. C'est la raison pour laquelle elle se cachait toujours derrière des lunettes et un foulard en public. Peu de temps après le début de notre relation, elle avait même commencé à les garder à Grâceville. Je lui avais dit que là-bas, elle pouvait les retirer, personne ne la connaissait. Mais elle avait toujours insisté pour les garder.

— Et vous n'en avez jamais su la raison.

— Non, elle n'avait jamais voulu m'en dire plus, mais je crois qu'elle voulait éviter de tomber sur quelqu'un. Après tout, c'est à Grâceville que je l'avais connue. Qui sait, elle venait peut-être de rompre avec quelqu'un. En tout cas, je suis certain qu'elle y connaissait quelqu'un qui ne devait pas la voir. Dans ce café où nous avions pris l'habitude d'y boire un verre, je la trouvais nerveuse. Elle regardait parfois autour d'elle.

Cette dernière information déclencha aussitôt une réaction en chaîne dans mon esprit. Si Simon disait vrai, la personne que Mélanie voulait éviter de rencontrer pouvait éventuellement fréquenter ce café. La première image qui m'apparut à l'esprit fut bien sûr celle de Rémi Chaillard. Mais même si sa présence dans ce café le même jour et à la même heure que Mélanie était troublante, il me paraissait pourtant impossible qu'il s'agisse de lui. Son attitude démontrait qu'elle ne le connaissait pas. En associant tous ces éléments, le nom du café, celui de Mélanie et de Rémi, un autre visage s'imposa dans mon esprit : celui de Barry. Il connaissait l'établissement et Rémi pour avoir coopéré avec la gendarmerie de Grâceville approximativement à la même période. Mélanie était-elle au courant ? Craignait-elle de tomber sur Barry qui l'aurait mis dans une situation délicate ? Avaient-ils fini par se rencontrer ? Je laissai pour l'instant ces questions en suspens. J'allais devoir en parler avec Barry.

— Et donc ensuite, vous vous rendiez toujours à cet

hôtel ?

— Oui, on faisait le trajet à pied. J'avais toujours pris soin de laisser mon taxi à distance. Elle était toujours aussi nerveuse, puis une fois à l'hôtel, elle était complètement détendue. Je ne lui posais plus de questions sur son attitude. Moi, tout ce qui m'importait, c'était de me retrouver avec elle.

— À vous entendre, vous aviez l'air de vivre une relation idyllique. Pourtant à travers les témoignages qui m'ont été rapportés, c'était loin d'être le cas. Dans ce parc, vous la malmeniez, non ? Pourquoi ?

Il me fixa du regard.

— Vous avez déjà été fou amoureux d'une femme, commissaire ? Fou au point qu'elle obsède vos pensées jour et nuit ? Et puis un jour, sans que vous compreniez pourquoi, elle vous annonce que c'est terminé.

— Je n'ai jamais malmené une femme, moi. Mais on n'est pas là pour parler de moi. Elle était mariée, vous l'étiez aussi. En quoi était-ce difficile à accepter le fait qu'elle voulait mettre un terme à votre relation ? Vous pensiez qu'en la secouant, vous alliez la reconquérir ?

— C'était compliqué, commissaire. Mélanie était compliquée. Elle me rendait fou. Je crois qu'elle n'avait jamais su vraiment ce qu'elle voulait. J'avais parfois l'impression qu'elle jouait avec moi.

— Et que s'était-il passé ensuite dans ce parc ?

— Elle m'avait dit qu'il lui fallait du temps pour réfléchir. Elle m'avait enlacée en me suppliant de partir. C'est ce que j'avais fait.

— Pourquoi avoir utilisé un téléphone jetable pour la contacter ?

— Mettez-vous à ma place ! J'étais marié, je ne voulais pas que son mari tombe un jour sur mon numéro et remonte jusqu'à moi. Si c'était arrivé aux oreilles de ma femme, elle aurait demandé le divorce.

Plus je discutais avec cet homme et plus je commençais à le connaître. Même s'il était innocent, son attitude avec Mélanie me répugnait.

— Elle est belle l'histoire. Vous tombez fou amoureux de cette femme, mais vous n'étiez pas prêt à tout quitter pour elle. Pourtant vous continuiez à la harceler jusqu'à ce qu'elle cède sans vous soucier des conséquences que ça aurait pu avoir sur sa vie à elle, son mariage. Parce que c'est bien de ça qu'il s'agit. Ce jour-là, vous lui aviez envoyé un SMS disant que vous vouliez la voir, alors qu'elle s'y opposait. Vous auriez dû respecter son choix.

J'avais du mal à contenir ma colère et le ton monta. Je ne me rendais même plus compte que Tom tentait de me calmer.

— Même si vous ne l'avez pas tuée de vos propres mains, vous êtes responsable de sa mort. En insistant pour qu'elle se rende au parc ce jour-là, alors qu'elle ne devait pas s'y trouver, vous l'avez condamnée à mort.

Maître Thurieau ne tarda pas à intervenir.

— Doucement, commissaire ! Je vous suggère de vous reprendre. Je vous rappelle que son attitude n'est pas condamnable. Du point de vue pénal j'entends.

— Très bien, poursuivons. Revenons sur ces appels. Vous dites que vous vous fréquentiez depuis le mois d'avril, pourtant on ne retrouve aucune trace d'autres appels durant cette période. Pourquoi ?

— C'était toujours selon la volonté de Mélanie. On avait convenu de se voir toujours le même jour, à la même heure sans que l'un appelle l'autre. Mais lorsque vous dites qu'on se fréquentait, c'est un bien grand mot. Qu'on se voyait serait plus juste. Si je vous disais qu'on a très peu consommé notre relation, vous ne me croiriez même pas.

— Ce que je crois n'a aucune importance. C'est ce que vous voulez nous faire croire qui compte. Car tout ne repose que sur votre témoignage. C'est invérifiable. Vous ne faites que vous décharger sur la malheureuse défunte.

J'eus droit encore une fois à l'intervention de Maître Thurieau.

— Commissaire, vous n'avez pas plus de preuves à apporter pour mettre en doute ses propos.

— Alors, parlons de quelque chose de plus concret. Nous savons que l'ADN de Mélanie se trouve sur tous les foulards qui ont servi à commettre les meurtres. Comment expliquez-vous qu'on y trouve aussi le vôtre ?

Il jeta un œil sur son avocat qui acquiesça d'un signe de tête.

— Je faisais constamment des cadeaux à Mélanie, particulièrement de la lingerie, mais j'en profitais pour y glisser de temps en temps quelques foulards, puisqu'elle avait l'air d'y tenir beaucoup.

— Admettons ! Mais ça n'explique pas comment ces foulards, que vous aviez offerts à votre maîtresse, s'étaient retrouvés autour du cou des victimes.

— Je ne comprends pas non plus. Tout ce que je sais, c'est que Mélanie était instable. Ça ne me surprendrait pas que dans des accès de colère, elle s'en était débarrassée parfois de quelques-uns.

— Je constate que vous ne changez jamais de stratégie, ce ne sont que des spéculations qui visent à vous innocenter. Elle n'est plus là pour le démentir.

Je sentis que son avocat allait me faire une nouvelle réflexion lorsque Simon reprit.

— Il y avait aussi cette dispute dans la rue des coquelicots. Nos querelles avaient commencé dans cette rue peu de temps après notre liaison. C'est d'ailleurs à partir de ce moment-là que tout avait vraiment commencé à partir de travers entre nous. Elle voulait déjà mettre un terme à notre relation, et de rage, elle avait balancé sur moi tout ce que je lui avais offert, foulards y compris.

— Pourquoi ? Pour une dispute ?

— Écoutez, les meurtres, de ce tueur en série que vous recherchez, ont commencé justement quelques semaines après notre rencontre. Et peut-être à cause de ces maudits foulards, elle s'était mis en tête que j'étais ce psychopathe qui avait déjà fait deux victimes. J'avais d'abord pensé que ce n'était qu'un prétexte pour rompre et s'enfuir.

— Et que s'est-il passé ensuite ?

— Je ne voulais pas qu'elle reste sur cette impression. Je lui ai couru après. Je voulais essayer de lui faire comprendre qu'elle se trompait, que je l'aimais et que je ne méritais pas ça.

— Comme c'est romantique. À vous entendre, c'est vous la victime. Et vous l'aviez retrouvée ?

— Oui, mais elle ne voulait rien savoir. Elle m'avait dit exactement la même chose qu'au parc : qu'elle avait besoin de temps pour réfléchir. Elle avait ensuite tenu à rentrer seule. Je l'ai donc laissée partir. Je ne l'ai pas revue le mardi d'après, mais j'avais continué à me rendre à notre rendez-vous habituel dans l'espoir qu'elle revienne. Et c'est ce qui s'était passé. Elle était revenue le mardi suivant, et notre relation avait repris, mais toujours de façon tumultueuse.

— Et que sont devenus les foulards et la lingerie ?

— Je l'ignore. J'étais revenu rapidement sur mes pas, mais tout avait disparu.

— Je vois. Voilà qui nous éclaire un peu plus et vous disculpe totalement. Bien que vous y étiez, on va dire que, par un hasard incroyable, l'étrangleur aux foulards était également passé par là et aura tout raflé.

J'avais bien sûr énoncé cette hypothèse avec un soupçon d'ironie qui avait fait sourciller l'avocat. Simon apporta à nouveau sa version.

— Ou peut-être que cet homme, que Mélanie voulait éviter, nous avait suivis et avait saisi l'opportunité. Je me demande maintenant, si ce n'est pas celui que j'avais aperçu avec elle, un grand type aux cheveux roux. Je l'avais complètement oublié.

— De qui parlez-vous cette fois ?

— C'était tout au début de notre relation. Je m'apprêtais à garer ma voiture dans le parking, lorsque je les ai aperçus. J'avais eu l'impression que leur discussion était assez houleuse. Bien sûr, je lui en avais parlé, mais elle s'était contentée de me dire que ce n'était personne. En y repensant, je crois que c'est à partir de là qu'elle avait commencée à garder ses lunettes et son foulard.

— Et ce même homme vous aura suivi de Grâceville jusqu'au parc et aura attendu que vous partiez pour l'assassiner. Encore un personnage qu'on ne pourra jamais auditionner. On dirait que vous les fabriquez au fur et à mesure pour combler les lacunes.

— Que voulez-vous que je vous dise ?

— Pourquoi pas la vérité ?

— Je vous ai dit la vérité.

— Pourquoi nous avoir caché toutes ces informations lors de votre interpellation ? Pourquoi nous avoir caché que vous connaissiez Mélanie et que vous vous étiez retrouvé au parc avec elle ?

— Lorsque j'ai appris son décès le soir aux infos, j'ai paniqué. J'ai eu peur qu'on me colle ça sur le dos. Depuis que Mélanie me suspectait d'être ce tueur en série, ça me travaillait. Je m'étais dit que si l'assassin avait utilisé ces foulards qu'il avait récupérés, dans la rue des coquelicots, pour tuer Mélanie, j'étais sûr d'être accusé du meurtre. Et au parc, je savais qu'une femme m'avait vu en sa compagnie, mais j'ignorais si elle aurait pu me reconnaître. Je devais donc gagner du temps jusqu'à ce que j'en sois sûr et que le rapport des empreintes génétiques démontre s'il s'agissait bien de mes foulards ou non. J'aurais donné n'importe quoi pour voir, au moins une fois, un de ces maudits foulards pour m'assurer qu'il ne s'agissait pas d'un des miens. C'était devenu une obsession. Mais je savais bien sûr que c'était impossible.

Je fis signe à Tom de cesser l'enregistrement. Un silence pesant venait de s'installer dans la salle. Simon interpréta ce silence qui s'ensuivit comme une remise en liberté inévitable.

— Je suis libre ?

— Peut-être pas tout de suite, non. Maître Thurieau va vous confirmer ce qui va se passer à partir de maintenant. Vous resterez encore ici jusqu'à demain où vous serez entendu par le juge d'instruction qui décidera de la suite à donner à l'affaire. Il y aura probablement une enquête concernant vos emplois du temps les jours des meurtres.

Simon se tourna vers son avocat.

— Vous m'aviez dit qu'ils n'avaient rien contre moi.

— Rassurez-vous, ce n'est qu'une formalité. Je ne vous abandonne pas.

Après que tout le monde soit parti, et Simon remis en cellule, je me rendis dans le bureau du commissionnaire divisionnaire pour lui rendre compte de l'audition de Simon Vasseur, avant de m'apprêter à rentrer chez moi.

— Il est passé aux aveux cette fois ?

— Disons qu'il nous a donné sa version des faits. Il faut dire qu'il a eu tout le temps d'imaginer un scénario crédible que personne ne pourrait contredire.

— Et qu'est-ce que tu en penses ?

— Soit il est diablement malin, soit il nous a dit la vérité. Et tu veux que je te dise ? Je ne crois à aucune de ces deux versions. Demain, il sera entendu par le juge d'instruction. Nous verrons ce qu'il va décider. Je suis fatigué, je te laisse. Je n'ai plus qu'une envie maintenant, c'est de me retrouver dans les bras de ma femme.

***

Linda manifesta encore son enthousiasme après avoir suivi le journal télévisé du soir.

— Je suis fière de toi, mon chéri. Ils ont encore parlé de toi aux infos.

— Je m'en serais passé. Je ne vois pas l'intérêt de mettre des noms en avant. Citer la brigade criminelle suffisait amplement. Ces derniers temps, je fais souvent des cauchemars où quelqu'un tente de s'en prendre à toi et à Jenny.

— Mais ça n'arrivera pas. C'est normal qu'avec toute la tension accumulée pendant une enquête, tu fasses de mauvais rêves. Surtout avec ce tueur en série qui ne s'en prenait qu'aux femmes.

Je la serrais contre moi.

— Tu as sans doute raison.

— Tu crois que ce chauffeur de taxi choisissait ses victimes parmi ses clientes ?

— Je ne sais pas, ce n'est pas impossible. J'espère que le juge d'instruction ne va pas classer l'affaire.

— Que veux-tu dire par là ?

— Vois-tu, il manque un quatrième personnage dans l'histoire. L'analyse des empreintes génétiques prélevées sur les foulards indique que quatre personnes les avaient manipulés. On a identifié celles du chauffeur de taxi, celles de Mélanie et de Rémi, mais il reste encore une empreinte non identifiée. Et tant qu'on n'aura pas retrouvé à qui elle appartient, cette affaire aura un goût d'inachevé pour moi.

— L'essentiel est que le responsable de tous ces meurtres soit arrêté.

— Oui, tout semble l'accuser, c'est vrai. Mais s'il dit la vérité, un dangereux prédateur est encore dans la nature. Ça me fait penser que Mélanie avait peur de croiser quelqu'un lorsqu'elle voyait son amant à Grâceville. Pourtant, elle n'y connaissait personne.

— Dans sa situation, c'était normal, on devient parano et

on se fait des films.

— Peut-être bien. Mais je me demande si Barry ne l'avait pas surprise avec son amant. Il se trouvait à Grâceville à peu près à la même période et il menait une opération de surveillance dans le même établissement que fréquentait Mélanie.

— Eh bien, tu n'as qu'à le lui demander. Je pense qu'il estime suffisamment Mike pour ne pas lui en parler et en rajouter à sa douleur.

— Oui, c'était mon intention. Je voulais l'appeler ce soir, mais je préfère en discuter en tête à tête avec lui demain.

# L'appel

En attendant le transfert de Simon Vasseur devant le juge d'instruction, je m'entretenais avec Henry sur l'avancée de son affaire du sans-abri égorgé, lorsque Bernard fit irruption dans mon bureau.

— Une personne vient d'appeler, Jack, elle voudrait que tu lui rendes une petite visite.

— J'ai à faire aujourd'hui. Rappelle-la, s'il te plait, et demande-lui de passer à la brigade !

— C'est qu'elle est assez âgée et elle ne veut parler qu'à toi.

Je fixai Bernard d'un air pensif avant de me prononcer.

— OK, j'y passerai dès que possible. Laisse-moi son nom et son adresse !

— C'est qu'elle ne m'a donné que son nom, elle a dit que ça suffirait.

— Très bien, qui est-ce ?

Il lut un nom griffonné sur un bout de papier.

— Il s'agit de madame Bernstein.

Pressentant la raison de cet appel, je me levai et me dirigeai vers Bernard.

— Oui, je la connais. Je lui avais demandé tantôt de m'appeler si elle avait des révélations à me faire. Elle a donné des précisions ?

— Non, juste qu'elle avait des choses importantes à te

dire.

— Très bien, je vais aller la voir.

***

Pendant le trajet, je repensais à l'échange que j'avais eu avec elle le jour où Rémi Chaillard venait d'être assassiné. Elle avait prétendu ne pas avoir reconnu l'individu qu'elle avait vu rôder près du domicile de Rémi Chaillard. Je me demandais si elle n'allait pas revenir sur ses déclarations en reconnaissant m'avoir menti. En apprenant l'arrestation du chauffeur de taxi aux infos, cela l'aura probablement encouragée à se confier. Et si elle avait reconnu le mystérieux individu en la personne de Simon Vasseur, son témoignage pèsera lourd dans le procès. Je n'allais pas tarder à en avoir le cœur net.

***

Madame Bernstein n'était plus la femme craintive que j'avais connue et qui se tenait à distance derrière sa porte. Son visage était détendu et c'est avec un grand sourire qu'elle m'invita à entrer chez elle.

— Venez, commissaire ! J'ai à vous parler.

Son mari était assis dans son fauteuil roulant et referma un journal lorsque je pénétrai dans le salon. Derrière ses lunettes aux verres épais comme des fonds de bouteilles, il fit un mouvement de la tête que j'interprétai comme un bonjour. Il semblait surpris de ma présence.

— Je vous sers quelque chose à boire, commissaire ?

— Non, merci, c'est gentil.

— Même pas un petit café ? J'en ai préparé en attendant votre arrivée.

— C'est que je ne dispose pas de beaucoup de temps. Vous aviez des choses à me dire, madame Bernstein ?

— Oui. Je vous en prie, asseyez-vous au moins !

Elle ne semblait décidée à parler que si elle me voyait assis. Ce que je fis en m'imitant aussitôt.

— Je suis soulagée, vous savez, de savoir ce criminel en prison.

— Oui, je m'en doute, comme beaucoup de monde. Mais pour être plus précis, il n'est qu'en détention provisoire pour le moment en attendant le procès.

— Aux infos, ils ont dit qu'il s'agissait d'un chauffeur de taxi.

— Oui, c'est exact.

— Ils ont dit aussi que le locataire qui a été assassiné dans la maison voisine… comment s'appelait-il encore ?

Elle effleura son front du bout des doigts. Je vins à son secours.

— Rémi Chaillard.

— Voilà, monsieur Chaillard. Ils ont dit qu'il était probablement un complice de l'étrangleur aux foulards et que ce dernier l'avait tué pour mettre tout le monde sur une fausse piste.

— Vous avez bien suivi l'affaire, madame Bernstein. Si vous me disiez maintenant où vous voulez en venir.

— Si je vous dis cela, c'est pour une raison bien précise. Comment vous dire ? Le jour où vous étiez venu me trouver après l'assassinat du locataire, je vous avais dit avoir aperçu un individu près de la maison et que je ne l'avais pas reconnu. Eh bien, c'était faux. Je vous avais menti.

— Ce n'est pas bien de mentir à la police, madame Bernstein. Mais je vais vous avouer que je m'en doutais un peu. De toute façon, on ne peut plus revenir en arrière, n'est-ce pas ? Donc, si vous en veniez aux faits.

Pour gagner du temps et pour satisfaire ma curiosité grandissante, je posai une question directe.

— Il s'agissait de ce chauffeur de taxi ?

— Non, justement, c'est bien pour ça que je suis soulagée.

Surpris, je posai le coude sur la table en portant le poing au menton.

— Vous savez, à la réflexion, je veux bien prendre un café.

— Oh, bien sûr.

Comme si elle n'avait attendu que ça, elle se leva aussitôt. Je la soupçonnais maintenant de distiller ses informations au compte-gouttes jusqu'à ce que je me décide à l'accepter. Pendant qu'elle me servait, je tournai la tête vers son mari qui me fixait étrangement. J'avais l'impression qu'il se demandait qui j'étais et ce que je voulais. Je me souvins que sa femme m'avait précisé qu'il était sourd comme un pot. Je fis un simple hochement de tête.

Après m'avoir servi, madame Bernstein reprit.

— Où en étais-je encore ?

— Vous disiez être soulagé de savoir qu'il ne s'agissait pas du chauffeur de taxi. Là, je dois admettre que je ne vous suis plus.

Son témoignage étant d'une extrême importance, je pris le temps de l'écouter.

— Voilà où je voulais en venir. Si ce chauffeur de taxi avait tué son complice, monsieur Chaillard, ça signifie que le rôdeur, que j'avais vu, n'avait rien à voir avec toute cette histoire. Ce n'était qu'une pure coïncidence qu'il se trouvait là et je n'ai donc plus de raison d'en avoir peur.

— Certainement.

Je ne voulais pas l'affoler en lui disant qu'il y avait tout de même une petite chance que Simon Vasseur ne soit pas l'étrangleur aux foulards. Ce qui sous-entendrait que l'individu, qui rôdait près de la maison, pouvait très bien être le véritable tueur en série. J'attendais avec impatience sans la brusquer qu'elle me révèle enfin son identité.

— Je dois vous dire que je ne vous avais pas menti sur toutes mes déclarations. Ce jour-là, il est exact que je n'avais pas mes lunettes lorsque j'ai aperçu monsieur

Malher, le propriétaire de la maison.

— Le propriétaire ? Vous en êtes sûre ?

— Tout à fait !

— Pourtant, vous m'aviez dit être myope. Comment pouvez-vous être certaine de l'avoir reconnu sans porter vos lunettes ?

— Tout simplement parce que je le connais suffisamment bien pour m'en passer. Ce n'était pas la première fois qu'il venait rendre visite à madame Lehmann. Il disait qu'une personne de son âge devrait occuper un logement plus décent et avait quelque chose à lui proposer. Mais elle avait toujours refusé de partir. C'est un homme bon. Il venait même souvent me voir pour que j'essaie de la convaincre de changer d'avis. C'est que madame Lehmann était très têtue.

— Pardon, madame Bernstein, mais il y a quelque chose qui m'échappe. Vous dites que le propriétaire de la maison est bon, et pourtant, vous en aviez eu peur au point de me mentir. Avouez que c'est curieux !

— C'est parce que je ne vous ai pas encore tout dit. Ce n'était pas de lui que j'avais peur, mais de l'autre.

— Quoi ? Ils étaient deux ?

— Oui, enfin l'autre était arrivé peu de temps après. Peut-être s'étaient-ils même croisés ? Voyez-vous, lorsque j'ai aperçu le propriétaire, je suis partie aussitôt chercher mes lunettes. Et comme d'habitude, je ne savais plus où je les avais fourrées. J'ai mis un certain temps pour les trouver et lorsque je suis revenue devant ma fenêtre, quelle ne fut pas ma surprise de constater que ce n'était plus monsieur Malher qui était là, mais quelqu'un d'autre. Par contre, lui, je ne connais pas son nom.

— Peut-être s'agissait-il du même individu que vous aviez pris pour le propriétaire, non ?

— Non, je suis sûre et certaine d'avoir reconnu monsieur Malher, sinon pensez-vous, je ne serais jamais revenue devant la fenêtre. Et puis l'autre était d'un gabarit autrement plus imposant.

— Vous vous rendez compte, madame Bernstein, que vous m'aviez caché une information d'une importance capitale ?

— J'avais peur, que voulez-vous que je vous dise. Je sais que ce deuxième type m'avait vue. Il m'observait. Son regard était empli de colère. Mon mari est handicapé et nous sommes vieux. Nous ne voulions pas être mêlés à ça.

— Bon, passons ! L'aviez vu entrer dans la maison ou en sortir ?

— Non, je l'avais vu simplement venir de l'arrière de la maison. Lorsqu'il m'avait repérée, ça m'avait fait peur et je m'étais rapidement éloignée de la fenêtre.

— C'est compréhensible. Aviez-vous eu le temps de voir s'il y avait un véhicule devant la maison ? Je veux dire autre que celui de Rémi Chaillard.

— Je ne pourrais pas vous dire. Tout avait été si vite.

— Oui, bien sûr. Mais il y a décidément quelque chose que je n'arrive pas à comprendre. Si vous n'aviez peur que du second individu, pourquoi ne pas m'avoir parlé au moins du propriétaire ?

— Pour une raison toute simple : j'ignorais si monsieur Malher l'avait également aperçu. Si c'était le cas, vu qu'il connaissait ce type, il vous en aurait parlé, vous auriez été le trouver et il aurait tôt fait d'en déduire que c'était moi qui l'avais dénoncé.

— Je vois. Dans ce cas, il ne me reste plus qu'à me renseigner auprès de monsieur Malher en espérant qu'il ait eu le temps de l'apercevoir. Vous n'auriez pas son numéro de téléphone des fois ?

— Oh mais si, attendez.

Elle se leva et se dirigea vers la table basse du salon où elle décolla un post-it. Tout en revenant, elle reprit :

— Il me l'avait donné pour que je l'appelle au cas où il arriverait quelque chose à madame Lehmann. Tenez, je n'en ai plus besoin maintenant.

— Merci, mais dites-moi, comment savez-vous que le propriétaire le connaissait ? Vous les aviez déjà vus ensemble auparavant ?

— Une fois seulement. C'était le jour où cette pauvre madame Lehmann est morte. Monsieur Malher discutait avec lui. Et il était resté là jusqu'à ce que le SAMU ait emporté le corps de cette malheureuse.

— Attendez ! Je me souviens m'être arrêté en voiture ce jour-là. Il y avait beaucoup de monde. Les gendarmes, les médecins-secouristes, des badauds, et le propriétaire aussi. Enfin, en ce qui le concerne, je n'ai su que plus tard qu'il s'agissait de lui. Donc, ce deuxième individu connaissait déjà les lieux.

— Vous savez commissaire, vous aussi, je vous ai vu une fois discuter avec lui.

Je tombai des nues.

— Quoi ? À quelle occasion ?

— Le jour du décès du nouveau locataire. D'ailleurs, peu de temps avant que vous veniez frapper à ma porte.

Un évènement, survenu ce jour-là, refit surface.

— Voilà qui explique maintenant pourquoi vous aviez fermé vos volets en plein jour : vous l'aviez reconnu.

— Oui.

— Vous auriez vraiment dû m'en parler à ce moment-là, madame Bernstein. Je comprends que vous ayez eu peur d'éventuelles représailles, mais vous auriez dû faire confiance à un policier.

— Pourquoi ? Il est policier lui aussi. Gendarme, du moins. C'est pour cette raison que je ne vous faisais pas confiance.

— Gendarme ? Je ne comprends plus rien. Vous pouvez me le décrire maintenant ?

— Très grand, les cheveux roux. Il était en civil, mais je l'avais reconnu.

Je n'arrivais pas à croire ce que j'entendais. Madame

Bernstein était tout bonnement en train de me décrire Barry. J'en arrivais à douter qu'elle ait réellement vu quelqu'un. Il est vrai qu'il était en civil ce jour-là, mais dans mon souvenir, il était venu me rejoindre sur ma demande bien après qu'elle eut aperçu ce mystérieux individu. Si Barry était bien venu avant comme elle le prétend, pour quelle raison serait-il parti sans m'attendre sur place ? Il devait forcément y avoir une erreur.

— Vous êtes consciente que ce que vous me dites est très grave, madame Bernstein ? Je suis obligé de vous reposer la question. Vous êtes bien sûre d'avoir reconnu ce gendarme comme étant la personne qui rôdait autour de la maison après que le propriétaire soit parti ?

— Je vous l'ai dit, je suis certaine que c'était lui. Pourquoi croyez-vous que j'ai mis tout ce temps pour vous en parler ? Mon mari et moi ne voulions pas d'histoire.

J'aurais voulu continuer d'insister jusqu'à lui faire admettre qu'elle s'était trompée, que c'était impossible qu'il s'agisse de ce gendarme en particulier. Mais curieusement, je n'y arrivais plus. C'était comme si une porte venait de s'ouvrir et me donnait maintenant accès à toutes les informations que j'avais inconsciemment enfouies dans mon esprit. J'avais cette étrange impression que tout se mettait en place : l'étrangleur aux foulards connaissait Rémi ; Barry connaissait Rémi ; tous trois connaissaient Grâceville ; Barry était le seul à savoir que je soupçonnais Rémi d'être le tueur en série ; Rémi a été abattu par l'étrangleur aux foulards. Comme une espèce de syllogisme à multiples branches, la conclusion m'effrayait. Et plus j'y pensais, plus la lumière se faisait maintenant sur d'autres zones d'ombres. Je devais tirer ça au clair. Un tête à tête avec lui s'imposait avant que je ne prenne une décision qui ne me réjouissait pas.

Je l'appelai aussitôt après avoir pris congé de madame Bernstein.

— Oui, Jack, je suppose que tu veux me parler de l'arrestation de l'étrangleur aux foulards. Je l'ai appris aux infos.

— Oui, et de bien d'autres choses encore.

— Il me tarde de connaître toute l'histoire. Le plus important est que l'assassin de Mélanie va payer pour ses crimes. Elle pourra reposer en paix maintenant.

— Encore faut-il être sûr qu'il s'agisse bien du tueur en série. Si tu venais me rejoindre pour en discuter ?

— Je ne comprends pas. Que se passe-t-il, Jack ? Le son de ta voix me paraît étrange.

— Eh bien, viens l'écouter de plus près ! Je t'attends dans la rue Faurnel. Tu ne devrais pas avoir du mal à la trouver, tu es un familier de cette rue.

— Écoute, là tout de suite, je ne peux pas, je suis en service. Je te rappellerai plus tard si tu veux.

Je durcis le ton.

— Je te conseille de me rejoindre maintenant, Barry. Je ne plaisante pas. Ne m'oblige pas à demander une commission rogatoire.

Un long silence s'installa avant qu'il ne réponde sur un ton résigné.

— Je crois comprendre. D'accord, j'arrive.

# Départ suspect

J'attendais Barry à l'arrière de la maison, à l'abri d'oreilles indiscrètes. Tant que je ne connaissais pas son degré d'implication dans cette affaire, j'avais besoin d'entendre seul ses explications. Il fit rapidement son apparition dans son uniforme bleu, ce qui était plutôt de bon augure. Ça sous-entendait qu'il n'avait pas cherché à m'esquiver. Il était bel et bien en service. Il n'avait pas perdu de temps pour aborder le sujet.

— Je suppose que tu ne m'as pas donné rendez-vous ici par hasard. J'en déduis que madame Bernstein t'a fait des confidences.

L'évidence était flagrante, je n'éprouvais pas le besoin de confirmer ses doutes.

— Je te conseille d'être convaincant, Barry.

— C'est vrai, je suis passé voir Rémi avant ton arrivée et celle de la police scientifique. Mais ce n'était pas pour les raisons que tu crois.

— Et qu'est-ce que je crois ?

— Que j'ai quelque chose à voir avec sa mort !

— Et c'est le cas ?

— Bien sûr que non, Jack. Bien que mon comportement soit suspect, je te demande de me faire confiance.

— C'est drôle comme tout le monde veut que je prenne pour argent comptant toutes leurs déclarations. Ça ne me plaît pas ce que je vais te dire, Barry, mais je ne vois personne d'autre maintenant, à part toi, qui aurait pu le tuer et effacer les empreintes sur la porte. Tout avait été beaucoup trop vite. Tu étais la seule personne à qui j'avais parlé de Rémi et que je soupçonnais d'être l'étrangleur aux foulards. Et dire que, sans doute par excès de confiance, ça ne m'était même pas venu à l'esprit.

— Tu fais erreur, Jack. Je ne sais pas de quelles empreintes tu parles. Je suis prêt à me soumettre à un prélèvement d'ADN si tu le souhaites.

— Ne joue pas à ce jeu-là avec moi, Barry. Tu sais très bien comment éviter de laisser des traces.

— Je ne sais pas comment te convaincre, Jack. Tout ce que je peux te dire, c'est que j'avais aperçu le propriétaire quitter les lieux.

— Inutile de mêler monsieur Malher à ça. Il était bien passé, mais en ce qui le concerne, sa présence était tout à fait normale puisque c'est le propriétaire. Il venait déjà régulièrement voir feu madame Lehmann. C'est ton attitude qui n'était pas normale.

— Quel intérêt aurais-je eu à tuer Rémi ?

— Peut-être pour l'empêcher de te dénoncer et en passant, faire croire à tout le monde qu'il était le tueur en série. Tu faisais ainsi d'une pierre deux coups.

— Regarde-moi dans les yeux, Jack, et dis-moi que tu me crois capable d'avoir tué Mélanie ?

— Pourquoi pas ? C'est après ton divorce que les meurtres ont commencé. Qu'est-ce qui s'était passé avec elle ? Elle avait refusé tes avances ?

— Quoi ? Mais qu'est-ce que tu racontes ?

J'eus spontanément l'idée de tenter un coup de bluff basé sur le témoignage du chauffeur de taxi.

— Tu avais été aperçu en compagnie de Mélanie à Grâceville. Et d'après ce que j'ai compris, la discussion n'était pas très amicale.

Mon bluff avait marché. Sur ce point-là au moins, Simon avait dit la vérité.

— Oui, mais je l'avais rencontrée tout à fait par hasard, alors que je me rendais une fois de plus en civil, au café « Le cheval blanc », pour mener une opération de surveillance en coopération avec la gendarmerie de Grâceville. Je te l'avais dit.

— Oui, mais j'ignorais un détail : ça signifie que tu étais donc passé plusieurs fois devant la rue des coquelicots.

— Oui, naturellement. Qu'y a-t-il d'étrange ?

— C'est impressionnant comme tout se recoupe. C'est dans cette rue que Mélanie avait jeté de colère tous les foulards que lui avait offerts son amant. Tu aurais très bien pu les surprendre et les ramasser.

— Mais de quoi est-ce que tu parles ? Je ne comprends rien à ce que tu me racontes.

— Moi, j'y vois la raison de me cacher la présence de Mélanie à Grâceville. Tu aurais été obligé de citer cette rue où les foulards avaient été subtilisés. Mais je serais curieux d'entendre ta version.

— Mets-toi à ma place, Jack, c'était il y a plusieurs mois. Je n'en revenais pas d'être tombé sur Mélanie. C'était la dernière personne que je m'attendais à voir. Elle aussi, était tout autant surprise de me voir, à la différence que ça l'avait mise mal à l'aise. J'avais vite compris qu'elle attendait quelqu'un. Elle ne me l'avait pas avouée ouvertement, mais elle m'avait fait promettre de ne rien dire à Mike quant à sa présence à Grâceville. Même si j'étais mal placé pour lui donner ce genre de conseil, je lui avais demandé de ne pas faire de crasse à Mike. Je ne m'étais pas attardé plus que ça, on m'attendait. Ensuite, je ne l'avais plus revue.

— C'était donc bien sur toi qu'elle craignait de tomber. Mais rien ne dit que tu n'avais pas essayé de profiter de la situation.

— Comment ça ?

— Tu l'avais fréquentée avant qu'elle n'épouse Mike, non ? À cette époque, tu l'avais déjà eu en travers de la gorge lorsqu'elle t'avait quitté pour lui. Et lorsque Beth t'a laissé tomber, tu as vu là un moyen de la récupérer en la faisant chanter. Tu l'avais certainement menacée de raconter à Mike ses escapades amoureuses à Grâceville si elle ne cédait pas à tes avances, mais elle t'avait résisté.

— Il y a une part de vérité dans ce que tu dis, mais tout le reste est entièrement faux. Je tenais à Mélanie, c'est vrai. Elle aurait fait tourner la tête à n'importe quel homme. Mais c'était il y a plus de quinze ans. Personne ne le sait, mais contrairement à ce que tu crois, elle ne m'avait pas quitté pour Mike. C'est moi qui l'avais mise dans ses bras. À contrecœur, c'est vrai, mais c'était moi.

— Pourquoi ?

— Après son divorce avec Shirley, il était si malheureux que j'avais eu peur qu'il fasse une connerie. Je m'étais dit que Mélanie pourrait lui redonner goût à la vie. De toute façon, notre relation battait déjà de l'aile au bout de quelques semaines, elle s'était vite rendu compte que je n'étais pas fait pour elle. C'était une chic fille, Jack. Vraiment pas la fille à coucher dès le premier soir. Tout le contraire de ce que j'étais. Mike ignorait que je l'avais fréquentée, ils ne s'étaient jamais vus. Je m'étais donc arrangé pour qu'ils se rencontrent et ça avait matché. Il m'avait sauvé la vie, je lui devais bien ça. Je ne lui aurais jamais fait de crasse, tu le sais.

— Non, je ne sais rien justement.

Il commença à tambouriner sa poitrine en hurlant.

— Regarde-moi, Jack ! C'est moi, Barry.

Je répliquai sur le même ton.

— Non, ce n'est pas le Barry que j'ai connu. Le Barry que j'ai connu ne m'aurait jamais menti ou caché des informations. Mais tu as bien changé depuis, tu es passé maître dans l'art du mensonge. Tu as eu de l'entraînement avec Beth. Et pas seulement avec elle. Si tu me parlais de Christina, Barry, ou peut-être devrais-je t'appeler Franck ? Avant de t'appeler, je venais de comprendre que l'amant que je cherchais depuis son agression, c'était toi. Elle aussi, tu avais toutes les raisons de vouloir la tuer. Une fois qu'elle avait appris que tu étais mariée, elle voulait te le faire payer en allant tout raconter à Beth. Christina avait confié à une amie que tu l'avais menacée de la tuer si elle faisait ça.

— C'est vrai, je l'avais un peu secoué et proféré ces menaces, mais c'étaient des paroles en l'air. Je voulais simplement lui faire peur.

— Pourtant, cette accusation que lui avait faite l'étrangleur aux foulards : « Tout est de ta faute », résume parfaitement ta situation. Tu voyais en elle la responsable de ton divorce. Tu avais prémédité de la tuer, mais peut-être qu'au dernier moment, tu n'avais pas pu passer à l'acte. Ce qui expliquerait que ce soit la seule qui avait survécu. Ça avait été beaucoup plus facile avec Rémi, n'est-ce pas ?

— Je n'ai pas tué Rémi, ni qui que ce soit d'autre, Jack. Je serais incapable de faire du mal à une mouche. Ce jour-là, j'étais venu dans la rue Faurnel, uniquement sur ta demande pour te livrer les informations que j'avais pu obtenir sur les agissements de Rémi Chaillard. Je me doutais que tu étais encore sur la route, mais je pensais au moins déjà y trouver des hommes à toi. J'étais peut-être venu un peu trop vite, il n'y avait personne.

— Et tu veux me faire croire que c'est pour les trouver, que tu t'es rendu à l'arrière de la maison, alors que l'absence de véhicules t'indiquait déjà qu'il n'y avait personne. Et ça n'explique pas pourquoi tu étais parti, puis revenu plus tard, alors qu'il t'aurait suffi de les attendre sur place.

— Vois-tu, Jack, une fois que je me suis trouvé devant la demeure de Rémi Chaillard, il s'est passé quelque chose en moi que je ne contrôlais plus et qui prenait le pas sur mon métier. La colère avait commencé à monter. C'était même beaucoup plus que de la colère, c'était de la rage. Une rage destructrice qui dictait ma conduite. Il y avait dans cette maison l'assassin de Mélanie et de toutes ces victimes innocentes. Il avait brisé la vie de Mike et osé s'en prendre à Christina. Je voulais lui donner une leçon avant qu'il ne soit emprisonné. C'était si simple, je n'avais qu'à pousser la fenêtre de la cuisine à l'arrière pour entrer. Je savais évidemment, pour y être déjà venu pour madame Lehmann, qu'elle ne fermait plus. J'avais du mal à contrôler mes pulsions, mais je me suis repris. Je n'avais bien sûr pas le droit de saboter ton enquête. C'est pour ça que je suis parti. Il fallait absolument que je quitte cet endroit pour me calmer. À ce moment-là, je n'avais encore aucune raison de m'inquiéter de la présence de madame Bernstein à la fenêtre, puisque je n'avais fait de mal à personne.

— Alors, pourquoi ne pas me l'avoir dit après être revenu ?

— Je n'avais peut-être pas fait le bon choix, mais j'avais réagi sur l'impulsion du moment. Qu'aurais-tu fait à ma place, Jack ? Tu m'annonces que Rémi a été tué, alors que je m'y trouvais à ce moment-là. Madame Bernstein m'avait vu quitter les lieux, et après ce que tu venais de m'annoncer, ça pouvait se retourner contre moi. Elle allait certainement témoigner m'avoir vu et j'aurais pu être accusé du meurtre. J'espérais juste qu'elle ne m'avait pas reconnu en civil. Après tout, elle ne m'avait vu que deux fois, dont une lors du décès accidentel de madame Lehmann et j'étais en uniforme. Rajoute à ça que j'étais l'amant de Christina qui s'était fait, elle aussi, agresser par l'étrangleur aux foulards, et je devenais subitement un potentiel suspect. Je n'avais bien sûr rien à me reprocher, j'aurais même été rapidement innocenté, mais pour mon image, je n'aurais pas voulu me retrouver au cœur d'une enquête. Je n'aurais jamais pensé qu'un simple aller-retour, à l'arrière de la maison, allait provoquer tout ce remue-ménage. Je ne t'ai jamais vraiment menti, Jack. Si tu m'avais posé des questions comme aujourd'hui, je t'aurais dit la vérité.

— Ça ne me dit toujours pas où tu étais parti.

— Chez Mike. J'avais saisi l'occasion pour lui rendre visite à nouveau. J'avais toujours peur qu'il fasse une connerie. Il était toujours affalé dans son canapé à ne rien faire d'autre que boire. Je voulais le réconforter, lui dire que ça y est, tu avais enfin réussi à coincer ce salaud et qu'il allait payer pour ses crimes. Mais je ne l'avais pas fait, il fallait d'abord en être sûr. Et puis, c'était à toi de le lui annoncer le moment venu. Ensuite, je suis venu te retrouver. Voilà où j'étais passé. Tu pourras vérifier, tu n'auras qu'à le lui demander.

— Je le ferai.

J'avais répondu presque sans réfléchir. Pourtant, une partie de moi avait envie de lui faire confiance. Peut-être étais-je aveuglé par l'amitié qui nous liait depuis si longtemps. Je ressassais tout ce qu'il venait de m'avouer pour y trouver une incohérence, une faille, qui le prendrait en défaut. Et puis soudain, ce fut le déclic.

Avec la paume de ma main, je me donnai un violent coup sur le front.

— Comment est-ce que ça a pu m'échapper ?

— Que dis-tu, Jack ? Que se passe-t-il ?

— Tu viens peut-être de te racheter, Barry. Il faut que j'en aie le cœur net. J'ai des coups de fil à donner. Je t'expliquerai.

Tout en quittant les lieux, je saisis mon téléphone portable. Le premier appel fut pour le lieutenant Tannen qui décrocha rapidement.

— Tom, trouve-moi tout de suite l'adresse de monsieur Malher, le propriétaire de la maison de la rue Faurnel. Rappelle-moi dès que tu l'auras.

— D'accord !

J'étais tellement concentré sur l'autre appel à effectuer que j'en avais oublié l'essentiel. Je reportai rapidement le portable à mon oreille.

— Tom ?

— Oui ?

— Rudy se trouve avec toi ?

— Non.

— Appelle-le, demande-lui de se tenir prêt à te suivre ! Une fois que tu m'auras donné l'adresse de monsieur Malher, vous m'y rejoindrez aussitôt ! On va arrêter l'étrangleur aux foulards.

— Quoi ? C'était le proprio, Jack ?

En guise de réponse, je réitérai l'ordre en durcissant le ton.

— Fais ce que je te dis, Tom. Trouve-moi cette putain d'adresse !

# L'arrestation

Je fis signe à Tom et Rudy de rester en retrait à proximité des véhicules. Avant son arrestation, j'avais besoin de m'entretenir seul avec lui. J'avais besoin de comprendre. J'avais un besoin viscéral d'avoir des réponses, là, tout de suite. Comment peut-on en arriver à une telle folie meurtrière ?

Il sortit tout naturellement de chez lui, les bras ballants, l'air résigné à me suivre, en tenant négligemment de la main droite sa veste en jean. Il se positionna sur le perron, tandis que je m'arrêtai devant les quelques marches qui nous séparaient. Il ne prêta même pas attention aux deux officiers derrière moi. Je le dévisageai quelques instants sans rien dire, l'esprit embrouillé par les milliers de questions qui demandaient des réponses. Mais avais-je vraiment envie de les entendre ? Y avait-il des réponses acceptables pour justifier tant de folie ?

Un flot de questions s'échappa pourtant de ma bouche malgré moi.

— Pourquoi, Mike ? Pourquoi Mélanie ? Pourquoi toutes ces femmes ?

— Tu ne pourrais pas comprendre, Jack. Tu te souviens de nos rêves d'adolescents ? Ces rêves que nous avions tous les trois de devenir flics. Nous nous prenions pour des justiciers et nous avions juré de ne jamais nous séparer.

— Nous étions des gamins, Mike. Quel est le rapport avec tout ça ?

Il poursuivit sans tenir compte de ma question.

— Nous voulions nous marier, fonder une famille.

Il leva la voix en frappant sa poitrine de la main gauche.

— Et moi, qu'est-ce que j'ai eu de tout ça, hein ? J'ai échoué aux examens de police sous prétexte que j'étais trop impulsif. Qui étaient-ils pour me juger ? Que savaient-ils de ce dont j'étais capable de faire ? J'étais prêt à risquer ma vie pour sauver celle des autres. Ils vous jugent sans même savoir et vous brisent d'un simple claquement de doigts. Et je ne te parle même pas de ma vie personnelle. Le seul bonheur que j'ai eu, ça avait été de connaître Mélanie. Et même ça, elle me l'a enlevé en nouant une idylle avec ce chauffeur de taxi.

Il leva les yeux au ciel en laissant exploser son amertume qui modifia les traits de son visage.

— On m'a même refusé le droit d'avoir des enfants.

— Ce n'était la faute de personne, Mike. Il y avait d'autres moyens d'en avoir.

Ma réaction ne fit qu'exacerber sa colère.

— C'est facile pour toi de dire ça.

Il posa la paume de sa main sur la poitrine.

— Je voulais un enfant qui soit de moi, qui me ressemble. Tu peux comprendre ça ? Mais Mélanie ne me l'avait jamais pardonné. J'avais commencé à avoir des soupçons sur elle. C'est grâce à Rémi que j'ai appris qu'elle voyait quelqu'un tous les mardis à Grâceville.

Il répéta le jour en reprenant un de ses dictons.

— Tous les mardis. Comme c'est ironique, hein, Jack ? Mardi bleu, ouvre bien les yeux. On dirait presque qu'elle a choisi ce jour par provocation.

— Elle ne méritait pas de mourir, Mike. Aucune des femmes que tu as tuées ne méritait ça.

— Comme ça te va bien de la défendre. Tu as Linda, tu as

Jenny. Tout va bien pour toi. Tu ne sais pas ce que ça fait de voir ta femme changer chaque jour un peu plus, la voir prendre chaque jour un peu plus de distance. Tu ne sais pas ce que c'est que de tomber un jour sur de la lingerie et d'autres articles, comme ces maudits foulards, que tu n'as jamais vus et dont tu ignores l'origine. Elle m'a fait subir la pire des humiliations qu'un homme peut endurer.

— Elle était perdue. Tout le monde peut faire des erreurs. Tu portes certainement une part de responsabilité, Mike. Dans une relation, on se doit d'être honnête. Dès le départ, tu aurais dû clarifier les choses sur ta stérilité et sur le fait que tu ne voulais pas adopter d'enfants. Mais tu avais peur que votre relation n'aille pas plus loin. Tu n'as toujours pensé qu'à toi. Malgré tout, par amour, Mélanie s'était résignée à ne jamais être mère et était restée avec toi toutes ces années. C'est ton égoïsme qui est la cause de tout ce gâchis.

Il baissa la tête et garda le silence.

— Quand on ne peut plus recoller les morceaux dans un couple, on se sépare, Mike. Ce n'est pas plus compliqué que ça.

Il trouva là une occasion de légitimer ses actes.

— Elle aurait dû y penser avant de fricoter avec ce chauffeur de taxi.

La colère me saisit.

— Elle a sacrifié sa vie de femme pour toi, ça ne compte pas ça ? Que lui as-tu offert en retour ?

— Je savais bien que tu ne comprendrais pas, Jack. Tant qu'on n'est pas passé par là, on ne peut pas savoir ce qu'on ressent. C'est comme un feu qui brûle dans nos veines et qui nous consume de l'intérieur.

— Et c'est de cette façon que tu comptais l'éteindre ? En assassinant toutes ces femmes ? Où est passé ce sens de la justice que tu prétendais avoir ?

Sa folie transpirait maintenant par chaque pore de sa peau.

— Je n'ai pas tué toutes ces femmes, Jack. C'était Mélanie que je tuais, encore et encore.

Dans une espèce de transe, il effleura des doigts son visage.

— Elles lui ressemblaient toutes.

— Tu es devenu fou, Mike, fou à lier. Mais tu ne pourras pas plaider la folie. Tu étais assez lucide pour planifier tous ces meurtres depuis longtemps. Tu ne pouvais pas tuer Mélanie tout de suite. On aurait tôt fait de te suspecter si on avait appris que ta femme avait un amant. Il te fallait créer ce tueur en série pour justifier plus tard le meurtre de Mélanie. Bien sûr, ça devait commencer à Grâceville parce que son amant y vivait. Avec son ADN sur tous les foulards, il faisait un coupable parfait. C'est la raison pour laquelle tu laissais ces foulards compromettants sur les victimes.

— Oui, mais ça ne suffisait pas pour le commissaire Lewis. Pas plus que les preuves qui accablaient Rémi. Ce n'était jamais assez pour toi, hein, Jack ? Il fallait que tu fouilles toujours plus loin.

Je ne tins pas compte de sa remarque.

— Si tu me disais comment tu as connu Rémi, maintenant !

— T'es un bon flic, Jack. Tu mérites de tout savoir. Il faisait toujours des histoires pour tenter d'entrer dans la discothèque, « Le carrousel », où j'y travaillais comme vigile le week-end. Il était toujours sous héroïne et s'était attiré la haine de mes collègues. Un jour, ils m'ont dit qu'ils voulaient lui donner une leçon. J'avais réussi à les en dissuader. Moi, j'avais pris le temps de discuter avec lui et il m'avait raconté les drames de sa vie : le chômage, le divorce, la mort de sa fille, sa descente aux enfers. Petit à petit, je voyais en lui un complice parfait. Il connaissait Grâceville, ma femme ne l'avait jamais vu, il pourrait la surveiller et la suivre où qu'elle aille. Je paierais son essence et ses boissons. Pour arriver à gagner sa confiance, il m'avait suffi de le laisser entrer quelquefois dans la discothèque en lui faisant promettre de bien se comporter. Il avait tenu parole. Avec mes collègues, ça ne se passait pas aussi bien. J'avais commencé ensuite à financer sa consommation d'héroïne. À partir de ce moment-là, j'étais devenu son seul ami, son dieu. J'aurais pu lui demander n'importe quoi, il l'aurait fait sans hésiter, sans jamais poser de questions. C'est grâce à lui que j'ai appris que Mélanie partait quelquefois en taxi avec une autre femme. Je n'avais pas mis longtemps à comprendre qu'il s'agissait de Beth. Rémi avait été jusqu'à les suivre à Grâceville. Pour mener à bien mon plan, j'avais besoin de connaître toutes les habitudes de Mélanie et de son amant. Mais surtout, pour incriminer plus tard Simon, je devais trouver un moyen de lui subtiliser les foulards qu'il lui avait offerts. Ils contenaient son ADN. Peu importe que celui de Mélanie s'y trouvait également depuis le départ. Au contraire, ça prouvait une complicité avec le tueur et il n'y aurait rien eu de surprenant à ce qu'il ait décidé de la supprimer.

— Comment t'étais-tu procuré les foulards ? Tu ne pouvais pas les voler toi-même dans les affaires de Mélanie, elle s'en serait aperçue et tu étais le seul qui aurait pu les prendre.

— C'était tout ce qu'il y avait de plus simple. En cela, Rémi m'avait bien servi. Tous les mardis, en la ramenant à Antalville, Simon avait pris l'habitude de la déposer toujours au même endroit pour ne pas se faire remarquer. Un jour, j'avais chargé Rémi de lui voler son sac.

Un souvenir jaillit de ma mémoire.

— Cette fameuse agression dont elle m'avait parlé après être rentrée de Grèce. On lui avait volé son sac cabas quelques mois plus tôt. Elle n'était pas partie faire du shopping comme elle l'avait prétendue, elle était revenue de Grâceville avec les cadeaux de son amant. Elle n'avait bien sûr pas pu l'avouer.

— Oui. Elle avait logiquement pensé qu'il cherchait de l'argent et n'avait jamais imaginé que c'était bien le contenu du sac qui l'intéressait. Qui m'intéressait du moins. Lorsqu'elle avait évoqué ce vol, je m'étais bien sûr douté qu'elle n'allait pas parler de la lingerie, mais j'avais bien cru qu'elle allait se trahir en citant les foulards. J'avais réussi à la couper avant qu'il ne soit trop tard. Je te connais, à leur seule évocation, il ne t'en aurait fallu pas plus pour que tu fasses le lien avec l'étrangleur, ou tout au moins tu aurais commencé à fouiner de ce côté pour en savoir plus. Tout mon plan serait alors tombé à l'eau. Et lorsque les meurtres ont commencé, personne ne s'était imaginé que les foulards, utilisés pour tuer les premières victimes à Grâceville, étaient ceux volés dans le lot quelques semaines plus tôt à Antalville. Mais il m'en fallait toujours plus, et comble de l'ironie, c'est Mélanie, elle-même, qui me les avait apportés sur un plateau.

— Comment ça ?

— Après le deuxième meurtre à Grâceville, je ne sais pas pourquoi, elle soupçonnait Simon d'être le tueur en série. Peut-être bien justement à cause des foulards qu'il lui avait offerts. Elle avait peut-être trouvé la coïncidence troublante que c'était l'arme du crime pour étrangler ses victimes et que les meurtres avaient lieu dans la ville même où résidait son amant. Je l'avais sous-estimée, je n'aurais jamais pensé qu'elle aurait assez de jugeote pour comprendre ça.

— Comment l'avais-tu su ?

— C'est Rémi qui me l'avait rapporté. Un jour qu'il les suivait, il était tombé sur eux à l'angle d'un immeuble. Il ne pouvait plus faire demi-tour sans se faire remarquer et avait continué son chemin comme si de rien n'était. Il avait tout entendu. Elle voulait le quitter et avait jeté sur lui tout le contenu de son sac, avant de s'enfuir. Simon lui avait couru après et avait dû, par la suite, réussir à la convaincre de son innocence. Mais peu importe, il y avait au sol toute la lingerie, et tous les foulards sans exception. C'était là une opportunité inespérée de tout récupérer. Rémi a eu l'excellente idée de tout ramasser et comme un bon petit soldat, il m'avait tout rapporté sans se poser de questions. Il avait le cerveau tellement embrumé par l'héroïne qu'il n'avait jamais fait de lien avec toute cette affaire. Je crois qu'il ignorait l'existence même du tueur en série.

Une nouvelle zone d'ombre venait d'être levée.

— Voilà qui explique l'apparition de la quatrième et mystérieuse empreinte génétique sur les foulards des victimes suivantes.

Il vit là une nouvelle opportunité de se déculpabiliser des crimes commis.

— Les meurtres suivants n'auraient pas dû avoir lieu. J'avais bien cru que leur histoire était finie. Mais ça n'avait été que de courte durée. Elle était comme ça Mélanie. Elle pouvait souffler le chaud et le froid. Ils s'étaient réconciliés à peine deux semaines plus tard et s'étaient revus les mardis suivants.

Il leva sa main droite, entraînant avec elle sa veste, et mima, avec l'aide de l'autre main, un étranglement.

— L'envie de la tuer n'avait jamais été aussi forte. Mais à partir de ce moment-là, tout avait commencé à partir de travers. Un jour, après une filature, Rémi avait vu Simon, sortir de son véhicule, muni d'un caméscope miniature, et s'engager dans une rue. Il avait hésité à s'y rendre à son tour. Et pour cause, quelques minutes auparavant, il avait vu des voitures de police, toutes sirènes hurlantes, y pénétrer. Il se décida tout de même à aller voir de quoi il retournait. Mais il n'eut pas le temps de sortir de son véhicule. Il vit Simon surgir de la rue, s'engouffrer à toute allure dans son taxi, et quitter les lieux au moment où des individus en sortaient à leur tour. Ils semblaient être à sa poursuite. Il n'avait rien compris à ce qu'il venait de se passer, mais d'après l'heure, et la description de l'endroit que m'en avait donnée Rémi, j'avais vite compris de quoi il s'agissait. Qui eût cru que cet imbécile de Simon se rendrait sur la scène de crime où je venais de commettre mon troisième meurtre, alors que la brigade criminelle de Doubange s'y trouvait ? Il l'avait certainement compris en tombant par hasard sur toutes ces voitures de police, mais qu'allait-il y faire ? Les suspicions de Mélanie l'avaient-ils alerté ? Essayait-il de filmer discrètement les policiers en action pour tenter de repérer le foulard afin qu'il puisse vérifier s'il pouvait s'agir d'un de ceux qu'on avait volés à Mélanie ? Dans ce cas, il aurait eu bien du mal à prouver son innocence puisque ses empreintes génétiques s'y trouvaient. Quoi qu'il en soit, si Simon se faisait prendre, tout était fichu. Il fallait donc que je laisse passer quelques semaines, le temps de préparer mon quatrième et dernier meurtre à Grâceville. Ensuite, il ne me restait plus qu'à appliquer la seconde partie la plus risquée de mon plan : « transférer » le tueur en série sur Antalville sans éveiller les soupçons. Pour y arriver, des policiers devaient forcément me surprendre sur une scène de crime.

— C'est la raison pour laquelle tu frappais toujours un mercredi. Tu savais qu'une patrouille passerait tôt ou tard ce jour-là. La rue des Augustins était parfaite pour commettre ton crime. Avec toute cette circulation, tu avais toutes les chances de parvenir à t'échapper.

— Je ne m'attendais pas à voir débarquer les flics aussi vite, mais l'arrivée du commandant Lebœuf avait été providentielle. J'avais pris des risques, mais je n'avais pas d'autres façons de justifier la présence du tueur sur Antalville. Tout le monde aurait trouvé normal que l'étrangleur aux foulards, après avoir failli se faire avoir, décide de ne plus prendre de risques à Grâceville. Ensuite, après le meurtre de Mélanie, personne n'aurait pensé à prélever mon ADN pour le comparer avec ceux qui se trouvaient sur les foulards, moi, le mari éploré qui venait de perdre sa femme. Jusque là, l'amant de Mélanie faisait le coupable idéal.

— Pourtant, c'est Rémi que tu as essayé de faire passer pour l'étrangleur aux foulards. Il avait fait tout ce que tu lui avais demandé et pour le remercier, tu n'as pas hésité lui non plus à le tuer.

— Ce n'était pas mon intention au départ, mais je n'avais plus le choix. Je devais faire vite. Je voulais que Simon pourrisse en prison, mais après que le commandant Lebœuf soit arrivé dans la rue des Augustins, il s'est passé un évènement qui m'avait obligé à modifier mes plans. Rémi devait devenir le tueur en série. C'est peut-être pour cette raison qu'il avait ramassé les foulards dans la rue des coquelicots : pour qu'on y retrouve son ADN. C'est comme s'il s'était inconsciemment sacrifié pour me protéger en devenant un potentiel criminel à ma place. Mais pour ça, il devait mourir. J'aurais trouvé plus tard un autre moyen de me débarrasser de Simon.

— Quand je pense que c'est toi qui m'avais présenté Rémi, tu t'étais bien servi de moi. Tu avais été jusqu'à ramener Mélanie chez moi alors que tu avais prémédité de la tuer. À quoi rimait ce voyage en Grèce ?

J'avais à peine fini de poser la question, que l'évidence m'était apparue aussitôt.

— Vois-tu, Jack, j'avais décidé que la quatrième et dernière victime à Grâceville devait être Christina, la maîtresse de Barry. Tout était de sa faute dans le fond. Si elle n'était pas allée trouver Beth pour lui annoncer sa liaison avec Barry, Beth ne serait jamais partie en taxi à Grâceville pour la revoir, Mélanie ne l'aurait jamais accompagnée et elle n'aurait jamais connu ce maudit chauffeur de taxi. Tu ne le sais sans doute pas, mais le jour où les journaux télévisés ont annoncé que l'étrangleur aux foulards avait failli se faire prendre, c'était tout ce qu'il y a de plus vrai. Pas comme ils l'avaient annoncé, mais c'était vrai. Au moment où j'ai entendu la sirène de police, je me suis enfui. Malheureusement, j'avais pris la mauvaise rue, c'était une rue sans issue. Je n'en revenais pas de ne pas l'avoir contrôlée. Je redoutais l'irruption brutale de policiers. Comment allais-je me sortir de là, maintenant ? Lorsque j'ai vu arriver un jeune officier, j'ai saisi ma chance. Je n'avais pas d'autre choix que de le tuer. Mais ce bougre avait résisté et m'avait envoyé percuter une bétonnière. J'étais sérieusement blessé au bras. Je n'arrivais pas à y croire : un gamin allait avoir raison de l'étrangleur aux foulards. Je le maintenais toujours de mon bras gauche. Je devais réagir très vite. Je l'ai propulsé contre un mur et je me suis enfui avant l'arrivée des renforts. C'est à ce moment-là que j'ai décidé d'impliquer Rémi. Les journaux télévisés allaient annoncer la nouvelle le soir même : l'étrangleur aux foulards venait d'être blessé au bras droit par la police. Je devais disparaître rapidement pour que tu ne te rendes pas compte de ma blessure.

— Et je m'en serais forcément aperçu, tu aurais été dans l'incapacité d'entamer avec moi la partie de tennis que tu avais prévue.

— Oui, j'avais alors improvisé ce voyage en Grèce le temps de me remettre. Mais j'avais fait tout ça pour rien. Curieusement, l'incident n'avait jamais été relaté par les journaux.

J'en connaissais bien sûr la raison.

— Dire qu'après avoir su plus tard ce qui s'était passé dans l'impasse des Orteaux, je n'avais pas fait la liaison avec ton départ précipité en Grèce ce jour-là. Ni même le fait que les meurtres à Antalville avaient commencé le lendemain de ton retour de vacances. Je comprends mieux maintenant pourquoi tu étais vêtu de la tête aux pieds en Grèce : pour me cacher ta blessure.

— Oui, j'avais même réussi à convaincre Mélanie que je

ne supportais pas le soleil grec. Tout comme j'avais réussi à la convaincre de ne pas parler de ma blessure. J'avais prétexté une bagarre avec un client de la discothèque et que par fierté, je ne voulais pas que ça s'ébruite.

Je compris immédiatement la suite des évènements.

— Mais tout n'était pas réglé pour autant. Il te fallait encore quelqu'un qui avait eu la même blessure au bras droit ce jour-là. Et tu t'es tourné vers Rémi.

— Les évènements m'y avaient contraint. Il fallait bien que quelqu'un l'ait cette foutue blessure. Ce n'était pas dans mon intérêt de m'en prendre à Simon. Si Mélanie, qui le suspectait déjà d'être l'étrangleur aux foulards, avait appris par les journaux que le tueur en série venait d'être blessé au bras, elle aurait été définitivement convaincue de la culpabilité de son amant et aurait sans doute prévenu la police. Ça aurait foutu en l'air tous mes plans. Il me fallait donc trouver un autre bouc émissaire. Je n'ai eu aucun mal à convaincre mes potes vigiles de la discothèque de donner une bonne leçon à Rémi. Depuis le temps qu'ils attendaient ça. Je leur avais dit que dans un accès de colère, Rémi m'avait blessé au bras et qu'il méritait la même correction.

— Et c'est la raison pour laquelle tu voulais que je passe chez lui après ton départ. Tu avais prétexté te préoccuper pour ton chien. En réalité, tu me conditionnais déjà. Tu voulais que je constate sa blessure.

— Il le fallait, oui. Je savais que tu n'aurais pas fait tout de suite le rapprochement entre sa blessure ici et ce qui s'était passé dans la rue des Augustins à Grâceville.

— Non, mais plus tard, quand les meurtres auront commencé à Antalville et que les investigations m'auront mené vers lui, ce détail me serait revenu et je l'aurais suspecté d'être l'étrangleur aux foulards. C'est ce que tu avais escompté. Son ADN se trouvant sur les foulards en faisait aussi un coupable parfait. Ça a failli marcher.

— Ça aurait marché avec n'importe quel autre enquêteur,

Jack, mais pas avec toi. J'ignore toujours pourquoi ça n'a pas fonctionné d'ailleurs. Peut-être à cause de cette erreur que j'ai commise en tentant d'entrer chez Rémi sans mettre de gants. Je n'avais plus le choix, je devais effacer mes empreintes sur la clenche pour ne pas relier la visite à un complice de l'étrangleur aux foulards. Je savais qu'il ne fermait pas toujours sa porte à clé, et avec la présence de madame Bernstein toujours aux aguets derrière sa fenêtre, je devais faire vite. Mais j'ai dû passer par l'arrière de la maison pour y entrer. Il était complètement défoncé, le tuer a été un jeu d'enfant. Je n'avais pas réussi à le faire passer pour le tueur en série, mais peu importe, tout n'était pas encore perdu. Je pouvais revenir à mon plan initial : faire accuser Simon. Le fait, qu'il avait été blessé ou non au bras, n'avait plus aucune importance, puisque ça n'avait pas été relaté par la presse. C'était le moment de supprimer Mélanie. J'avais trouvé l'opportunité en la suivant jusqu'au parc. J'avais décelé quelque chose d'étrange dans son attitude en partant. Elle devait retrouver Simon pour mettre à nouveau un terme à leur relation. Je l'ai appris en écoutant leur conversation. D'où j'étais, ils ne pouvaient pas me voir. Il avait subitement commencé à la malmener au moment où une dame passait près d'eux en promenant son chien. La chance commençait enfin par tourner en ma faveur. Quelqu'un avait été témoin de leur dispute avant qu'ils ne s'enlacent à nouveau. Ce n'était pas l'envie qui me manquait de les tuer tous les deux sur place. Mais ça aurait été une énorme bêtise. Quelques minutes après, Mélanie lui avait conseillé de partir. Elle savait que j'étais à la maison et que j'aurais pu les surprendre. J'ai attendu le départ de Simon pour sortir et je me suis approché du banc où elle venait de s'installer. Elle avait senti une présence derrière elle et s'était retournée. Je ne te raconte pas la surprise qu'elle a eue en me voyant.

Il poursuivit lentement en se délectant de sa vengeance.

— J'attendais qu'elle me dise un mot, quelque chose, mais elle avait gardé le silence. Ce silence qu'ont les coupables pris en flagrant délit. Ses yeux s'étaient posés sur le foulard que je tenais en main, avant d'affronter à nouveau mon regard. Elle avait eu ce même regard qu'ont les animaux pris dans les phares d'une voiture. Elle avait compris trop tard que l'étrangleur aux foulards, c'était moi. Elle était restée paralysée comme si elle attendait son exécution. Ça avait été très vite. Puis, j'ai caché le corps derrière un fourré pour me laisser le temps de disparaître et rentrer chez moi. Cette fois, ma vengeance était faite. Mélanie avait payé pour le mal qu'elle m'avait fait et Simon n'allait pas tarder à être accusé du meurtre. La dame, témoin de leur dispute, n'aurait eu aucun mal à le reconnaître, elle était passée assez près d'eux pour le décrire. Ironie du sort, avant de ramener Mélanie à l'hôtel, il l'emmenait boire un verre à l'endroit même où travaillait Christina. Il y avait assez de témoins pour le confirmer. Tout l'accusait. Il ne me restait plus qu'à revenir au parc après ton arrivée.

— Et me jouer ta comédie. Là encore, ton arrivée était calculée. Ce n'était pas pour rien que tu m'y avais rejoint à ce moment précis. C'était le meilleur moment pour que je t'annonce le décès de Mélanie et que tu puisses me faire ton numéro tant que j'étais encore sous le coup de l'émotion.

— Ce n'était peut-être pas de la comédie. J'aurais peut-être voulu que tout ceci n'arrive jamais, que tout soit redevenu comme avant. Mais désormais, tout était presque terminé. Il ne me restait plus qu'à trouver le moyen de te mettre sur la piste de Simon. Le témoignage de cette femme au parc n'aurait peut-être pas été suffisant pour retrouver quelqu'un qui habite à Grâceville. Mais tu n'as pas eu besoin de moi pour ça.

— C'est pour cette raison que tu voulais un nom lorsque j'étais passé te voir. Tu avais espéré m'entendre prononcer le sien. Ce n'était pas pour l'éliminer par vengeance que tu me l'avais demandé, mais simplement pour t'assurer que j'étais sur la bonne piste et que Simon Vasseur serait bientôt sous les verrous. Ta vengeance aurait été complète.

— La mort aurait été trop douce pour lui. Comment l'as-tu retrouvé ? Je suppose que tu as tracé ses appels téléphoniques.

— Oui, mais ça n'avait servi à rien, il avait utilisé un téléphone jetable, certainement pour que tu ne remontes pas jusqu'à lui au cas où tu viendrais à découvrir un appel. Je n'avais de lui encore qu'une description beaucoup trop vague pour tenter de le retrouver. C'est Linda qui m'avait soufflé l'idée. Lorsque j'ai appris que Mélanie avait un amant, je lui en avais parlé. Elle m'avait suggéré de regarder dans l'album photo de son portable. D'après elle, il y avait de fortes chances qu'il y ait au moins une photo de lui, planquée quelque part pour que tu ne tombes pas dessus. Elle avait raison, on a fini par en trouver quelques-unes qui répondaient à sa description. Et par chance, Mélanie en avait pris une à une certaine distance devant le parking où il garait son taxi.

— Une photo. Oui, j'aurais dû m'en douter. Il a fallu d'un rien pour que ça réussisse.

— Qu'aurais-tu fait ensuite, Mike, si tout s'était déroulé comme tu l'avais prévu ? On aurait repris nos parties de tennis comme si de rien n'était ? Je n'arrive pas à croire que tu m'aies manipulé depuis le début dans le seul but de commettre tous ces meurtres.

— Quand on veut atteindre un but, il faut y mettre les moyens, Jack. Comment en es-tu venu à me suspecter ?

— C'est Barry qui m'a mis involontairement sur la voie.

— Barry ?

— Le jour où tu as tué Rémi, mon équipe m'avait dit de quelle manière ils étaient entrés chez lui pour le placer en garde à vue. Je n'avais pas encore réalisé l'importance de leur déclaration à ce moment-là. Ils avaient bien évidemment suivi la procédure : faire le tour de la demeure, afin d'y trouver une entrée possible, avant de casser quoi que ce soit. Cette entrée, ils l'avaient trouvée à l'arrière de la maison. Ils n'avaient eu simplement qu'à pousser la fenêtre de la cuisine pour que celle-ci s'ouvre. J'avais d'abord trouvé ça normal, vu que ça corroborait ma première impression selon laquelle l'assassin de Rémi était nécessairement sorti par là. Mais ce que j'ignorais alors, c'est que cette fenêtre n'assurait plus une fermeture correcte depuis longtemps. Je ne l'ai compris qu'après les révélations de Barry. Il s'était rendu lui aussi chez Rémi, peu avant l'arrivée de mon équipe, et il m'avait avoué avoir eu l'intention de lui donner une leçon avant de se reprendre. La porte était fermée, mais il savait comment entrer puisqu'il s'y était déjà rendu une première fois pour constater la mort de madame Lehmann : à l'arrière, par la fenêtre de la cuisine dont il savait qu'elle ne fermait pas. Ce qui n'avait rien d'étonnant pour lui avec une demeure d'une telle vétusté. C'est à ce moment que le déclic s'est produit. J'ai repensé à la première fois où je m'étais arrêté chez Rémi, sur ta demande, pour voir comment Pluton était traité. Il n'était pas là, et je me souviens qu'après avoir fait le tour de la maison, quelque chose m'avait dérangé. Ça devenait obsédant, je n'arrivais pas à mettre le doigt dessus. C'était comme si quelque chose n'était pas à sa place, qu'il manquait une pièce d'un puzzle. Et puis, j'ai compris ce que c'était : les fenêtres étaient toutes sales, y compris celles de la cuisine. Ça pourrait paraître anodin, mais ça ne l'est pas tant que ça quand on y réfléchit. Si les gendarmes avaient cassé une de ces fenêtres, comme tu l'avais prétendu, pour entrer chez madame Lehmann le jour de son décès, elle aurait dû être changée, et n'aurait donc pas pu être dans le même état que les autres. Je n'en revenais pas, ça signifiait que tu m'avais menti. Ça avait été suffisant pour que je me rende chez monsieur Malher, le propriétaire de la maison, qui m'a tout raconté. Vu l'état de la maison, il s'était dit que madame Lehmann serait certainement sa dernière locataire. Aussi, à la mort de cette dernière, il avait entrepris de la faire démolir et de revendre le terrain. Quelle ne fut pas sa surprise lorsqu'il te vit débarquer un jour chez lui, et lui proposer un nouveau locataire dont tu te porterais garant ! Tu avais été jusqu'à payer sa caution. Il n'avait pas hésité une seule seconde. Dans l'ancien immeuble de Rémi, il y aurait eu beaucoup trop de témoins qui auraient pu vous voir ensemble, et cette maison isolée était idéale.

— Tu t'es donné bien du mal, Jack.

— Mais je n'étais pas encore au bout de l'horreur, hein, Mike ? Il n'était pas difficile de comprendre la raison de ce mensonge. Il servait à camoufler le meurtre de madame Lehmann. Tu étais prêt à tout pour avoir Rémi près de toi. Cette fenêtre qui ne fermait plus n'était sans doute pas le fruit du hasard.

Il avoua sans état d'âme.

— Tuer madame Lehmann a été la chose la plus difficile à faire, mais je devais le faire.

J'étais loin d'imaginer quel monstre était devenu Mike. Au comble de l'horreur, il alla jusqu'à mimer le geste.

— Il ne m'avait fallu que d'une simple poussée dans le dos pour en finir.

J'ai dû me faire violence pour ne pas monter les quelques marches et lui faire regretter chaque crime qu'il a commis.

— Il ne te restait ensuite plus qu'à déguiser le meurtre en accident. Une dame âgée décède après une chute accidentelle. Personne n'aurait imaginé que quelqu'un voudrait assassiner chez elle une dame de quatre-vingt-huit ans et qui plus est, ne roulait pas sur l'or. Ce jour-là, la première fois où nous nous étions revus, tu n'étais pas sorti pour promener ton chien, tu m'attendais pour me conditionner. En me faisant croire que portes et fenêtres étaient fermées de l'intérieur, je n'aurais jamais eu aucun doute sur la mort accidentelle de madame Lehmann. Je n'avais aucune raison d'aller voir ça de plus près. Plus tard, pendant mon enquête, rien ne devait relier entre eux son décès, l'emménagement de Rémi et le début des meurtres sur Antalville.

— C'est incroyable ! Il a fallu que tu te rendes à l'arrière de la maison. Et tu t'es souvenu de ce détail qui remonte pourtant à quelques mois et qui n'avait aucune importance.

— C'est ce qui t'a perdu. Si je n'avais pas fait le tour de la maison ce jour-là, le déclic ne se serait sans doute jamais produit. J'étais à mille lieues d'imaginer que tu pouvais être l'étrangleur aux foulards.

Je le dévisageai maintenant en me demandant qui était cet homme que j'ai côtoyé depuis si longtemps. Je ne voyais plus en lui qu'un étranger.

— Qui es-tu, Mike ? Tu m'as fait toutes ces révélations sans avoir manifesté le moindre état d'âme.

— Je suis ce que je suis, Jack. Je n'ai qu'un seul regret : que Simon n'aura pas la fin que je lui avais réservée.

Il garda un moment de silence en m'observant.

— Que vas-tu faire maintenant, mon vieil ami ?

— Il n'y a plus rien à faire, Mike, c'est terminé. Tu as cessé d'être mon ami dès la minute où j'ai compris que tu n'étais qu'un criminel. Je vais t'arrêter et crois-moi, je n'en éprouverai aucun remords.

Il ne semblait plus m'écouter.

— C'est drôle. Malgré toutes les précautions que j'avais prises, quand tu m'avais fait cette promesse, au parc, de retrouver le meurtrier de Mélanie, j'étais sûr que tu allais la tenir. J'avais même pensé, un instant, que quelque chose, dans mon comportement, allait me trahir et que tu comprendrais que c'était moi l'assassin. Tu te souviens du serment que je t'avais fait ?

— Je m'en souviens. Mais ça n'a plus aucun sens maintenant.

— Au contraire. Pourquoi crois-tu que je t'ai fait toutes ces révélations ?

Je ne saisis pas tout de suite la portée de ce que sous-entendait cette déclaration. Sa veste s'échappa de sa main et une arme à feu fit son apparition. Tom et Rudy se précipitèrent vers moi, mais une détonation se fit entendre avant qu'ils eurent le temps d'arriver à ma hauteur. Mike avait déjà porté l'arme à sa tempe. Pendant qu'il tombait, tout un pan de ma vie défilait dans mon esprit. Le bruit, que fit le corps en percutant le sol, y mit fin.

Je vis Rudy grimper les marches en portant son téléphone à l'oreille. J'étais tellement abasourdi par ce qui venait de se passer, que les paroles de Tom me parvenaient d'abord confuses.

— Que voulait-il dire à propos de ce serment ?

— Quoi ?

— Il a parlé d'un serment qu'il t'avait fait. De quoi s'agissait-il ?

— Il m'avait fait le serment de tuer le meurtrier de sa femme lorsque je l'aurais retrouvé. Dans un sens, c'est ce qu'il a fait.


Je laissai le soin à mes collègues de s'occuper des formalités d'évacuation du corps, pendant que je prévenais par téléphone le juge d'instruction qui ne manqua pas de me féliciter. À regret, je l'avais informé qu'il n'y avait plus aucune charge contre Simon Vasseur. Après avoir raccroché, je sélectionnai, cette fois dans mon répertoire, le numéro du commandant Lebœuf qui ne tarda pas à répondre. Avant même de prononcer un mot, il devina la raison de mon appel. Ou peut-être l'espérait-il.

— Vous l'avez eu, n'est-ce pas ?

— Oui, mais il s'est donné la mort pour échapper à la justice. Je voulais vous en faire part avant que vous ne l'appreniez ce soir aux infos.

— Merci, commissaire Lewis, et bravo. J'avais déjà appris que vous aviez déjà placé quelqu'un en garde à vue. Pour ma curiosité personnelle, était-ce ce mystérieux visiteur avec son caméscope ?

Sa question fit brusquement remonter un souvenir à la surface.

— Oui, c'était un chauffeur de taxi, celui-là même que vous aviez vu partir dans une Ford Mondeo bleue. Je m'étais demandé où j'en avais entendu parler.

Un doute horrible l'envahit.

— Bon sang, ne me dites pas que ce jour-là, j'avais déjà laissé filer l'assassin.

— Non, je vous rassure, il ne s'agissait pas du tueur. Ce chauffeur de taxi était l'amant de sa femme.

— Mais alors, qui était l'étrangleur aux foulards ?

Je déglutis avant de poursuivre.

— Un ami d'enfance.

— Quoi ?

— Vous disiez tantôt, être désolé que ce tueur fût venu chez nous. En réalité, il était bien de chez nous. Il avait simplement choisi votre ville, pour commencer ses meurtres, dans le seul but de mener tout le monde sur une fausse piste. Il voulait bel et bien donner l'illusion que vous alliez l'avoir à Grâceville pour justifier son arrivée à Antalville. Personne n'aurait imaginé ainsi qu'il résidait chez nous.

— Il avait dupé tout le monde, sauf vous, commissaire. Incroyable ! Mais pourquoi diable avait-il fait tout ça ? Quel était son mobile ?

— Il voulait tuer sa femme et faire passer l'amant pour le tueur en série.

— C'est incroyable jusqu'où peuvent aller certaines personnes. Quand je vous disais que la réalité dépasse souvent la fiction.

— Vous aviez raison.

— Je vous renouvelle mes félicitations, commissaire. Ça vaut ce que ça vaut, mais j'étais sûr que vous arriveriez à le coincer.

— Je tenais à vous dire que je n'y serais pas arrivé sans vous.

— Vous dites ça pour me flatter, commissaire. Vous savez bien que vous n'en pensez pas un mot.

— Non, non, je vous assure.

— Au fait, une dernière question. Les rapports d'expertise des empreintes génétiques désignaient quatre personnes. Les avez-vous toutes retrouvées ?

— Oui, mais ce serait trop long à vous raconter toute l'histoire par téléphone. Pourquoi ne nous retrouverions-nous pas autour d'un verre un de ces jours ? Dans ce café à Doubange par exemple où nous nous étions rencontrés. Je me ferais une joie de vous donner tous les détails. C'était aussi votre affaire après tout.

— Avec plaisir. Vous savez, je commence à vous trouver de plus en plus sympathique, commissaire. Pas toujours commode, mais sympathique.

Je souris intérieurement.

— Vous pouvez m'appeler par mon prénom dans ce cas. C'est Jack, mais vous le savez sans doute. Par contre, je ne connais toujours pas le vôtre.

— Casimir. Si vous le répétez, je vous tue.

J'étouffe un début de fou rire.

— Vous riez ? Je vous entends, vous riez.

— Pardon, c'était l'effet de surprise. À bientôt, Casimir !

— À bientôt, Jack !

# Un crime impuni

Le lendemain, j'avais pris congé et entamé une promenade dans l'après-midi. Chamboulé par tous ces évènements, je n'étais plus en état de penser correctement. Étant maintenant officiellement sur l'affaire de l'égorgeur du sans-abri, j'avais besoin de repos pour l'aborder de façon sereine. Depuis la veille, les chaînes télévisées passaient en boucle le décès de l'étrangleur aux foulards. C'était le sujet de discussion du jour des passants que je croisais en me dirigeant vers le parc. Certains me reconnaissaient et esquissaient un sourire. Le tueur en série était hors d'état de nuire, mais la victoire m'avait laissé un goût amer dans la bouche.

De nombreuses femmes innocentes ont payé de leur vie la folie d'un homme. Ce n'est que justice que de nombreuses femmes ont concouru à sa chute. Linda, Céline, madame Deschamps, madame Dupuy et madame Bernstein, grâce à leur aide, toutes ont balisé le chemin qui m'a mené à son arrestation.

Un bruit assourdissant m'arracha à mes pensées. Un monstre d'acier s'attaquait à la dernière demeure de madame Lehmann et Rémi Chaillard. Je vis les murs s'effondrer, emportant avec eux les tragiques évènements qui s'y sont déroulés. Le propriétaire surveillait les travaux et me salua de loin. Derrière sa fenêtre, madame Bernstein me fit un geste amical de la main.

Je poursuivis ma route en direction du parc. Je m'apprêtais à emprunter l'entrée lorsqu'un autre bruit attira mon attention. Celui des crissements de pneus d'une voiture, une Opel Corsa noire, qui s'arrêta non loin de moi en catastrophe. Le passager d'une soixantaine d'années environ en sortit aussitôt, laissant sa portière grande ouverte. Les cheveux débroussaillés, vêtu d'une chemise noire et d'un pantalon cargo couleur kaki, il se dirigea vers moi en m'interpellant, déclenchant la colère de la conductrice.

— Où vas-tu encore ? On va être en retard.

L'homme ne prit pas la peine de lui répondre et s'adressa à moi d'un ton fébrile.

— Commissaire Lewis ? Je n'arrive pas à y croire. Je vous ai vu aux infos. Je vous cherchais.

— Pourquoi ?

— Je tenais à vous remercier.

— Pour quelle raison ?

— Pour avoir arrêté l'étrangleur aux foulards.

— Vous n'avez pas à me remercier, je n'ai fait que mon devoir. Vous êtes un proche d'une victime ?

— Pas vraiment, mais il y a longtemps, j'avais trouvé le corps d'une femme qui avait été assassinée de manière horrible. Ça m'avait retourné. Je n'arrivais pas à comprendre comment quelqu'un pouvait être capable d'une telle cruauté. Depuis ce jour-là, cette vision a hanté toutes mes nuits. Je priai pour qu'on retrouve son meurtrier. Chaque jour, je suivais les infos dans l'espoir qu'ils annonceraient son arrestation. Mais les jours passaient et l'assassin courait toujours. Les jours devinrent des semaines, les semaines des mois et les mois des années. Ce crime allait rester impuni. J'avais perdu tout espoir jusqu'à ce que j'entende parler de ce premier meurtre à Grâceville.

Je l'interrompis.

— Excusez-moi, mais quel est le rapport avec cette affaire ?

— Cette femme avait été tuée dans des conditions similaires telles que ça avait été relaté dans les journaux.

— Vous voulez dire que son meurtrier avait laissé un foulard sur elle ?

— Non, mais on lui avait brisé le cou. Pour moi, il n'y avait pas de doutes, c'était lui. Il était revenu. Il n'avait fait que se déplacer à Grâceville comme il l'avait fait encore, par la suite, pour commettre ses meurtres sur Antalville.

Je n'osais pas lui dire qu'il y avait peu de chances qu'il s'agisse du même meurtrier. Mais si ça pouvait le soulager d'y croire, je n'avais aucune raison de briser cet espoir. De toute façon, la conductrice, excédée par l'attente, mit fin à la conversation en hurlant de plus belle.

— Je te préviens, Brice, si tu ne te ramènes pas immédiatement, je te laisse là.

L'homme poussa un grognement incompréhensible vers la conductrice avant de se retourner vers moi.

— Je dois vous laisser, commissaire. Au revoir.

Je hochai simplement la tête en signe d'approbation et le vis disparaître dans son véhicule aussi vite qu'il était apparu.

En passant l'entrée du parc, je repensai à l'histoire de cet énigmatique personnage. Je ne le connaissais pas, et pourtant, l'image de cette femme décédée dans ces circonstances me parlait. C'était peut-être dû à la similitude avec les crimes de l'étrangleur aux foulards. L'image s'estompa lorsque mon téléphone se mit à sonner. Numéro inconnu. Je n'avais pas très envie de prendre l'appel, mais quelque chose me poussa à le faire. Malgré les trémolos dans la voix dus à l'émotion, je l'avais immédiatement reconnue. Je fus à la fois surpris et content qu'elle m'ait appelé.

— Jack ? Je viens juste d'apprendre pour Mélanie. Mon

Dieu, c'est horrible. Je n'arrive pas à y croire.

— On est tous dans ce cas, Beth. C'est l'incompréhension totale pour tout le monde. Pourtant c'est arrivé et il faudra apprendre à vivre avec.

— Tu connaissais Mike comme moi. Il était parfois impulsif, mais de là à commettre tous ces crimes.

— Qui peut prétendre vraiment bien connaître les gens ?

— Comment vas-tu, toi ?

— Je me remets, il faut bien. Pourquoi n'as-tu pas appelé plus tôt, Beth ?

— Je ne pouvais pas, j'étais en vacances en Italie. Ma fille n'avait pas voulu me prévenir pour ne pas gâcher mes vacances après ce que je venais de traverser. Je refais ma vie avec un autre homme. Tu as appris pour Barry et moi ?

— Oui, je le voyais régulièrement ces derniers temps pendant toute cette affaire. Il m'a parlé de Christina.

— Je viens juste de l'appeler. Il voulait que je revienne, mais je ne pouvais plus. J'avais trop souffert, tout comme Christina. Elle n'était elle aussi qu'une malheureuse victime de Barry. Elle ignorait qu'il était marié. J'avais beaucoup apprécié son honnêteté lorsqu'elle était venue me trouver pour tout m'avouer. Après ça, j'avais été la revoir quelques fois en taxi pour nous soutenir mutuellement. Nous avions été toutes les deux blessées par le même homme. Heureusement qu'elle était là, je ne savais pas où aller et elle avait gentiment proposé de m'héberger le temps que ma fille me trouve un logement à Nice.

Je pensai intérieurement aux paroles du commandant Lebœuf à propos de Christina qui, selon les dires d'Eduardo, se serait mis en couple avec une femme. Tout s'explique, il s'agissait de Beth.

— Mélanie tenait toujours à m'accompagner à Grâceville.

Beth éclata en sanglots.

— Elle me disait qu'elle avait peur que je fasse de mauvaises rencontres.

— J'ai appris que c'est de cette façon que Mélanie avait connu ce chauffeur de taxi.

— Oui, j'avais senti que quelque chose était en train de naître entre eux. Il la faisait rire. Il y avait longtemps que je ne l'avais pas vue aussi heureuse. Tu sais, il ne faut pas juger le comportement de Mélanie.

— Je m'en voudrais de porter quelque jugement que ce soit.

— Mike avait changé depuis longtemps. Ce n'était plus le même homme. Il ne la touchait plus, il se montrait de plus en plus violent et parano. Il croyait qu'elle voulait le quitter alors que ce n'était absolument pas le cas. Elle avait simplement besoin d'affection et Simon, je crois que c'est comme ça qu'il s'appelait, lui en témoignait. C'est Mike le seul responsable. C'est son comportement qui avait mis Mélanie dans les pattes de ce chauffeur de taxi. Pourtant, j'avais bien cru que tout s'était arrangé entre eux. Un jour, elle m'avait appelé pour me dire qu'elle avait retrouvé le Mike qu'elle avait connu. Du jour au lendemain, il l'avait invitée à un voyage en Grèce. Il ne lui avait rien dit pour lui faire la surprise. Ça faisait du bien de la voir si heureuse. Je ne comprends pas ce qui s'est passé par la suite.

— Mike était un caméléon. Il pouvait adopter n'importe quelle attitude et berner tout le monde. Pour ça, il était très fort. Je suis content que tout aille bien pour toi maintenant, Beth. Prends soin de toi et n'hésite pas à nous donner de tes nouvelles.

— Promis. Comment va Linda ?

— Elle se remet aussi. Le décès de Mélanie l'a beaucoup affectée également.

— Dis-lui que je l'embrasse ! Et embrasse aussi Jenny pour moi !

— Ce sera fait. Au fait, as-tu des nouvelles de Christina ? Je m'inquiète pour elle.

— Ah, je ne t'ai pas dit ? On est voisines maintenant, on se voit régulièrement. Tout comme moi, elle a refait sa vie à Nice où elle y avait rencontré également un homme. On était d'ailleurs partis tous les quatre en Italie.

— Attends, tu me dis qu'elle avait emménagé elle aussi à Nice ?

— Oui. Vois-tu, un jour, elle m'avait appelée. Elle venait d'être victime d'une agression. Elle avait peur pour sa vie et voulait quitter la région. Elle m'avait hébergée quelque temps après mon divorce, c'était normal qu'à mon tour je lui propose de venir s'installer chez moi. Elle avait d'abord pensé que c'était Barry qui voulait la tuer. Elle lui avait dit qu'elle viendrait me trouver pour m'annoncer leur liaison et il l'avait menacée de la tuer si elle le faisait. Mais je l'avais vite rassurée, je connais Barry, c'étaient des paroles en l'air. Il a bien des défauts, mais il est incapable de violence physique envers quelqu'un. Jamais il n'avait levé la main sur moi, même quand je lui annonçais que je voulais le quitter. Au contraire, il levait un peu la voix pour m'impressionner, mais lorsque je lui résistais, il devenait doux comme un agneau. S'il n'avait pas son vice des femmes, ça aurait été un homme extraordinaire.

— Je veux bien te croire. Content d'apprendre en tout cas que Christina va bien. Passe-lui le bonjour de ma part !

— Tu peux lui dire toi-même si tu veux. Elle est à côté de moi.

— Quoi ?

— Je te laisse avec elle, Jack. À bientôt.

Une petite voix timide se fit entendre.

— Bonjour. Jack, c'est bien ça ?

— Oui, bonjour Christina. Comment allez-vous ?

— Beaucoup mieux maintenant grâce à Beth.

— Vous savez que vous m'avez donné bien du souci ? Je vous cherchais depuis un moment.

— Je suis désolée. Vous comprenez, après mon agression, j'étais terrorisée. Ce jour-là, je me suis vue mourir.

L'étrangleur aux foulards m'avait épargnée, mais j'avais eu peur qu'il recommence. Je ne pouvais plus rester à Grâceville.

— Oui, c'est compréhensible.

— Lorsqu'il m'a dit que tout était de ma faute, j'ai commencé à culpabiliser. Peut-être que tout cela ne serait jamais arrivé si j'avais simplement quitté Barry sans aller trouver Beth pour tout lui raconter.

— Vous n'avez aucune raison de culpabiliser, Christina. Il n'y a qu'un seul responsable et c'est ce criminel.

Une question me brûlait les lèvres. Je venais de me rendre compte que je n'avais toujours pas la réponse et j'avais un besoin viscéral de la connaître.

— Christina, savez-vous pourquoi il vous a épargnée ?

Je regrettai presque aussitôt de lui avoir posé la question. Elle fondit en larmes.

— Je l'avais supplié de ne pas faire de mal à mon bébé. J'avais hurlé que j'étais enceinte.

Je restai un instant bouche bée devant cette révélation. Dans sa folie, Mike avait fait preuve d'une once d'humanité.

— Je suis désolé de vous avoir fait revivre ces mauvais souvenirs. Tout est terminé maintenant, plus personne ne vous fera du mal. Il faut oublier et aller de l'avant. Je vais vous laisser tranquille à présent. Au revoir, Christina.


Je poursuivis ma route vers l'intérieur du parc et m'approchai du banc, témoin impuissant et muet du meurtre de Mélanie. Je poussai un soupir en m'y installant. Je me penchai en avant, les coudes posés sur mes genoux, position propice à la réflexion. Le regard pointé vers le sol, je sentis une présence sur ma droite s'approcher vers moi. Après tous ces évènements tragiques, on l'avait complètement oublié. Amaigri, le poil sale, Pluton était devenu méconnaissable. Depuis tous ces jours, il errait dans le parc à la recherche de sa maîtresse. La fidélité, une qualité jamais démentie par l'espèce canine et que bien d'humains devraient prendre en exemple.

Il s'affala à mes pieds en posant son museau sur ses pattes avant et me porta un regard du coin de l'œil comme s'il attendait une réaction de ma part. Je perçus son message.

— D'accord ! Mais je te préviens, si tu t'avises de t'intercaler entre Linda et moi sur le canapé, tu coucheras dehors.

Il scella notre accord par un gémissement avant de relever brusquement la tête. Quelqu'un venait de prendre place à mes côtés et s'adressa à moi sur un ton marqué par l'émotion.

— C'est ici qu'elle est morte ?

— Oui.

Nous observâmes quelques instants de silence avant que je ne lui adresse des excuses.

— Je suis désolé pour hier, Barry. Je regrette de t'avoir traité de cette façon.

— Non, tu n'as pas à être désolé, Jack, c'est moi qui aie merdé. Je n'aurais jamais dû agir comme je l'ai fait. Ni avec toi, ni avec Beth, ni avec personne. Je suis qu'un sale con.

— Là-dessus, on est d'accord.

Il se tourna vers moi.

— Beth m'a appelé. Elle m'a tout raconté.

— Oui, je sais, elle m'a appelée aussi après avoir appris le décès de Mélanie.

— Depuis qu'elle est partie, j'ai compris beaucoup de choses. C'est quand un être n'est plus là qu'on se rend compte à quel point il nous manque. Beth était ce qu'il m'est arrivé de mieux dans ma vie. Et je l'ai laissée partir. J'ai essayé de la convaincre que j'avais changé. Je sais que tu vas trouver ça stupide de lui avoir demandé de revenir, mais elle a refusé.

— Non, mais sérieux, Barry ! Tu t'attendais à quoi ?

Il secoua la tête de désespoir.

— Tout ce qui est arrivé est de ma faute. Si je n'avais pas trompé Beth avec Christina, elle ne serait jamais allée trouver ma femme pour tout lui avouer. Beth ne m'aurait jamais quitté. Elle n'aurait jamais cherché à la revoir plusieurs fois à Grâceville, Mélanie ne l'aurait jamais accompagnée et ne serait jamais montée dans ce foutu taxi. Elle n'aurait jamais entamé une relation avec ce Simon et Mike n'aurait jamais pété les plombs.

— Tu sais ce qu'on dit, le battement d'ailes d'un papillon peut provoquer un ouragan à l'autre bout du monde. Moi je pense que ce qui devait arriver serait arrivé. Différemment, mais ce serait arrivé. Personne n'aurait pu l'en empêcher. Tu sais, Mike avait changé. Il n'était plus le même homme que Mélanie avait connu.

— Péter les plombs est une chose, mais ce qu'il a fait, c'est épouvantable. Je n'aurais jamais pensé que Mike puisse devenir fou à ce point. Pas lui. Comment peut-on devenir un tueur en série du jour au lendemain ? Je n'arrive pas à comprendre.

— Le mal était peut-être plus profond que tu ne crois, Barry.

— Que veux-tu dire ?

— Vois-tu, après notre discussion d'hier, j'avais commencé à suspecter Mike d'être ce tueur en série. Tout comme toi, je n'arrivais pas à y croire. Était-il possible qu'une relation d'adultère ait pu le transformer en un monstre pareil ? Tu te souviens de Shirley, sa première femme ?

— Oui, bien sûr. Qu'est-ce qu'elle devient ?

— Elle avait refait sa vie en Bretagne et s'était remariée un an après son divorce avec Mike. Je voulais m'entretenir avec elle au sujet de leur séparation. Tout ce que nous savions, c'était que Mike envisageait le suicide, mais que savions-nous de son comportement avec Shirley ? Avait-il montré des signes de violence, ou pire encore avait-il déjà à l'époque proféré des menaces de mort ? C'était ce que je voulais lui demander.

— Et que t'a-t-elle répondu ?

— Rien. Je n'ai pas pu lui poser la question. J'ai appris qu'elle est morte depuis une quinzaine d'années, assassinée chez elle peu de temps après s'être mariée.

— Quoi ?

— Eh oui, c'est incroyable. J'ai aussitôt contacté le commissariat de police de son quartier pour en savoir plus. Les policiers qui avaient mené l'enquête m'ont dit qu'ils s'étaient rendus chez elle après avoir reçu un appel anonyme leur signalant le meurtre. Ils l'avaient trouvée morte dans sa chambre. La porte d'entrée n'était pas fermée à clé, et celle à l'arrière avait été forcée. Ils pensent qu'un cambrioleur s'était introduit chez elle.

— Je vois. Avec tout le boucan qu'il avait dû faire pour entrer par effraction, Shirley l'aura entendu et le cambriolage aura mal tourné.

— Non, le cambrioleur ne pouvait pas être le meurtrier.

— Pourquoi ?

— C'était l'auteur de l'appel anonyme.

— Comment peuvent-ils en être sûrs ? Une autre personne aurait pu entrer, trouver le corps et appeler.

— Qui d'autre aurait pu entrer, alerter la police et vouloir rester anonyme ? Non, ça ne tient pas debout. C'était bel et bien le cambrioleur qui avait appelé depuis la maison. De plus, ils avaient trouvé une montre sur le meuble à côté du téléphone. Le mari leur avait appris que c'était un cadeau de Shirley et qu'il la laissait toujours dans un tiroir dans son écrin lorsqu'il ne la mettait pas. Le cambrioleur l'avait donc, dans un premier temps, volé, puis, après avoir découvert le corps, il l'avait simplement reposée après avoir alerté la police, sans doute pour ne pas être mêlé au meurtre, et il avait disparu à leur arrivée. Et puis, il y a la porte d'entrée qui n'était pas fermée à clé. De toute évidence, Shirley avait ouvert à son meurtrier.

— Le cambrioleur aurait pu ressortir par là.

— Non, un cambrioleur ressort toujours par l'endroit où il est entré, là où il a moins de chance d'être aperçu. Il ignorait que la porte d'entrée était ouverte. C'est certain, deux personnes étaient entrées dans cette maison.

— Le mari ?

— Il avait rapidement été mis hors de cause. Ils n'ont jamais retrouvé l'assassin.

Sa gorge se noua.

— Comment est-elle morte ?

J'inclinai la tête vers lui et pris le temps de lui répondre.

— Étranglé, le cou…

Je m'arrêtai sans pouvoir terminer ma phrase. Une pensée me traversa brusquement l'esprit. Barry s'en inquiéta.

— Que se passe-t-il, Jack ?

— Tout à l'heure, un type m'a abordé et m'a raconté une étrange histoire. Se pourrait-il…

Je restai encore quelques secondes en pleine réflexion.

— Se pourrait-il qu'il s'agisse de ce type ?

Intrigué, Barry voulut en savoir plus.

— Quelle histoire t'a-t-il racontée ?

— Je te raconterai plus tard. Où en étais-je ?

— Tu me parlais de la façon dont Shirley est morte.

— Voilà, quelqu'un l'avait étranglée avant de lui briser le cou.

— Quoi ? Attends ! Qu'essaies-tu de me dire, Jack ? Que ce serait Mike qui l'aurait tuée, il y a quinze ans, après s'être mis en couple avec Mélanie ?

— Je ne sais pas, Barry, je ne sais pas. Mike planifiait toujours tout. Il savait qu'il serait le premier suspecté s'il l'avait tuée tout de suite. Tout comme avec Mélanie. Mais si c'était lui, Barry, si c'était Mike l'assassin de Shirley, il avait gardé une haine si féroce qui ne s'était jamais atténuée même plus d'un an après leur divorce. Pendant tout ce temps, il avait contenu la bête qui sommeillait en lui et qui s'était réveillée plus violente que jamais avec Mélanie.

Barry était devenu silencieux. Cette dernière révélation l'avait ébranlé. Si c'était vrai, si Mike n'avait pas hésité à éliminer Shirley quinze ans plus tôt, l'amitié sans faille qu'il lui avait vouée toute sa vie, il l'avait peut-être voué à un assassin. Quand bien même Mike lui avait sauvé la vie, je le connaissais suffisamment bien pour savoir que ça lui était insupportable. Tout comme moi, il ne lui pardonnerait jamais.

Je rompis le silence en lui posant une dernière question.

— Comment Mike avait-il appris que j'allais mettre Rémi en garde à vue ?

Barry soupira.

— J'étais chez lui quand tu m'avais appelé. Il était affalé dans son canapé, complètement ivre. J'avais répété son nom à voix haute avant de me rendre aussitôt à la gendarmerie pour prendre les informations que tu m'avais demandées au sujet de Rémi. Je n'aurais jamais imaginé qu'après mon départ, il foncerait chez lui pour l'assassiner. J'avais merdé encore une fois. C'est comme si c'était moi qui l'avais tué.

— Tu ne pouvais pas le prévoir, Barry. Et je pense qu'il se serait quand même débarrassé de Rémi plus tard pour ne pas laisser de témoin. Il n'aurait eu aucun scrupule à éliminer quiconque se mettrait au travers de sa route. Tout comme il n'avait pas hésité à tuer cette pauvre madame Lehmann qui n'avait rien à voir dans toute cette histoire.

Nous sommes ensuite restés assis sur ce banc, je ne sais combien de temps, perdus dans nos pensées. Barry repartit avec Pluton, il avait décidé de l'adopter, ce que je ne pouvais pas lui refuser. Ce n'est que tardivement que je rentrai chez moi.

# Épilogue

Ce soir-là, je pris une douche plus longtemps qu'à l'accoutumée. Comme si les ruissellements d'eau avaient le pouvoir de purifier mon corps en emportant avec eux toutes les traces de cette sombre affaire.

Il nous faudra du temps pour oublier cette tragédie, mais le visage de Mélanie et tous les souvenirs heureux qu'il véhicule resteront à jamais gravés dans nos esprits.

Je regagnai le salon pour attendre, en compagnie de ma fille, le retour de Linda qui donnait des soins à domicile. Jenny était calée dans son fauteuil favori et plongée dans une lecture qui semblait la captiver. Sans même lever la tête, elle m'annonça :

— Papa, ton téléphone n'a pas arrêté de sonner.

Je pris place sur le canapé et saisis mon portable. En consultant le journal d'appels, je constatai avec étonnement que le lieutenant Wendling avait également tenté de me joindre. Ce n'était pourtant pas son message que je m'apprêtai à consulter en priorité sur le répondeur, mais celui de Linda m'annonçant certainement du retard. Une nouvelle sonnerie ne m'en laissa pas le temps. Jenny releva cette fois instinctivement la tête vers moi. Si l'appel du lieutenant Wendling à cette heure tardive était déjà étrange en soi, le ton nerveux de sa voix m'inquiéta plus qu'autre chose.

— Jack, c'est Henry, l'égorgeur du sans-abri a remis ça et...

— Écoute Henry, il est tard et je suis en congé. Je ne serai officiellement sur l'affaire qu'à partir de demain. Tu sauras très bien te débrouiller sans moi pour ce soir encore.

— Je ne t'appelais pas pour ça, Jack. Je voulais te dire que ta femme a essayé de te joindre également.

Entendre Henry me parler de Linda et de l'égorgeur du sans-abri, dans la même phrase, me fit bondir hors du canapé sous l'œil inquiet de Jenny qui se rapprocha.

— Pourquoi, Henry ?

— Elle a été témoin du meurtre. Il faut que tu rappliques, et vite.

Je calai mon portable entre la tête et mon épaule pour enfiler mes chaussures.

— Dis-moi qu'elle n'a rien, Henry !

— Non, ne t'inquiète pas, elle est juste en état de choc.

— J'arrive. Où est-elle ?

— En face de la gare. Tu verras les gyrophares.

Ma fille éclata en sanglots.

— Papa, c'est maman ? Que lui est-il arrivé ?

Je la serrai dans mes bras.

— Non, non, ne pleure pas, Jenny, maman va bien. Je vais aller la chercher.

***

C'est à vive allure que je me rendis sur la scène de crime. Je me garai en catastrophe à proximité, scrutant frénétiquement la zone du regard à la recherche de ma femme. Henry était près de sa voiture et s'adressa à Linda qu'il avait mise en sécurité dans son véhicule. Je me précipitai vers elle lorsqu'elle en sortit et se jeta toute tremblante dans mes bras en sanglotant. Je la serrai contre moi, la réconfortant du mieux que je pouvais par ma présence. Je ressentais toute sa détresse lorsqu'elle leva les yeux vers moi.

— Mon Dieu, c'était horrible. Il s'est jeté sur ce pauvre malheureux et l'a égorgé sous mes yeux.

Je sentis ses doigts s'agripper à mes vêtements.

— Dieu merci, tu n'as rien. Les sorties nocturnes, c'est terminé pour le moment.

— Lorsqu'il m'a vue, il est resté là à me fixer sans bouger. J'étais tétanisée. Je n'arrivais plus à faire le moindre geste.

Je plaçai ma main derrière sa tête et la plaquai tendrement contre ma poitrine.

— C'est fini, ma chérie, je suis là maintenant. Tu n'as plus rien à craindre.

Tu n'as plus rien à craindre.

Tu n'as plus rien à craindre.

Octobre 2016

Ces mots résonnent encore dans ma mémoire. Mais à cet instant précis où je reviens à moi, ce n'était plus ma femme que je serrais dans mes bras. Le souvenir était si intense que je m'agrippais inconsciemment à la couverture. Ce soir-là, j'aurais dû la maintenir tout contre moi jusqu'à ce que ce tueur soit hors d'état de nuire. Ça fait un an maintenant qu'elle est partie et je ressens encore son étreinte. En repensant aux tragiques évènements qui ont suivi ce jour-là, je me demande si l'égorgeur des sans-abri n'était pas tapi quelque part dans l'ombre à nous épier, ma femme et moi, attendant son heure comme un prédateur.

J'effleure des doigts mes yeux humides pour mieux voir l'heure sur mon radio réveil. Je me rends compte que peu de temps s'est écoulé depuis que j'ai repensé à cette affaire.

Il fait sombre dans ma chambre. Et pourtant, malgré le peu de clarté, je vois ma femme flotter au-dessus de mon lit, comme si elle veillait sur moi. Je ferme les yeux et je la vois encore. Je comprends maintenant qu'elle a toujours été là, mais je ne la voyais pas. Les vapeurs d'alcool avaient brouillé ma vision, mes pensées. Je tourne la tête et elle est maintenant à mes côtés. Là où elle a toujours été. Elle me sourit. Je peux enfin m'endormir à nouveau auprès d'elle.

— Bonne nuit, ma chérie.

# Remerciements

Merci à vous d'avoir acheté et lu ce livre. J'espère que vous l'avez apprécié, et peut-être vous a-t-il donné envie, si vous ne l'avez pas encore lu, de découvrir le premier volet des enquêtes du commissaire Lewis : « Le tueur invisible » où vous apprendrez notamment ce qui arrivera à la femme du commissaire Lewis.

J'en profite pour remercier à nouveau ici toutes les personnes qui l'ont lu et commenté, car les commentaires sont le carburant de l'écrivain. C'est ce qui lui donne l'énergie pour continuer à écrire.

Lorsque j'ai publié mon premier roman « Le tueur invisible » en 2017, j'avais déjà une certaine appréhension : allait-il plaire aux lecteurs ? Mais lorsque de nombreuses lectrices et lecteurs ont souhaité une suite, ce que je considère être comme la plus belle des récompenses pour un auteur, l'appréhension fut double : allais-je être à la hauteur de leurs attentes ?

Car c'est bien de cela qu'il s'agit, ce roman est né sous l'impulsion des lectrices et lecteurs qui ont aimé « Le tueur invisible ». Je ne les remercierai jamais assez et j'espère vraiment, avec ce deuxième ouvrage, ne pas vous avoir déçus.

Si vous souhaitez me contacter, n'hésitez pas à me laisser un message à cette adresse : antalmos@gmail.com. Je me ferai un plaisir de vous répondre.

Si vous êtes intéressés par mes autres ouvrages, je pose ici les couvertures et leur résumé.

## Du même auteur

Le tueur invisible (2017)

Dix petits pions (2018)

Le serment (2023)

LE TUEUR
INVISIBLE
3 règles – 2 hommes – 1 survivant
Qu'auriez-vous fait á leur place ?
ANGELO CASILLI
THRILLER

Un an après avoir abattu le tueur en série responsable de la mort atroce de sa femme, le commissaire Jack Lewis a sombré dans l'alcoolisme. Incapable de s'occuper de sa fille, Jenny, seize ans, cette dernière l'a rejetée et est partie vivre chez ses grands-parents. Refusant désormais tout contact avec lui, Jack prend soudain conscience qu'il est en train de la perdre. Il décide dès lors de se reprendre pour renouer avec sa fille. Mais une nouvelle vague de meurtres s'abat sur Antalville et va venir bouleverser ses bonnes résolutions. Il ne se doute pas encore qu'il va être confronté cette fois à un ennemi hors du commun. Un criminel piège ses victimes qui sont obligées de lutter en pleine rue pour leur survie. Les cadavres s'accumulent, le tueur reste insaisissable. Les médias en font leurs choux gras, révélant l'impuissance de la police à l'arrêter. Mais contre toute attente, le tueur contacte Jack et lui fait une étrange proposition. Une course contre la montre s'engage alors.

DIX
PETITS PIONS
Vous aimez jouer ?
Vous allez détester ce jeu
ANGELO CASILLI
THRILLER

Dix personnes, qui ne se connaissent pas, se réveillent, dans une pièce, avec un étrange collier autour du cou. Derrière des caméras braquées sur elles, quelqu'un semble prendre un malin plaisir à les observer. Elles vont vite comprendre que quelqu'un joue avec elles et que pour sortir, elles devront suivre ses règles du jeu. Réduits à de simples petits pions, une seule question se pose : jusqu'où seront-ils prêts à aller pour sauver leur propre vie ? La tension monte, des conflits naissent, les vrais visages se révèlent. Entre mensonges et manipulations, à qui peut-on vraiment faire confiance ? Mais il faut faire vite, le temps joue contre eux. Tour à tour, ils vont devoir prendre une cruelle décision avant qu'il n'y ait plus personne pour jouer.

9 782956 232124